특별한 선물

특별한 선물
ⓒ이서인, 2004

초판 1쇄 인쇄 2004년 4월 28일
초판 1쇄 발행 2004년 5월 3일

지은이 / 이서인
펴낸이 / 방남수
펴낸곳 / 도서출판 **화남**
출판등록 제2-1831호(1994.9.26)
주소 / 서울특별시 중구 인현동2가 192-30
　　　신성상가 419호 (100-282)
전화 / 02-2279-4788
팩스 / 02-2285-6798
홈페이지 / www.hnpub.co.kr
e-mail / hwanambang@hanmail.net

마케팅 / 임재현
편집 / 김혜리 · 방현정

출력 / 으뜸애드래픽 (02-703-7944)
인쇄 / 해성인쇄 (02-703-0777)

값 9,000원
ISBN 89-90553-23-7 03810

*잘못된 책은 바꿔드립니다.
*이 소설은 문예진흥원의 창작지원금을 받았습니다.

특별한 선물

이서인 장편소설

화남

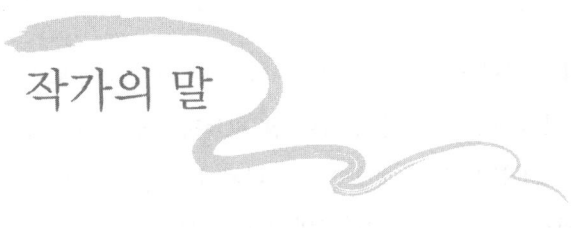

작가의 말

　3년 전에 첫 장편소설 <숲속의 연어>를 출간하고 난 후 나는 "앞으로 어떤 소설을 쓰게 되든 가장 애착을 갖게 될 작품"이라고 말한 적 있다. 그 소설을 탈고했을 때 스스로 뭉클했던 마음은 이제 다 가라앉았지만 '가장 애착을 갖게 될 작품'이라는 마음은 변하지 않았다.
　변할 수가 없다. 평자들에게 성장소설 혹은 예술가소설로 분류되는 그 소설에는 (허구가 많이 가미돼 있긴 하지만) 유년기부터 청춘에 이르기까지의 내 상처의 흔적들이 고스란히 담겨 있다. 서른 몇 해의 일기가 책 한 권으로 축약돼 있는 듯한 느낌의 소설을 어찌 다른 소설과 견줄 수 있겠는가. 조금 촌스럽게 표현해 본다면, 그 소설은 문학 이전에, 독을 독으로 씻어내는 내 삶의 한 극약 처방이었던 것이다.
　그랬음에도 불구하고 그 소설 한 편으로 나의 '말하고 싶은 욕망'이 다 사라진 것은 아니었다. 솔직히 말하면 나는 인쇄되어 나온 첫 소설책을 받아드는 순간부터 그 다음 이야기를 쓰고 싶었다. 더 싸울 것이 남아 있다는 거겠지. 그랬다, <숲속의 연어> 2부작 완결편이라고 스스로 명명하면서 나는 그 이후의 이야기를 쓰고 싶은 욕망에 한동안 시달려야 했다.
　그 욕망을 잠재운 것은 어느 노 작가의 충고였다. 문단의 관례에 따라 내 소설을 일면식도 없는 동료, 선배 작가 여러분들에게 증정본으로 보내드렸는데, 뜻밖에도 평소 존경하던 한 원로작가께서 장문의 답장을 보내오셨다. 그 분 말고도 잘 읽었다는 편지나 전화는 몇 통 받았지만, 그 분의 답장은 송구스러울 정도의 과찬에다가 개인적인 경험이 서린 꼼꼼한 조언이 담겨 있어 정말 고마운 마음으로 읽었다. 그 분은 감당하기 어려울 정도의 극찬으로 내 소설을 좋게 평가해 주면서도 말미에 덧붙이길, 성장과정의 체험을 모두 털어놔 버리면 심리적으로 그만큼 긴장이 풀어지게 되므로 지속적인 창작의 원동력이 되도록 얼마큼은 가슴에 묻어둬야 할 것이라고 충고해 주셨다.

결국 그 분의 충고를 가슴으로 받아들여 나는 사적인 체험이 섞인 이야기는 당분간 쓰지 않을 마음을 먹게 되었다. 그렇게 마음을 먹는 것만으로 확실히 다른 시선이 생기기 시작했다. 사적 욕망이나 날 세운 오기가 배제된, 한 작가로서 짚어 보아야 할 보다 보편적인 인간관계의 문제들이 눈에 들어왔다. 그러면서 차츰, 개인적 체험과 무관한 가공의 이야기를 만들어내는 것이 얼마나 매력적인 작업인가 하는 것에도 눈이 떠지기 시작했다.

이번 소설은 그렇게 씌어졌다. 치열한 욕망 대신 담담한 관조로, 개인적 가슴앓이보다는 정밀한 투시경이 되어 평소에 느끼던 문제 하나를 형상화해 보고자 했다.

말 잘하면서 우아하게 겸손한 소위 지식인(교양인)들을 나는 신뢰하지 않는 편이다. 물론 지식이나 교양은 그 자체로 악덕은 아니고, 말과 행동이 따로 노는 표리부동이 그들에게만 있는 것도 아니다. 무지한 이들의 이기심은 더 야비하고 더 사납다. 내가 역겨운 것은 표리부동

자체가 아니라 그들의 능란한 자기합리화다. 무슨 일에든 그럴싸한 변명이 마련돼 있고, 어떤 모순적인 행동도 모순이 아닌 듯 포장해 버리는 사람들. 무엇 하나 손해 보려 하지 않으면서도 그런 자신의 교활성과 이기심은 한 치도 들여다보지 못하는 사람들의 그 집요한 자기애.

주변에서 가끔 자기합리화로 무장된 그런 뻔뻔한 자기애를 볼 때마다 참을 수 없이 혐오스러웠다. 감히 말하면, 그런 류의 자기애는 종종 자기보다 덜 지능적인 상대의 순정을 철저히 이용한다는 점에서 거의 '사악'에 가까워지기도 한다. 이 소설에서 나는 그 점을 드러내보고 싶었다.

그렇다고 무슨 고발의 심정으로 이 글을 쓴 것은 아니다. 여자라는 성별이나 소설가라는 직업도 '세련된 지성인'의 한 은유일 뿐 특별한 이유는 없다. 나로선 다만, 정도의 차이는 있겠지만 사람 누구에게나 있는 이 자기애라고 하는 것이 자기합리화라고 하는 이중의 막을 두르게 될 때 얼마나 눈 먼 이기주의가 될 수 있는가 하는 점을 그리고자 했다. 나는 독자들이 이 여자에게 분노하기 전에 자기 자신을 먼저 돌아보았으면 싶다.

책을 엮는 건 아마 세월을 묶는 일이기도 하리라. 그래서인가, 지금처럼 '작가의 말'이란 걸 쓸 때면 한 세월 맺었던 인연들이 눈앞에 싸락눈처럼 다가서 온다. 나에게 눈부심과 쓸쓸함을 주었던 그 모든 인연들에게 고맙다는 말을 전하고 싶다.

2004년 봄, 모정리에서
이서인

차례

1 11
2 23
3 36
4 47
5 55
6 59
7 67
8 75
9 85
10 93
11 110
12 116
13 126
14 132
15 135

16 147
17 160
18 165
19 169
20 176
21 185
22 203
23 207
24 216
25 226
26 233
27 236
28 240
29 245
30 250
31 259
32 267
33 269
34 274

1

그녀가 '오대양 횟집'에 처음 들어서던 날은 날씨가 유난히 좋지 않았다. 해뜨기 전부터 줄곧 잠록하더니 정오 지나면서 결국 장대비가 쏟아졌고, 곧이어 기다렸다는 듯 바람도 세차게 불기 시작했다. 그러잖아도 여름 성수기가 끝나면서 인적이 뜸해져 쓸쓸하던 해변 마을은 장맛비처럼 쏟아지는 거센 빗줄기로 해서 한층 을씨년스러워 보였다.

날씨가 그렇다 보니 식당은 오후 세 시가 넘도록 손님 하나 받지 못한 채 텅 비어 있었다. 이따금 거센 바람에 떠밀린 현관문이 저 혼자 쾅 소리를 내며 열렸다 닫히면 그때마다 실내에 괴어 있던 습기 찬 고요가 미세하게 출렁거렸다. 보이는 사물들이 모두 오래된 흑백사진처럼 느껴지는 다소 처량한 분위기의 오후였다.

그 시각 한수는 카운터 근처 테이블에 혼자 앉아 있었다.

"허이구우, 이런 날두 다 있네……."

화장실에 다녀오던 이씨 아주머니가 한수 앞에 잠깐 서서 크게 하품을 하고는 이내 텔레비전이 있는 온돌방으로 돌아갔다.

텔레비전 화면에는 유선방송에서 재방송으로 내보내는 드라마가 방영되고 있었다. 똑똑한 며느리와 푼수 시어머니가 티격태격하다가 결국엔 서로를 이해하며 갈등을 해소한다는, 재작년이던가 대단한 인기 속에 방영되었던 주말연속극이었다. 진작부터 텔레비전에 붙어 깔깔거리고 있는 미스 김 앞에는 연속극을 보며 까놓은 마늘이 수북하니 쌓여 비 맞은 조약돌처럼 유난히 번들거렸다.

"혼저 청승맞게 앉어 있지 말구 어여 이리 와."

텔레비전 앞에 엉덩이를 붙인 이씨 아주머니가 쯔쯧, 혀까지 차며 홀에 혼자 앉아 있는 한수를 불렀지만 그는 건성으로 고개만 한 번 끄덕이고는 현관 유리문 너머 바다 쪽으로 눈길을 돌렸다. 거친 파도 한 자락이 방파제 위로 높이 치솟아 오르고 있었다.

자동차 소리가 들린 게 그때였다. 한수가 막 담뱃불을 엄지와 검지손가락으로 툭 쳐냈을 때였다. 한수는 떨어진 불씨를 발로 비벼 끄고는 현관 밖으로 나갔다. 은회색 소나타 한 대가 식당 마당으로 들어서는 게 보였다. 사방이 온통 스산한 탓에 폭우 속에서 갑자기 나타나 스르르 미끄러져 오는 그 은회색 물체는 특별한 밀명이라도 띠고 온 사신처럼 어딘지 비장한 느낌을 주었다.

승용차는 짙은 선팅이 되어 있어 한수가 있는 곳에서는 안이 잘 보이지 않았다. 승용차는 엔진 소리가 꺼지고 나서도 한동안 가만히 정차해 있다가 문이 열렸다. 이윽고 문을 열고 나온 운전자는 한눈에 도회지 사람으로 짐작되는 서른 살 남짓 돼 보이는 여자였다.

여자는 비를 막으려고 이마에 손차양을 만들면서 식당을 향해 종종걸음으로 다가왔다.

"어서 오세요."

얼른 달려가 우산을 받쳐 주는 한수에게 고마워요, 하고 여자가 말했다. 몸을 낮추면서 살짝 미소짓는 여자에게서 그윽한 향수 냄새가 날아와 한수를 잠깐 어찔하게 했다.

"저 아래 해변민박집에서 소개해 주었어요. 여기 민박도 하나요? 횟집 같은데."

현관 앞에서 여자가 차분한 목소리로 물었다.

"예, 일단 들어가세요."

한수는 여자를 앞세워 홀 안으로 들어갔다. 어서 오셔유! 아침부터 앉아만 있는 것이 지루했던지 방에서 달려나오는 이씨 아주머니의 목소리는 평소보다 생기 넘쳤다.

한수는 여자에게 수건을 갖다주었다. 여자는 어깨에 메고 있던 가방을 내려놓고는 수건으로 젖은 머리와 목덜미를 꼼꼼히 닦았다. 여자는 몸에 달라붙는 갈색 티셔츠에 연한 베이지색 면바지를 입고 있었다. 옷이 젖어 여자의 가슴과 허리선이 선명하게 드러나 있어 한수는 슬그머니 고개를 돌렸다.

여자는 온돌방 마루턱에 앉아 잠시 숨을 고르고 나더니 숙박이 가능한가에 대해 다시 물었다. 보름쯤 머물 생각이라는데, 전에 며칠 묵고 간 적이 있는 해변민박집으로 갔더니 마침 집 안에 일이 있어 당분간 문을 닫는다면서 이곳을 소개해 주더라는 것이었다. 한수는 말의 내용보다 여자 목소리의 독특한 울림에 먼저 귀를 빼앗겼다. 여자의 외모만큼이나 목소리에도 어떤 격조가 있다고 한수는 느꼈다. 뭐랄까, 음악방송을 진행하는 아나운서들처럼 여자의 목소리엔

여운 깊은 호소력 같은 게 있었다.
 한수는 여자를 잠시 기다리게 하고는 식당 뒤편에 있는 주인집으로 갔다. 사장 부인인 홍 여사는 안방에서 이불을 꿰매고 있었다. 사장은 서울에서 따로 벌인 사업 관계로 한 달에 두어 차례 내려올 때 말고는 거의 서울에 있는 집에서 지냈다. 이제는 홍 여사가 사장인 셈이지만 한수를 비롯해 식당 사람들은 여전히 홍 여사를 사모님이라 부르고 있었다.
 "손님 왔어?"
 노크를 하고 들어가자 홍 여사가 고개를 돌렸다. 한수는 방금 온 여자에 대해 간단히 설명했다.
 "뭐하는 여잔데 혼자 그렇게 오래 있는데?"
 홍 여사는 이상하다면서 한수에게 자세히 알아보라고 지시했다. 재작년에 윗동네 여관에서 자살한 여자가 떠오른 모양이었다. 꼭 그런 일까진 아니더라도 여자 혼자 보름간이나 묵겠다는 건 조금 의아스러운 일이기는 했다. 식당으로 돌아왔지만 한수는 여자에게 직접 꼬치꼬치 묻는 게 내키지 않아 미스 김을 불러 홍 여사의 지시를 떠넘겼다.
 "작가래."
 여자에게 갔다 온 미스 김의 표정이 시큰둥했다.
 "작가?"
 "응, 작가. 있잖아 왜, 옛날에 '아들과 딸'인가 하는 연속극, 거기서 검사랑 결혼한 김희애가 소설가로 나오거든. 무슨 작가인지는 모르지만 말이야. 근데 저 여자는 연속극에서 본 작가 같지가 않아. 눈빛도 야시시하고, 이상하게 기분이 안 좋아."

"손님인데 그런 말을 하면 안 되지요."

한수의 말에 미스 김은 흥, 코웃음을 치며 돌아섰다.

한수는 홍 여사에게 다시 가 여자 손님이 작가이더라는 말을 전했다. 그러고는 오래 있을 손님이니 민박 요금을 깎아주면 어떠냐고 권했다.

"우리 이 실장이 웬일이야? 그러지 뭐. 요새 민박손님도 별로 없는데."

홍 여사는 선뜻 민박 요금을 깎아주었다. 신분과 여행 목적이 분명해지고 나자 뒤늦게 장기 투숙객이란 것에 기분이 좋아진 표정이었다. 한수가 일하는 이 가게는 민박 전문이 아니어서 장기투숙자는 많지 않았다. 서울의 방송국에서 온 사람들이 무슨 기록물 촬영인가를 한다면서 나흘인가 머문 적은 있었으나 그밖에는 어쩌다 하루 묵고 가는 손님이 보통이었다.

한수는 여자를 이층으로 안내했다. 이층은 사장이 다른 민박집에 회 손님을 빼앗기지 않으려고 올해 봄에 증축했는데, 바다 쪽으로 통창을 내고 테라스도 만들어 놓아 주변의 오래된 민박집들보다 운치가 있는 편이었다.

여자는 방을 보더니 마음에 든다면서 차 안에 있는 짐을 갖다달라고 부탁했다. 한수는 짐을 꺼내기 전에 먼저 여자의 차를 다시 주차시켰다. 바다 쪽으로 정면주차를 하면 바닷물의 소금기 때문에 엔진이 부식된다는 말을 들은 게 생각나서였다. 차에는 큰 여행용 가방을 포함해 크고 작은 짐 뭉치가 다섯 개나 되었다. 한수는 두 번에 걸쳐 여자의 짐을 모두 날라주었다.

"고마워요, 책이라 무거웠을 텐데."

미소를 지으며 여자가 잠깐 한수의 얼굴을 빤히 바라보았다. 한수는 여자의 눈을 피해 손으로 인터폰을 가리켰다.
"불편한 게 있으시면 저기 있는 인터폰을 누르세요."
"친절하시네요, 제가 어떻게 불러야 되지요?"
여자가 한수의 호칭을 물었다. 한수는 왠지 대답이 바로 나오지 않았다.
"사람들이 이 실장이라고 부릅니다."
"아, 실장님이세요? 잘 부탁합니다."
여자가 정중하게 고개를 숙여 보였다. 한수는 자기도 모르게 얼굴이 화끈거려 얼른 돌아섰다.
한수가 아래층으로 내려오니 새로운 손님이 들어서고 있었다. 중년 나이의 남녀 한 쌍이었다. 텔레비전을 보던 이씨 아주머니와 미스 김이 방에서 나와 부산하게 움직이기 시작했다. 한수도 바로 주방으로 들어갔다. 곧 미스 김이 손님의 주문을 받아 왔다.
"광어회 작은 걸루."
한수는 앞치마를 두르고 현관 앞에 있는 수족관으로 가 뜰채로 광어를 건져 올렸다. 뜰채 끝으로 전달되는 무게가 눈으로 짐작했을 때보다 묵직했다. 한수는 놈을 내려놓고 좀더 작은 다른 놈을 건졌다. 어항의 물 속을 통해 가늠하는 눈짐작보다는 언제나 뜰채 끝에서 전달되는 무게가 크기의 감을 잡기 훨씬 쉬웠다.
한수는 면장갑을 끼고 광어를 살짝 기절시킨 다음 도마 위에 올렸다. 살을 바르기 위해 광어 등에 칼날을 넣었을 때 이층에 연결된 인터폰이 울렸다. 한수는 칼날을 그대로 밀어 넣으며 인터폰을 들어 어깨와 귀 사이에 걸쳤다. 그 잠깐의 방심에 칼날이 가시를 살짝 건드렸다.

"죄송합니다만, 상이 하나 있으면 좋겠어요. 자꾸 귀찮게 하지요?"

인터폰 안에서 여자의 상냥한 목소리가 흘러나왔다. 한수는 공연히 가슴이 설렜다. 그는 빠르게 회를 떠서 미스 김에게 건넨 뒤 깨끗한 상을 하나 골라 이층으로 갖고 올라갔다.

"어디다 놓을까요?"

"저쪽이요."

여자가 창가에서 돌아서며 방 중앙의 벽 쪽을 가리켰다. 여자의 머리는 아까 들어올 때와 달리 뒤로 단정하게 틀어 올려져 있었다. 그 사이에 옷도 갈아입었는지 앞가슴이 들여다보이는 소매 없는 원피스 차림이었다. 한수는 여자가 가리킨 곳에 상을 놓았다. 여자가 열어 놓은 창문으로 빗소리와 파도소리가 시원스레 밀려들어오고 있었다.

그 사이 짐 정리는 대강 끝난 것 같았다. 빈 가방들이 방 한쪽에 몰아져 있고 왼쪽 벽면에는 스무 권 남짓의 책들이 가지런히 세워져 있었다. 옷걸이에는 여자가 입고 왔던 옷과 카키색 수건 한 장이 걸려 있었다. 크게 달라진 것 없는데도 한수의 눈에는 방안이 완전히 다른 장소로 느껴졌다.

"여기 잘 온 것 같아요. 주변이 참 아름답네요. 그런데, 저 앞에 있는 섬은 무슨 섬이죠?"

여자가 손가락으로 바다 오른쪽을 가리켰다.

"원산도예요. 송림과 해당화 꽃밭이 보기 좋아요. 해수욕장은 백사장이 꽤 길고 유리를 만드는 데 쓰인다는 규사로 되어 있어서 모래가 곱고 부드럽다고 해요."

한수는 다른 사람에게 들었던 말로 간단히 설명해주었다. 눈앞에 있는 섬인데도 늘 바라보기만 했지 한 번도 가 본 적이 없다는 것을 그는 여자의 물음에 대답하면서 새삼 깨달았다. 하기야 해당화가 만발할 때면 이곳에서도 가물가물한 대로 흐드러진 꽃 천지의 장관을 느낄 수 있기는 했다.

"아, 그래요. 한 번 가봐야겠네."

여자가 소녀처럼 두 팔을 가슴에 모았다.

"아침에는 좀 시끄러울 겁니다. 배들이 여기서 뜨거든요."

한수는 그렇게 말하면서 슬쩍 여자의 우윳빛처럼 하얀 목덜미를 바라보았다.

"시끄럽긴요, 사람 냄새 느낄 수 있어서 더 좋지요."

그녀가 고개를 돌려 한수를 보았다. 나쁜 짓을 하다 들킨 사람처럼 가슴이 뛰어 한수는 어색하게 조금 웃어 보였다. 가까이 다가온 그녀와 한수의 눈이 정면으로 마주쳤다. 저 그럼 이만…한수는 꾸벅 고개를 숙이고 돌아섰다. 한수는 자신이 좀 허둥대는 것으로 보였을지 모르겠다고 생각했다.

저녁 여덟 시쯤에 여자가 인터폰으로 식사 메뉴를 물어보았다.

"우리 가게는 회가 주종이어서 식사 메뉴는 다양하지 않아요. 된장찌개와 김치찌개 정도인데 어떡하지요?"

한수가 여자에게 말한 두 가지 찌개백반은 아침에 뱃일 나가는 사람들을 위해 준비해 놓은 메뉴였다. 여자는 된장찌개를 주문했다.

"돈도 안 되는 거 귀찮게 하네."

된장찌개를 준비하라는 한수의 말에 미스 김이 짜증을 냈다. 한수는 그런 식으로 말하는 게 아니라고 짐짓 엄하게 말했다. 이씨 아주머니와 미스 김 모두 한수보다 나이가 많았지만 적어도 식당 안에서만큼은 그의 말을 따라야 했다. 한수는 지배인 격인 실장이라는 직책으로 주방뿐 아니라 이 식당과 민박일 전체를 책임지고 있었다.

"저 혹시 신문 없나요?"

식사가 차려진 상 앞에 와 앉으며 여자가 물었다. 한수는 미스 김에게 신문을 갖다 주라고 했다.

"식사들 하셨어요? 안 했으면 같이 해요."

수저를 들다말고 여자가 말했다. 한수가 벌써 먹었다고 하자 여자는 내일부터는 자기 때문에 상을 따로 차릴 필요가 없다면서 있는 동안 식구처럼 지내자고 말했다.

"그려유, 색시두 혼저 먹기 맛읍을 티니께."

물통과 컵을 갖다 주던 이씨 아주머니가 반색을 하며 거들었다.

"아주 참허구 곱게 생긴 색시구먼유, 잘 키운 넘의 딸 같네."

"별 말씀을요, 아주머니도 인상이 참 좋으신데요."

여자도 매우 싹싹하게 웃으며 응대했다. 아주머니가 여자 앞에 잠깐 걸터앉으며 몇 살이냐고 묻자 여자는 서른아홉이라고 대답했다.

"나일 워디루 드셨대유? 전혀 그렇기 뵈지 않는구먼."

아주머니의 말에 미스 김이 입을 실룩거렸다. 미스 김도 서른아홉이었다. 자기 스스로 '미스 김'이라 불러달라고 해 모두 그렇게 부르고는 있지만 사실은 남편을 바다에 빼앗기고 아들과 딸, 그리고 병든 시어머니와 함께 사는 과부였다. 한수는 자기가 보기에도 미스 김과 여자가 동갑으로 보이지 않는다고 생각했다. 적어도 열 살은 차이가 나 보였다.

여자는 신문을 보면서 조용히 식사를 했다. 한수와 식당 식구들은 멀찌감치 떨어져 앉아 표나지 않게 가끔 여자를 흘깃거렸다. 여자는 식사를 마치고 나서 창 밖을 바라보며 담배를 피웠다. 그것을 본 미스 김이 한수의 옆구리를 찌르면서 공연히 흥, 하고는 입을 실룩거렸다. 하지만 한수에게는 여자의 담배 피는 모습이 보기 좋았다.

"잘 먹었습니다."

여자는 일어나기 전에 자기가 보던 신문을 말끔히 접어 탁자에 올려놓았다. 여자가 먹던 상에는 반찬이 거의 그대로 남아 있었다. 여자가 이층으로 올라간 뒤에 한수는 아주머니와 미스 김에게 퇴근준비를 시켰다. 별실에 있는 손님만 나가면 문을 닫을 생각이었다.

아홉 시가 조금 넘자 별실에 들었던 손님이 계산을 하러 나오면서 숙박을 원했다. 한수는 그를 여자의 방에서 멀리 떨어진 방으로 안내했다. 이제 더 이상 손님이 올 것 같지 않다는 생각에 한수는 아주머니와 미스 김을 퇴근시키고 간판 불을 껐다. 그러고는 잠시 생각하다가 이층의 보일러를 틀었다. 늦여름이지만 비가 많이 와 여자의 방이 눅눅할 것 같아서였다. 매사에 절약을 강조하는 홍 여사가 알면 싫어할 일이었다.

보일러를 적당한 온도에 맞추어 놓고 한수는 주방 옆에 있는 자기 방으로 들어갔다. 이불을 펴고 누웠지만 잠이 오지 않았다. 한수는 머리맡에 놓여 있던 '미야모도 무사시'라는 책을 펼쳤다. 윗마을 횟집에서 주방장을 하고 있는 상구 형이 그에게 빌려준 것이었다. 상구 형 방에는 이런저런 책들이 꽤 많았다. 넌 일 끝나면 주로 뭐하냐? 어느 날 불쑥 한수에게 그렇게 묻더니, 그가 별 하는 일 없이 일찍 잠자리에 든다고 하자 마치 숙제라도 내주듯 책 한 무더기를 싸

주었다. 잠 안 올 때 있걸랑 읽어 봐, 시간 때우기 좋아. 성의가 고마워서 두말없이 받아온 게 열흘 전쯤이었다.

한수는 두어 페이지 읽다 말고 책을 덮었다. 책이라는 걸 손에 들어본 지 오래 되어 눈만 아프고 잘 읽혀지지 않았다. 여전히 잠은 오지 않아 한수는 홀에 나가서 소주 한 병과 삶은 소라를 가지고 왔다. 그때 전화벨이 울렸다. 명희였다.

"오빠, 거기 비 와요?"

"응, 거기도 비 오나 보지?"

"벼락이 쾅쾅 쳤어요. 손님 없었겠네?"

"응. 여긴 벼락은 없었어."

"오빠 잘 계시지요?"

"응."

명희는 건강 조심하라고 말하고는 금방 전화를 끊었다.

명희는 홍 여사의 조카로 서울에 있는 섬유공장에 다니고 있었다. 홍 여사가 한수에게 명희를 소개한 것이 작년 이맘때쯤이었다. 그런 또순이 없어, 두 사람이 결혼하면 십 년 안에 건물 지을 걸, 내가 장담한다니까. 명희를 소개할 때 홍 여사가 한 말이었다. 그 며칠 후에 명희가 내려왔다. 명희는 키가 크고 각이 진 얼굴에 입술이 유난히 두툼했다. 명희는 처음부터 한수를 오빠라고 부르면서 친근한 태도를 보였다. 말수가 많지는 않았지만 밝고 활동적인 성격이었다.

"내 조카랑 결혼하면 이 식당 나중에 이 실장에게 맡길 수도 있어. 시간 줄테니까 같이 나가서 데이트도 하고 좀 그래. 알다시피 사장님은 서울 일이나 신경 쓰지 이 가게엔 관심이 없잖아. 거기다 나도 이젠 몸이 예전 같지 않아."

홍 여사는 한수가 명희에게 너무 덤덤하다면서 명희가 올 때마다 은근히 그를 다그쳤다. 한수가 보기에도 명희는 억척스러울 만큼 부지런하고 야무진 성격이었다. 명희는 식당에 와서도 일만 했고, 일을 해주고 나면 꼭 이모인 홍 여사에게 일당을 받으려고 했는데, 홍 여사는 명희의 그런 이악스러운 면을 오히려 대견해하는 듯했다. 식당에 손님이 없는 날은 갯벌에 나가 조개를 주워 읍에 나가 팔기도 하는 명희였다. 일에는 이골이 난 미스 김과 아주머니도 명희를 보고는 고개를 설레설레 흔들었다.

사나운 바람에 창문이 이따금 덜컹거렸다. 을씨년스러우면서도 아늑한 소리…. 아늑하다는 건 한수의 마음이다. 깊은 밤에 이런 바람소리를 들을 때면, 그 매운 바람소리가 옆구리에 숭숭 구멍을 내면, 한수는 습관적으로 어린 시절의 어느 밤을 떠올리는 것이다.

아버지의 심부름으로 인근 마을 아저씨 댁에 다녀오던 길, 갑자기 소나기가 쏟아져 근처 기와집 처마 아래에서 비를 피하던 기억이다. 그 밤, 그 처마 아래에서의 말할 수 없이 우울한 동경, 어른스런 회한의 심정으로 우두커니 마음에 새겨 넣던 서글픈 다짐 같은 것. 머리 위 들창에서는 물안개 같은 하얀 불빛이 흘러나왔고, 방 안에는 까까머리인 동네 중학생형이 자기 책상에 단정히 앉아 시험공부에 열중하고 있었다. 훔쳐보듯 한순간 스쳐 바라본 그 방 안 풍경의 따뜻한 고요, 따뜻한 숨결.

다시 창문이 덜컹거렸다. 눈을 감은 채 한수는 바람이 몰고 다니는 먼 곳의 소리들에 귀기울였다. 십 년쯤 혼자 잠들면 잠들기 전의 스산한 적막에 몸을 맡기는 법을 배운다. 미세한 소리들…소리와 소리 사이의 친숙한 무엇들…한수는 조금씩 잠에 빠졌다.

2

 다음날, 늦게 잤는데도 한수는 아침 일찍 눈을 떴다. 시계를 보니 여섯 시였다. 식당 문은 보통 아홉 시에 열고 청소나 음식 준비도 그 때부터 시작하므로 시간은 많이 남아 있었다.
 한수는 오토바이를 타고 읍으로 내려갔다. 이불에서 빠져나와 옷을 입으며 거울을 보는데 문득 자기 모습이 마음에 들지 않았다. 귀를 덮은 머리카락, 드문드문 갈색 기미가 보이는 눈자위, 굵은 목, 헐렁한 셔츠에 검은 면바지…어딘가에 생선 냄새가 배어 있을 듯한 후줄근한 분위기도 이 날따라 유난히 그의 마음에 들지 않았다.
 한수는 목욕탕에 가서 온몸의 때를 깨끗이 밀고 이발까지 했다. 목욕탕에서 때를 밀 때 그는 거울에 비친 자기 몸을 새삼 찬찬히 살펴보았다. 몸 하나는 정말 끝내준다. 어느 날 상구 형과 함께 목욕탕에 왔을 때 상구 형이 그에게 했던 말이었다. 거울 앞에서 그 말을 떠올리며 한수는 보디빌딩하는 남자들처럼 이두박근에 힘을 주어

두 팔을 천천히 올려 보았다. 그러다가 어느 순간, 보는 사람도 없는데 스스로 쑥스러워 슬그머니 팔을 내리고 말았다.

"어이, 어디 가? 신수가 훤하네?"

마을로 돌아오던 한수는 길에서 마침 상구 형을 만났다. 상구 형은 조깅을 하고 돌아오는 차림이었다. 상구 형은 아침마다 해안선을 따라 삼십여 분씩 달리는 것으로 하루를 시작하는 사람이었다.

"가긴요, 그냥 기분 전환으로…."

한수가 웃으며 머리를 긁적이자 상구 형은 가볍게 이죽거렸다.

"기분 전환? 너도 그런 거 할 때 있냐? 명희 씨 오늘 오니? 이번에 내가 좋은 테이프 가지고 왔는데 빌려 줄까? 남자는 자고로 그것을 잘 해야 여자한테 사랑받는 법이야. 참, 그리고 바지 하나 줄게. 폴로야, 그저께 서울 갔다 왔거든."

상구 형은 그를 기다리고 있었기라도 한 듯 쉬지 않고 말을 했다. 그러고는 이마에 난 땀을 닦으면서 피식 멀건 웃음을 흘렸다. 종종 한수의 마음을 따뜻하게 해주는 상구 형 특유의 낙천적인 웃음이었다.

상구 형은 한수보다 여섯 살 많은 마흔하나인데 기분파인 데다 성격도 시원스럽고 대화를 재미있게 이끌 줄 아는 사람이었다. 한 달에 한 번 있는 주방장들 모임에서는 대부분 상구 형이 술값을 지불했다. 다른 이가 같이 내자고 할 때마다 그는 "야, 빨리 모아서 작더라도 가게 차려, 남의집살이도 한때야" 하면서 씩 웃고는 했다. 한수 생각에 그런 말은 사실 누구보다 상구 형 자신이 들어둬야 할 것 같았지만, 자기 처지에 짐짓 호방한 그 점이 그의 매력으로 다가오는 것도 사실이었다.

한수가 식당에 도착하니 마당을 쓸고 있던 홍 여사가 그를 돌아다보곤 웬일이냐는 듯 빙긋 웃었다.
"우리 이 실장 인물이 훤해졌네."
 현관 앞에서 야채를 다듬고 있던 이씨 아주머니도 일하다 말고 그를 힐끗 바라보았다. 마침 물차가 도착한 것을 핑계로 한수는 얼른 수족관 쪽으로 갔다. 아직 물을 갈기엔 일렀지만 일찍 갈아 두어 나쁠 건 없기에 그냥 물을 받을 생각이었다. 어항의 물을 모두 빼자 수십여 마리의 고기들이 싱싱하게 뒤채며 튀어 올랐다. 한수는 어항 안쪽의 이물질을 닦아준 다음에 고무 호수를 물차에 연결했다.
 얼마 후였다. 한수가 한참 물을 받고 있는데 이층에서 음악소리가 들려왔다. 피아노곡이었다. 방심, 혹은 지나친 의식, 아마 그랬을 것이다. 평범한 그 음악소리가 한수에게는 마치 산길에서 별안간 마주친 적병처럼 가슴을 두근거리게 했다. 흠칫 그의 몸은 물결 번지듯 미세하게 흔들렸고, 이어서 의미는 이해하지 못한 채 예감만 먼저 서늘하게 와 닿는 주술처럼 아득한 선율 하나가 그의 몸에 물보라처럼 쏟아져 내렸다.
 한수는 한참 후에야 정신을 차려 고개를 들었다. 이층을 올려다보았다. 방 커튼이 젖혀져 있고 창문도 조금 열려 있었다. 잠시 후에 커튼 사이로 여자의 모습이 잠깐 보였다가 사라졌다. 아니, 보인 듯했다.
 열 시에 미스 김이 출근했다. 출근 시간은 아홉 시였지만 미스 김과 이씨 아주머니는 하루씩 번갈아 가며 한 시간씩 늦게 출근하게 하고 있었다. 두 사람 다 집에 학교 챙겨보내야 할 아이들이 있는 데다 오전엔 그다지 바쁘지도 않아 한수가 홍 여사에게 건의한 일이었다.

미스 김이 출근한 것을 보고 한수는 낚싯대를 들고 방파제로 나갔다. 아침 손님은 거의 백반을 먹으러 오는 근처 일꾼들이어서 한수가 할 일은 별로 없었다. 방파제는 식당에서 아주 가까웠다. 한수는 고요한 아침 바다에 앉아 낚시하는 것을 좋아했다. 아침에는 바다에 엷은 물안개가 흐르고 있어 눈앞의 올망졸망한 섬들이 먼 나라의 그림엽서와도 같은 사뭇 신비한 기운을 띠고 다가왔다.

한수는 낚싯대를 드리우고 담배 한 개피를 물었다. 어제 종일 몰아치던 비바람은 거짓말처럼 그쳐 있었다. 고요히 찰랑거리는 수면 위에서 아침 햇살이 은박지처럼 반짝거렸다. 위쪽 포구 가까이에 갈매기 몇 마리가 느리게 선회하고 있었고, 그 아래에는 먼바다로 나가는 돌게잡이 배들이 한가로이 이동하고 있는 게 보였다.

좀처럼 입질이 없어 한수가 찌를 한 번 살펴보려 할 때 뒤에서 누군가 다가오는 기척이 느껴졌다. 곧 등 뒤에서 여자 목소리가 들렸다.

"안녕하세요?"

돌아다보니 그녀가 서 있었다. 작가라는 그 여자. 한수는 고개를 숙여 깍듯이 인사를 했다.

"낚시하세요?"

그녀가 생긋 웃었다. 네, 하고 한수는 짧게 대답했다.

"제가 방해한 건가요?"

"아니요, 괜찮아요."

그녀는 스스럼없이 한수 옆으로 와 앉았다.

"횟감을 직접 잡나 보지요?"

"심심풀이에요. 가게에서 쓰는 고기는 따로 대주는 데가 있어요."

"아, 네에…."

그녀의 몸에서 싱그러운 비누 냄새가 났다. 한수는 낚시바늘에 미끼를 새로 달아 바다로 던졌다. 아무래도 그녀가 의식되었는가 보았다. 던지는 동작이 자연스럽지 않아 한수가 던진 바늘은 멀리 날아가지 못했다. 방파제 근처는 수심이 얕고 수초가 많아 큰놈을 잡으려면 적어도 오십 미터는 되는 거리에 채비를 넣어야 했다. 한수는 줄을 당겨 다시 던질까 하다가 그냥 놔두었다.

"주로 어떤 게 잡히나요?"

"여기선 놀래미나 우럭이 주로 나오는데 배를 타고 갯바위로 나가면 큰 농어를 잡을 수도 있어요."

"아, 농어? 농어회가 횟감으로는 상급이지요?"

"네, 특히 요즘 잡히는 게 맛있어요. 바닷가 사람이 저승에 가면 여름 농어를 먹어 봤느냐고 가장 먼저 물어본다는 옛말도 있지요."

"하하, 재미있는 말이네요."

한수는 아무 물고기라도 한 마리 올라와 주었으면 하는 심정이었다. 그녀를 옆에 두고 가만히 앉아 바다만 보고 있는 게 그는 조금 불편했다. 낚시 해 보셨어요? 하고 그녀에게 말을 걸어볼까 생각했지만 소리는 혓바닥에서만 맴돌다가 슬그머니 가라앉아 버렸다.

바다에 대해서 그녀가 무슨 말을 하기 시작했다. 귀담아 듣고 있는 데도 방금 전에 들은 말을 자꾸 잊어버려 한수는 내심 당황했다. 이야기 중에 수시로 등장하는 낯선 신들의 이름 때문일 거라고 그는 생각했다. 그 길고 이상한 이름들을 입 속으로 되뇌다 보면 갑자기 이야기 줄기는 어디론가 증발해 버리고 낯선 발음들만 혀에 남아 버석거렸다. 제우스와 포세이돈은 어디선가 들어본 듯한데 그밖에 다른 이름들은 그에겐 전혀 생소했다.
낚시꾼들은 마치 현대판 '····' 같아요, 그렇지 않아요? 하고 그녀가 말을 끝냈다. 그러네요, 하고 한수는 아슬아슬한 기분으로 대답했다.
"그만 방해할게요."
그녀가 일어섰다. 한수도 엉거주춤 따라 일어났다. 그녀는 눈인사를 남기고 돌아서다가 잠깐 멈춰 서더니 우유와 빵을 사야 한다면서 수퍼마켓이 어디 있느냐고 물어보았다. 한수가 위치를 일러주는 동안 그녀는 무슨 대단한 안내라도 받는 듯 진지하게 귀를 기울였다. 그러고는 다시 정중하게 목례를 하고는 그쪽 방향으로 걸어갔다. 그녀가 멀어지고 난 후에 한수도 곧 낚시도구를 챙겨 일어났다.

점심 때 한 차례 단체손님을 받았기 때문에 가게 식구들 점심식사가 늦어졌다. 그녀는 한창 바쁜 시간에 내려왔다가 나중에 같이 먹겠다면서 바로 올라갔다. 손님들이 모두 빠져나간 후에 한수는 싱싱한 회로 회덮밥을 만들었다. 한수는 미스 김에게 이층의 그녀에게 전화하라고 이르고는 밖에 나가 바다를 보며 담배를 피웠다. 안개가 사라진 오후 바다는 매끄러운 수정 표면처럼 투명한 윤기가 흘렀다.
"바다 좋아하세요?"
언제 나왔는지 그녀가 한수 옆에 서 있었다.
"아, 나오셨어요?"
"자연처럼 아름다운 것이 없어요. 사람들은 자연 자체가 신의 선물이라는 걸 잘 몰라요."
"네에…"

그녀는 팔이 닿을 듯 한수 옆에 바짝 붙어서 먼바다에 눈길을 주었다. 아침에 방파제에 함께 앉아 있을 때처럼 한수는 잠깐 아무 생각도 할 수 없었다. 무엇보다 온풍기 앞에 섰을 때처럼 몸의 털들이 하나하나 살아 일어나는 느낌에 그는 숨쉬는 것조차 불편했다.
"들어가 식사하시지요?"
"그럴까요."
고개를 돌리며 그녀가 짧게 미소지었다. 한수는 어색한 동작으로 먼저 몸을 돌렸다. 또각또각, 그녀의 샌들소리가 다소 급하게 앞서 걷는 한수의 한 발짝 뒤에서 경쾌하게 따라왔다.
그녀는 회덮밥을 아주 맛있게 먹었다. 그녀가 맛있게 먹는 모습은 다른 사람과 조금 달랐다. 작고 도톰한 입술로 오물거리며 주변에 밥풀 하나 흘리지 않았고 소리도 없었다.
"이 실장두 아가씨가 맘에 드나벼, 장사도 안 되는디 회덮밥을 다 만들구."
이씨 아주머니가 숟가락으로 밥을 비비며 싱긋거렸다. 한수는 아무 말도 안 했다. 그는 아가씨라는 말에 대해 혼자 생각하고 있었다. 이씨 아주머니가 그녀를 아가씨라고 부르는 것이 맞는 것 같기도 하고 아닌 것 같기도 했다.
"그럼 제가 그냥 있을 수 없지요. 이따 밤에 제가 술 한 잔 살게요."
그녀가 고개를 들어 한수를 보고 있었다. 한수가 괜찮다고 하자 그녀는 그의 말을 자르면서 실장님이 알아서 좋은 회 좀 준비해 달라고 덧붙였다. 미스 김은 옆에서 공연히 수저질을 거칠게 했다. 식사를 마치고 올라가면서 그녀는 '회식'이라는 표현까지 해 가며 밤의 술자리에 대해 사람들에게 상기시켰다. 제가 직접 환영회 자리를 만든 거니까 나중에 송별식은 해 주셔야 돼요, 하는 말도 덧붙이면서.

"쳇, 하루만에 식구 다 됐네."

그녀가 홀을 나가자 미스 김은 또 투덜거렸다. 그러면서 힐끗 한수 쪽을 바라보았는데, 한수는 무언가 자신에게 엉뚱한 항의라도 날아올 듯하여 모른 척 얼른 고개를 돌려 버렸다.

아홉 시 가까워져 조금 한가해지자 일을 돕던 홍 여사는 안채로 돌아갔다. 두 번째 단체손님이 막 돌아가고 홀에는 두 자리만 남아 있었다. 더 이상 회 주문은 없을 것 같았다. 도시와는 달리 이곳은 저녁식사 시간대인 일곱 시 전후에 손님이 몰려들었다가 늦어도 열 시까지는 모두 돌아갔다.

한수는 간판 불을 끄고 나서 이층에 인터폰을 넣어 잠시 후에 내려오라고 말했다. 그러고는 미스 김에게 횟상에 들어가는 곁반찬을 준비시키고 어항에서 자연산 도다리를 건져왔다. 수족관에 남아 있는 물고기 중에 가장 싱싱한 놈이었다. 자연산은 양식과 가격 차이가 커 금방 나가지 않고 수족관에 오래 머물러 있는 경우가 종종 있어 갓 들여온 양식 어종보다 육질이 떨어지는 경우도 있다. 하지만 이놈은 어제 들여와 아직 바다 냄새가 가시지 않은 데다 어항 안에서 생긴 상처도 별로 없었다.

한수는 미스 김이 준비한 기본 곁반찬 외에 세발낙지와 꽃게찜, 그리고 생선초밥 등을 더 만들어 내놓았다.

"상다리 부러지겠네."

미스 김이 빈정거리는 투로 말했다. 한수는 아무 말도 하지 않았다. 대신 옆에서 이씨 아주머니가 한 마디 했다.

"실장이 다 함께 먹으려구 준비헌 건디 미스 김은 괜실히 투덜댄댜? 존 게 존 거여."

얼마 후 계단에서 그녀의 샌들소리가 들렸다. 한수는 앞치마를 벗고 홀로 나갔다.

"어머, 정말 파티해도 되겠네. 여기 소개 많이 해야겠다. 회 한 접시 시키는 데 이렇게 잘 나오나요?"

방금 욕실에서 나왔는지 그녀의 머리는 촉촉이 젖어 있었다. 남색 원피스에 얇은 연회색 실크숄을 걸친 그녀를 보자 아주머니와 미스 김의 눈이 커졌다. 한수의 눈에도 그녀의 모습은 매우 우아해 보였다. 면바지에 티셔츠를 입었을 때와는 또 다른 그녀의 여성스러운 분위기가 홀 전체를 환하게 했다.

모두 홀 한가운데 식탁에 둘러앉았다. 실내등을 반만 남겨 놓고 대신 평소에는 잘 켜지 않던 마당 외등을 켜 놓았는데, 그 작은 변화만으로도 실내 분위기는 뜻밖에 은은했다. 마침 달빛도 밝아 외등 불빛 너머로 어슴푸레하게 보이는 감청색 밤바다는 모래 바람을 따라 시시각각 변모하는 사막처럼 완만하게 넘실거리며 술자리의 훌륭한 배경이 돼 주었다.

"아름다운 삶을 위하여!"

모두의 술잔이 채워진 다음 그녀가 건배의 말을 했다. 그녀와 한수는 소주를 마시고 아주머니와 미스 김은 맥주를 마셨다. 그녀는 마치 시식하는 사람처럼 상 위에 있는 음식 전체를 하나하나 조금씩 음미했다. 그녀는 회를 먹을 때도 상추에 싸서 먹지 않고 와사비 장을 약간만 묻혀서 먹은 뒤에 야채는 따로 먹었다. 한수는 그녀가 회를 먹을 줄 안다고 생각했다.
"그런디 아가씨는 왜 결혼을 안 허시는규? 쫓어댕기는 남자들이 많을 거 같은디…."
이씨 아주머니가 맥주를 한 모금 홀짝거리면서 묻고 있었다.
"결혼했어요. 딸도 하나 있는 걸요."
"그려유? 그런디 여서 그냥 오래 있어두 남편이 화 안 내는가유?"
이씨 아주머니가 재차 물었다. 그녀는 아주머니를 바라보면서 조용히 웃기만 했다. 그러자 알 것도 같다는 표정으로 이씨 아주머니가 고개를 끄덕거렸다.
"허기사 작가 선상님인디 당연지사 이해허야겠지."
이씨 아주머니가 그렇게 말하고 나자 비로소 그녀가 설득이라도 하듯 차분히 한 마디를 붙였다.
"이젠 남편이라고 아내를 무조건 구속하는 때는 지났잖아요. 우리 부부는 서로의 일을 존중하면서 좋은 친구처럼 지내요."
"그게 말처럼 쉬운 건 아닐 것 같은데, 이렇게 오래 집을 비우면 딸은 누가 돌봐요? 그쪽도 남편이 살림하고 아이를 키우나요?"
이번에는 미스 김이 호기심 가득한 눈으로 물었다.
"친정어머니가 봐 주세요. 어머니와 함께 살거든요."
"오메, 참 부럽네유, 이렇큼 아무 걱정웂이 훠얼훠얼 여행 댕겨두 되구, 작가란 게 좋긴 존 거구먼유. 사람이라면 그려서 많이 배워야 헌다니께. 우리 겉은 사람은 엄두두 뭇낼 일이지유. 당장 다리가 부러지던지 쫓겨나던지 허지."
이씨 아주머니는 정말 부러운가 보았다. 말끝에 짧은 한숨이 매달려 있었다. 그란디, 하고 이씨 아주머니가 또 무슨 말인가 물으려는 것을 보고 한수는 얼른 먼저 말했다.
"식사 못 하시겠어요. 우선 음식이나 좀 먹지요."
괜찮다는 표정으로 그녀가 한수를 향해 미소를 지어 보였다. 한수는 얼른 고개를 숙이고 세발낙지 접시로 젓가락을 가져갔다. 그녀는 꽃게찜 다리를 찢어 이씨 아주머니의 접시에 덜어주고 있었다.
얼마 후, 그만하면 오래 참았다는 듯 이씨 아주머니가 또 불쑥 물었다.
"작가라는 직업도 편허지만은 않겠지유?"
그녀는 무언가 생각하는 듯 고개를 숙이고 있다가 잠시 후에 약간 쓸쓸해 보이는 표정으로 고개를 들었다.
"사실은 작가가 된 걸 후회할 때도 적지 않아요. 순간순간 피 말리는 정신 노동이거든요."
"왜 안 그렇겠슈, 시상에 펜헌 일이라군 읍는 법인게."
이씨 아주머니는 이해한다는 듯 고개를 주억거렸지만 미스 김은 이번에도 그냥 넘어가지 않았다.
"정신적인 노동을 하는 분들은 그렇게 우아한 옷차림에 속눈썹까지 달고 다니는군요. 우리 같은 사람들은 그럴 여유가 없어요. 콜드 크림을 얼굴에 바르는 것도 몇 달에 한 번 있을까 말까 하니까. 나도 예전에 소설 읽어 봤는데 삶이 뭔지도 모르면서 탱자탱자 그럴싸한 말만 늘어놓더라구요. 소설가라고 다 명작 쓰나. 저두 고등학교는 나왔는데, 감동을 주려면 우선 진짜배기 삶을 체험해야 된다고 봐요. 말 갖고 사는 거 아니잖아요?"
미스 김은 그렇게 말하고 나서 맥주 한 잔을 단숨에 들이켰다. 한수는 얼굴이 뜨거워져서 그냥 있을 수가 없었다.

"미스 김, 무슨 말을 그렇게 해요. 탱자탱자가 뭐예요?"

"누가 이 분이 그렇대요. 그런 소설들이 많더라 이거지. 안 그래요, 작가 선생님?"

"네, 미스 김 말이 맞아요. 정말 삶을 제대로 알고 쓴 소설이 많지 않아요. 진정한 작가라면 주변부에서 묵묵히 살아가는 분들의 목소리에 귀기울여야 되는데 그렇지 못한 소설이 적지 않지요."

주변부? 하고 이씨 아주머니가 고개를 갸웃거리자 그녀가 곧 덧붙였다.

"우리 사회의 대다수를 차지하는 보통 사람들이요. 사실은 그런 분들이야말로 이 사회의 중심이지요."

대화가 잘 넘어가서 다행이었지만 아무래도 주의를 주어야겠다 싶어 한수는 옆에 있는 미스 김에게 말이 좀 거칠다고 넌지시 충고했다. 미스 김은 한수의 말은 들은 척도 않고 그녀의 속눈썹이 가짜니 어쩌니 하는 말만 그의 귀에 대고 속삭였다.

그녀가 미스 김에게 술을 권하고 있었다.

"저와 친구 해요, 동갑인 데다 저는 미스 김처럼 당당하고 주관 있는 분을 좋아해요."

그녀의 말에 아까부터 내내 시들해 있던 미스 김의 얼굴이 얼마간 풀리는 듯했다. 미스 김의 술잔이 채워지자 그녀가 다시 건배를 제창했다. 쨍, 모두 잔을 들어 부딪쳤다. 곧이어 이씨 아주머니가 작가들은 이야기를 어떻게 만들어 내느냐고 물었고, 그녀는 담배를 연속 두 개피나 피우면서 상상력이란 것에 대해 한참 동안 설명했다.

술자리가 끝날 때까지 한수는 소주를 세 병이나 마셨다. 평소에 없던 과한 양이었다. 중간에 한 번 무슨 말인가 하려다가 약간 혀 꼬

부라진 목소리가 나온 다음부터 그는 입을 꾹 닫고 아무 말도 하지 않았다.

"오늘 참 유익한 시간이었어요. 다음에는 더 좋은 시간 보내요."

열한 시 경에 그녀가 먼저 자리에서 일어났다. 그녀는 지갑을 꺼내면서 이씨 아주머니에게 음식값을 물어보았다. 아주머니는 잠깐 생각하는 듯하다가 한수의 눈치를 보았다. 한수는 횟값만 받으라는 신호를 보냈다.

그녀는 계산을 마치고 나서 지갑에서 지폐 몇 장을 더 꺼냈다.

"제 마음이에요, 두 분 택시 타고 가세요."

그녀가 아주머니 손에 돈을 쥐어주며 자기 두 손으로 아주머니 손을 꼬옥 감싸쥐었다. 아주머니의 얼굴이 환하게 피었다. 한수는 그녀의 겸손한 태도가 보기 좋았다. 다른 손님들이 팁을 줄 때에는 대부분 과장되고 호기로운 태도가 물씬 느껴지곤 했던 것이다.

그녀가 올라가고 나자 두 사람은 내일 치우겠다면서 빈 그릇을 싱크대에 모아놓고 바로 퇴근했다. 한수는 홀을 한 바퀴 둘러보고 나서 주방과 실내의 불을 모두 껐다.

그가 식당문을 닫고 나오니 마당 저 끄트머리에 혼자 서 있는 그녀가 보였다. 밤바다를 배경으로 부드러운 보름달빛을 받고 있는 그녀의 뒷모습은 슬픈 영화의 한 장면처럼 쓸쓸해 보이면서도 한편 어딘지 매우 육감적으로 보였다.

3

 방에 돌아온 한수가 팔베개로 비스듬히 누워 유선방송에서 나오는 뉴스를 맥없이 보고 있을 때였다. 밖에서 인터폰 소리가 들렸다. 한수는 반사적으로 벌떡 일어나긴 했으나 혹시 잘못 들은 게 아닌가 싶어 잠시 가만히 앉아 있었다. 얼마 후에 다시 인터폰 소리가 들렸다. 한수는 후다닥 일어나 밖으로 달려나갔다.
 "예에."
 인터폰을 받는 도중에 하품이 나오려 해서 한수는 얼른 입을 막았다.
 "주무시지 않으면 술 좀 더 갖다 주시겠어요?"
 그녀였다.
 "안 주무셨어요?"
 "잠이 안 오네요. 제가 실장님 잠 깨웠나요?"
 "아닙니다. 그럼 안주는 어떻게…?"

"알아서 아무 거나 조금만 갖다 주세요. 없어도 되구요."

한수는 통화를 끝내자마자 급히 주꾸미를 꺼내 데치고 조개를 삶아 국물을 만들었다. 소주와 안주를 챙겨 이층으로 올라가니 그녀의 방문은 조금 열려 있었다. 열린 문으로 매우 슬픈 분위기의 외국노래가 흘러나오고 있었다.

방문을 두드리자 들어오세요, 하고 그녀가 말했다. 안으로 들어가니 그녀는 창가에 등을 지고 서 있었다. 방금 대답을 한 사람이 혹 그녀가 아닌 다른 누구였던가 생각될 만큼 그녀는 무언가에 몰두해 있는 정적인 자태로 창가에 서서 바다를 내려다보고 있었다. 동터오기 시작하는 먼 산 능선처럼, 그녀의 푸르스름한 달빛이 내려앉은 남색 원피스의 좁은 어깨선이 아련한 기운을 드리운 채 고요히 오르내리고 있었다.

한수는 말을 붙이기가 어려워 술과 안주를 바닥에 내려놓고는 문 입구에 가만히 서서 기다렸다. 얼마 후에 그녀가 미소를 지으며 돌아섰다.

"앉으세요. 주무시던 거 아니면 우리 같이 마셔요."

한수는 조금 머뭇거리다가 그녀의 맞은편에 앉았다.

그녀는 직접 소주 뚜껑을 따 한수의 잔에 먼저 술을 따랐다. 한수는 두 손으로 공손히 받은 다음 그녀의 잔에 술을 따랐다. 그녀가 잔을 부딪쳐 오며 시라도 외우듯 나지막한 목소리로 말했다.

"다시 오지 않을 순간들을 위하여!"

한수는 그녀가 건배에 의미 붙이기를 좋아한다고 생각했다.

잔을 비우고 나서 두 사람은 또 서로의 잔을 채워주었다. 그녀는 이번에는 입만 살짝 갖다대고 나서 잔을 내려놓았다. 그러고는 한수가 무슨 생각을 하고 있는지 들여다보기라도 하듯 그윽이 미소지으며 그의 얼굴을 정면으로 바라보았다. 한수는 순간적으로 얼굴이 화끈 달아올랐다. 그 어색함을 지우기 위해 그는 무슨 말이든 하고 싶었지만 아무 말도 생각나지 않았다. 하지만 무엇을 찾는 척 주머니를 뒤적거리고 있는 사이에 다행히 할 말 하나가 생각났다.
"음악이 어디서 나오는 건가요?"
"저기요."
그녀가 턱으로 책상 위의 작은 컴퓨터를 가리켰다.
"컴퓨터에 라디오 기능도 있나 보지요?"
"라디오가 아니고 시디가 들어 있어요. 이건 노트북 컴퓨터라 저 정도지만 데스크용 컴퓨터의 음질은 웬만한 오디오 못지 않아요."
"네에…."
"음악 좋아하세요?"
그녀가 물었다.
"잘 모릅니다. 이건 무슨 노랜가요?"
방에 들어서면서 처음 들었을 때의 느낌을 한 마디 덧붙이려다가 한수는 그렇게만 물었다.
"쳇 베이커라는 가수의 노래예요. 아주 불행하게 살았던 사람인데, 노래에서도 그런 게 느껴지지 않아요?"
"네에, 그런 거 같네요."
"특히 이 노래를 들으면 그가 걸어왔던 인생 역정이 가슴에 빗물처럼 스며드는 느낌이에요. 그래서 상처가 많은 사람일수록 같이 공감하면서 위로받게 되지요. 사실 상처 없는 영혼이 어디 있겠어요. 그렇지 않아요?"

"네에…."

한수는 고개를 끄덕였다. 그녀의 말은 특별히 어렵지는 않았지만 그가 주변에서 흔히 들을 수 있는 말은 아니었다. 사실 그녀가 방금 한 말은 한수 자신이 노래에서 받은 느낌과 비슷했다. 그러나 한수는 자기라면 그녀처럼 말하지는 못 할 거라고 생각했다.

그녀가 술잔을 들어 반쯤 비우고는 내려놓았다.

"이 실장님은 여기서 주무시나 봐요?"

"네, 주방 옆에 작은 방이 있습니다."

대답하면서 한수는 까닭 없이 부끄러웠다.

"사람들 만날 일이 별로 없으시겠네요. 심심하거나 외롭진 않으세요?"

"가끔 읍에 나가 사람들하고 어울려요. 친한 형도 한 사람 있구요."

"애인은요?"

"저를 오빠처럼 따르는 여자는 한 사람 있습니다. 이곳에 사는 사람은 아니고…."

"뵙고 싶네요. 실장님을 좋아하는 분이면 틀림없이 괜찮은 여자일 거예요."

"아니에요."

"그 여자분에 대해서 말하는 건데 왜 실장님이 그 분을 깎아내리세요?"

"그런 말이 아니고…."

한수는 술잔을 들어 단숨에 비웠다. 그녀의 말투는 부드러우면서도 묘하게 날카로운 데가 있었다.

"회를 만지신 진 얼마나 됐어요?"

"십 년 조금 넘었습니다."

대답하면서 한수는 그녀가 말한 '만지다'라는 표현이 멋있다고 생각했다. 평범한 말이면서도 단순히 주방장 일을 한 지 얼마나 됐느냐고 물을 때와는 느낌이 달랐다. 작가라 역시 다르다고 그는 생각했다.

"그러면 일급 장인이겠네요. 어떤 일이든 십 년 넘게 한 가지 일에 바치면 자기만의 스타일과 비법이 생기지요. 그러면서 한 사람의 장인이 탄생되는 법이지요."

"장인은요, 무슨…."

한수는 다시 술잔을 단숨에 비웠다. 그녀가 한수의 잔을 채웠고 한수도 그녀의 잔을 채워 주웠다. 그녀가 잔을 부딪쳐 왔다. 두 사람은 함께 잔을 비우고 또 서로의 잔을 채워 주웠다.

"이 실장님은 지금 어떻게 되세요, 나이가?"

어느 순간 그녀가 불쑥 물었다.

"서른다섯입니다."

"아, 저보다 네 살 아래네요."

그녀가 한수의 잔에 술을 따랐다.

"마시고 저도 한 잔 주셔야죠?"

술잔을 들고만 있는 한수에게 그녀가 예의 그 애교스런 책망조로 잔을 청했다. 한수는 얼른 잔을 비우고 그녀에게 잔을 건넸다. 그녀는 가볍게 한 모금을 비우고 나서 무언가를 생각하듯 두어 번 고개를 끄덕거렸다.

"내 동생이 지금 서른여섯인데 별명이 뺀질이에요. 이 실장님 같이 순수한 사람을 동생으로 둔 사람은 얼마나 좋을까."
한수의 얼굴이 금세 붉어졌다.
"실장님, 누나 있어요?"
"없습니다. 장남이에요."
"이 실장님, 우리 누나동생 할까요?"
그녀가 한수의 눈을 빤히 바라보며 소녀처럼 생글거렸다.
"제가요?"
"네."
한수는 가슴이 두근거렸다. 그녀의 지긋한 눈빛이 부드러운 보자기처럼 자기 온몸을 감싸는 듯했다.
"싫어요?"
한수가 머뭇거리고 있자 그녀가 아쉬운 듯한 표정으로 다시 물었다.
"그게 아니고…."
"그럼 좋아요?"
한수는 슬며시 웃음이 나왔다. 싫어요? 좋아요? 하는 말투가 꼭 뭔가를 조르는 어린 아이만 같았다. 친근함을 보이기 위해 그녀가 일부러 더 그런다는 생각이 들자 한수는 왠지 기분이 좋았다.
"좋아요."
한수는 겸연쩍게 말하고 고개를 약간 옆으로 돌렸다.
"됐어요, 그럼 이제부터 말도 놓을래. 그래도 되지요?"
"그럼요."
"자, 그럼 우리의 새로운 관계를 위해, 화이팅!"
그녀가 힘차게 잔을 부딪쳐 왔다. 쨍, 유리잔의 차갑고 날카로운 소리를 들으며 한수는 잠깐 엉뚱한 생각에 빠졌다. 그녀가 조각칼로 자기 몸의 모난 부위들을 툭툭 쳐가며 새로운 형상으로 다듬고 있다는 상상이었다. 무언가 에로틱한 빛깔이다 싶은 그 묘한 상상은 한수를 감각적으로 긴장시키면서 동시에 뭐라 표현하기 힘든 이상한 무력감을 가져다주었다.

얼마 후, 그녀는 잠시 상체의 중심을 못 잡는 듯하더니 이내 꼿꼿하게 자세를 추스렸다. 여자치고는 꽤 많이 마셨다 싶은데 언행에 그다지 흐트러짐이 없는 걸 보면 주량이 보통 아닌 듯싶었다. 다른 작가들도 대개 그런지 어떤지는 모르지만 한수에게는 그녀의 그런 센 주량도 작가다운 면으로 생각되었다.

한수는 그녀에게 어떤 소설을 쓰느냐고 조심스럽게 물어보았다.

"이번에 쓰는 건 운동권 투사였다가 변절한 한 남자를 끝까지 사랑하는 여자가 주인공이야. 소재야 무엇이든 소설이란 건 결국 사람 사는 이야기지. 삶이란 그 자체로 비극이지만 그래도 살아야 한다는 것, 이번 소설에서도 내가 말하고 싶은 건 그런 거야."

"아, 예…."

그녀는 말을 놓고 있었다. 한수는 조금 더 그녀와 가까워진 느낌이 들었다. 한수는 그녀가 하는 말을 다 이해하지는 못했으나 소설이란 것에 대해 그처럼 자신에게 길게 말해 주는 것이 기뻤다. 그래서 자기도 무언가 한 마디 하고 싶어졌다.

"지식이 많다고 누구나 소설 쓸 수 있는 건 아니지요?"

"당연하지. 소설은 머리가 아니라 가슴으로 쓰는 거야. 그것도 아주 치열하게 고통스러워하면서 말이야. 그래서 작가라는 직업을 천형이라고들 말하지."

천형이라는 단어가 한수의 가슴에 박혔다. 그러자 낮에 그녀에게 들었던 정신적인 노동이라는 말도 다시 떠올랐다.

"나 이 실장 이름 알고 싶은데, 이름이?"

"이한수…라고 합니다."

"아, 한수? 좋아, 이제 오누이도 되고 했으니 이 실장의 라이프스토리나 좀 들어볼까?"

"라이프스토리요?"

한수는 어색하게 되물었다.

"응, 살아온 이야기 말이야. 나름대로 사연이 많겠지?"

그녀의 목소리는 어쩐지 축축히 젖어 있는 듯했다.

한수는 '사연'이라고 입 속으로 발음해 보았다. 그 순간 자기도 모르게 눈시울이 뜨거워졌다. 한수는 사는 것이 힘들다고 생각해 본 적은 별로 없었다. 다만 근래에는 기도원에 있는 어머니를 생각할 때마다 오래된 체증처럼 가슴이 무거워지곤 했었다. 어쨌거나 문득 눈시울이 뜨거워진 건 무슨 사연 때문은 아니었다. 무슨 일이든 깊이 이해해 줄 것 같은 그녀의 목소리, 그 자체만으로 그는 가슴이 뭉클해지는 것이었다.

한수는 고개를 돌려 창 밖을 바라보았다. 그러자 그녀가 그의 어깨에 손을 얹었다. 그리고 나직이 말했다.

"괜찮아, 누구나 자기 아픔을 말할 상대가 단 한 사람은 있어야 해. 자기 상처를 정면으로 들여다볼 수 있어야 넘어서기도 쉬운 법이거든."

그녀의 말을 듣자 한수는 무슨 말이든 하고 싶었다. 그녀 앞에서 오래오래 무슨 말이든 다 털어놓고 싶었다. 마음은 그렇듯 고백 욕구에 휩싸여 있었으나 당장 생각나는 말이 없었다. 그래서 공연히 답답했다. 잘못한 것도 없이 교무실에 불려가서는 당장 무언가 생생한 거짓말이라도 하나 꾸며대야 할 입장에 처한 아이처럼 한수는 그녀 앞에 털어놓을 말들을 떠올리느라 조바심이 가득해 있었다. 그녀는 조용히 기다리는 태도로 한수의 어깨에 계속 손을 얹고 있었다.

어디선가 전화벨 울리는 소리가 들린 듯했다. 아래층 같았다. 이렇게 늦은 시간에 올 전화는 상구 형과 명희밖에 없었다. 아니면 막역한 단골손님이 술에 취해서는 아직 문 안 닫았느냐고 물어보는 전화일 수도 있었다.

"말하기 어려우면 하지 않아도 돼."

한동안 침묵이 흐른 후에 그녀가 말했다. 그게 아니고…한수는 말을 흐렸다. 말하기 싫어서가 아니라 그는 정말 어디서부터 어떻게 말해야 할지를 몰랐다.

한수는 그 심정을 그대로 말했다.

"말하기 싫어서가 아니라 어디서부터 어떻게 말해야 할지를 모르겠어요."

풋, 하고 짧게 웃는 그녀.

"그럼 내가 하나씩 올을 풀어 주면 되겠네. 지금 생활은 만족해?"

그녀는 담배를 입에 물면서 한수에게도 한 개피를 건넸다.

"그냥 있습니다. 제가 하는 일이니까요."

그의 말은 사실이었다. 왜 나는 여기에 있나, 왜 이 일을 하나, 한수는 그런 갈등을 하며 살지 않았다. 그것은 그의 천성이면서 어쩌면 일종의 방어벽이었다. 선택할 수 있는 입장이 아니라고 생각되면 한수는 스스로 아무 것도 자문하지 않았다. 동생들을 공부시키기 위해 중학교만 졸업하고 진학을 포기할 때에도 그는 자기 대신 동생들이 가면 그만이라고 생각했을 뿐 더 이상 복잡한 상념에 매달리지 않았다.

"그래, 자기 일에 대해 자긍심을 갖는 건 아름다운 거야."

그녀는 고개를 끄덕거리며 다시 한수의 손을 잡아주었다. 그리고 또 물었다.

"회 만지는 일은 어떻게 시작하게 됐어?"

한수가 일식 주방일을 배우게 된 건 동네에서 돼지를 키우던 이장 어른 덕이었다. 그는 방위 근무를 하며 이틀에 한 번씩 이장댁에 가 일을 거들었는데 제대가 가까워진 어느 날 이장 어른이 부르더니 이렇게 충고했다.

"못 배우고 없는 사람들은 장사나 기술이 최고야. 장사는 밑천이 없으니까 안 될 거구 일단 기술을 배우는 거야. 내 친구 하나가 시내에서 큰 일식집을 하는데 거기 가서 한 삼 년 주방일을 배워 봐."

한수는 이장 어른이 소개한 식당에서 육 년 동안 있었다. 그리고 그 가게가 팔리게 되어 '오대양 횟집'으로 오게 되었다. 이곳에서 일한 지는 사 년째였다.

한수의 말이 끝나자 그녀는 가족 상황에 대해 물었고, 그는 거기에 대해서도 간단히 대답했다.

"일 말고 여가선용은 어떻게 해?"

"여가선용이요?"

"좋아하는 취미 없어?"

"뭐 술 마시는 것말고는…."

한수는 머리를 긁적이다가 문득 취미라는 말에 어울릴 만한 것 하나를 생각해냈다.

"가끔 낚시를 해요."

"맞아, 오늘 아침에도 낚시를 했었지."

그녀는 나중에 함께 배를 빌려 바다 낚시를 가보자고 말했다. 한수는 배를 타고 바다 가운데로 나가본 적은 없었다. 방파제에서 하는 낚시도 꼭 고기를 낚을 욕심보다는 한가로이 바다 구경하는 게 좋아서였으므로 실제 잡는 고기도 얼마 되지 않았다. 그러나 한수는 쉬는 날을 택해서 꼭 시간을 내겠다고 약속했다.

그녀의 몸이 아까보다 더 흔들리고 있었다. 일어서야 할 것 같다는 생각에 한수가 그만 주무시라면서 몸을 일으키자 그녀가 가늘게 눈을 떴다.

"왜, 그만 마시려고?"

"피곤하신 것 같아서…이제 주무세요."

그녀는 잠시 아무 말 없이 한수를 올려다보다가 이윽고 피곤이 서린 목소리로 말했다.

"그래…잘 자."

4

한수는 평소보다 일찍 일어나 집에 갈 준비를 했다. 군에 간 동생 진수가 첫 휴가를 나오니 겸사겸사 한 번 다녀가라는 아버지의 전화를 며칠 전에 받았고, 홍 여사에게도 이미 허락을 받은 터였다.

식당에서 나오다가 한수는 이층 창을 올려다보았다. 창문에는 아직 커튼이 걷혀 있지 않았다. 그녀가 어제 마신 술 때문에 속이 아플 거라는 생각에 한수는 주방으로 가 쌀을 곱게 갈아 전복죽을 준비했다. 한수는 약한 불에 전복죽을 올려놓고는 마침 출근하는 이씨 아주머니에게 그녀가 일어나면 갖다 주라고 일렀다.

집으로 가는 기차에 오르자 한수는 늘 그렇듯 마음이 무거웠다. 집에 가도 만나지 못할, 벌써 몇 해 전에 기도원에 들어가 있는 어머니 때문이었다.

난 여기가 좋아, 주님은 네 아버지처럼 나를 무시하지 않으니까.

한수의 어머니는 늘 같은 말뿐이었다. 말 사이사이 짧은 침묵이나 엷은 한숨 같은 것으로 아버지에 대한 서운한 감정을 나타내면서도 딱히 지금의 상황을 드러내놓고 불평하지는 않았다. 어머니가 당신 말처럼 정말 마음 편하게 지내고 있는 건지 어떤 건지 한수는 잘 알 수가 없었다. 익숙한 체념 같기도 담담한 긍정 같기도 한 어머니의 목소리에서 한수는 어떤 것도 자신 있게 읽어내지 못했다.

한수의 아버지는 가족 앞에서 당신이 먼저 어머니 이야기를 꺼낸 적이 한 번도 없었다. 부모님들이 어떻게 결혼하게 됐는지에 대해서도 한수는 자세히 알지 못했다. 아버지가 중학교 교사였고, 어머니는 아버지의 초임 발령지였던 어느 소도시에 살던 처녀였다는 정도가 그가 알고 있는 부모의 과거 전부였다.

한수의 기억에 어머니는 늘 아버지를 어려워했다. 아버지는 한 번도 어머니를 함부로 대하지 않았지만 그렇다고 마음이 느껴지는 살가운 정으로 대하지도 않았다. 두 분 사이에 미묘한 서걱거림이 있고, 그것을 조정할 힘은 아버지에게 있지만 아버지가 애써 관계 개선을 위한 시도를 한 적은 없었다는 것, 한수가 느껴온 건 그랬지만 거기에 아버지의 어떤 숨은 의도가 있다고는 생각되지 않았다. 한수는 아버지의 무심함을 당신도 어쩌지 못 할 천성적인 것이려니 이해하고 있었다.

한수가 집에 들어섰을 때 아버지는 마루에 앉아 여동생 정임의 남편과 바둑을 두고 있었다. 왔냐, 아버지는 덤덤하니 한 마디 하고는 곧 바둑판으로 고개를 돌렸다. 정임이는 부엌에서 정씨 아주머니와 음식을 만들고 있었.

오빠 왔구나! 손에 위생장갑을 낀 채 부엌에서 나오던 정임이가 반가운 표정으로 한수 앞으로 달려왔다. 정임이는 몇 달 사이에 몰라보게 살이 쪄 있었다. 정임이와 간단히 그간의 안부를 주고받은 후에 한수는 마당 수돗가에 있는 감나무에 기대어 담배를 피웠다. 부모가 한수를 낳은 기념으로 심었다는 나무였다. 한수는 삽질하는 아버지 옆에서 모종을 손에 들고 흐뭇이 미소지었을 어머니 모습을 그려 보았다.

"오는 데 힘들었지요? 이거 마셔요."

정씨 아주머니가 대접에 미숫가루를 타 왔다. 감사합니다, 하고 한수는 공손하게 고개를 숙여 인사했다. 정씨 아주머니는 아버지의 여자 친구였다. 남편과 사별한 정씨 아주머니에게는 결혼한 아들 하나가 있는데, 작년까지만 해도 아들집에 함께 살더니 지금은 아들이 얻어 준 단칸방에 혼자 살면서 무슨 '청소년의 집'인가 하는 곳에서 자원봉사 일을 하고 있다고 했다.

"공손하게 대해야 한다. 정숙하고 교양 있는 양반이야."

아버지가 정씨 아주머니를 자식들에게 소개한 것은 삼 년 전이었다. 아버지 친구다, 그 당시 아버지가 한수에게 한 말이었다. 오십이 넘은 분이 동년배의 여자를 '친구'라고 소개하는 것에 한수는 자신이 무슨 말실수라도 한 듯 공연히 민망했는데, 아버지는 한수 표정의 어떤 어색함을 보았는지 못 보았는지 더는 아무 설명도 붙이지 않았다.

정씨 아주머니는 하고 싶은 말이 있는 듯 한수 앞에서 잠시 어름거리다가 그냥 부엌으로 돌아갔다. 한수는 대문을 나와 집 주변 골목을 한 바퀴 돌았다. 아버지는 그가 산책을 마치고 돌아왔을 때에도 여전히 바둑판에 붙어 있었다.

"진수는 시내에서 친구들 만나고 온다고 했다. 쉬고 있거라."

한수가 벽에 걸려 있는 가족사진을 쳐다보고 있을 때 아버지가 말했다. 예, 하고 한수는 그대로 서서 대답했다. 칠 년째 기도원에 계시는 어머니는 아버지 옆에 다소곳이 앉아 있는 옛 사진 속에서도 슬픈 눈빛이었다.

진수는 마당에 땅거미가 깔릴 즈음에야 엷은 술 냄새를 풍기며 들어왔다. 군대생활이 힘든지 많이 야위어 있었고 피부도 거칠었다. 진수가 들어오자 곧 저녁상이 들어왔다. 정씨 아주머니는 상만 들여놓고는 바로 부엌으로 나갔다. 아버지는 숟가락을 들지 않고 한참 기다리더니 부엌에 대고 크게 소리쳤다.

"들어오지 않고 거기서 뭐해요?"

정씨 아주머니가 속이 안 좋다고 했지만 아버지는 수저도 들지 않고 계속해서 채근했다. 정임이와 매제까지 불렀는 데도 정씨 아주머니는 들어오지 않았다. 아버지가 소리나게 숟가락을 드는 것을 보고 한수는 일어나 부엌으로 나갔다.

"들어와서 같이 식사하세요."

정씨 아주머니는 그제야 한수를 따라 방으로 들어왔다. 아버지가 무뚝뚝하게 한 마디 했다.

"같이 식사하자고 부른 거지 부엌일 시키려고 불렀소?"

밥상에는 상다리 휘어질 정도까진 아니라도 잔칫상처럼 무척 많은 반찬이 올라와 있었다. 물론 거의 다 정씨 아주머니 솜씨였다. 술을 마시고 들어와서인지 진수는 밥 먹는 게 시원치 않았다. 정임이는 어린 아이 챙기는 엄마처럼 진수의 밥그릇에 열심히 반찬들을 올려놓았다. 식사가 끝나갈 무렵 아버지가 지나가는 말처럼 집을 개축했으면 좋겠다는 말을 했다. 한수는 예, 하고 간단히 대답했다.

진수와 한수는 저녁을 먹은 뒤에 바람 쐰다면서 밖으로 나왔다. 아버지는 상을 물리자마자 매제를 다시 바둑판 앞에 불러앉혔다.

"오빠, 내일 갈 거지?"

정임이가 한수를 따라나오면서 물었다. 한수가 가볍게 웃어주며 고개만 한 번 끄덕이자 정임이는 할 말이 있는 표정으로 한수를 빤히 쳐다보았다.

"왜, 할 말 있어?"

"아니, 우리 오빠 어떻게 생겼나 하고 그냥 보는 거야."

"싱겁긴…."

정임이는 곧 배시시 웃고 부엌으로 들어갔다. 한수는 문득 결혼식 전날 자기를 붙들고 많이 울던 정임이의 모습을 떠올렸다.

"오빠 아니었음 나는 고등학교도 못 다녔을 거야. 아버지는 나와 진수 때문에 오빠가 힘들게 살았다고 입버릇처럼 말했어. 예전에는 그게 듣기 싫었는데, 지금은 안 그래. 오빠! 오빠는 꼬옥 행복해야 돼. 그래야 내가 행복할 수 있거든."

정임이가 들어가자 이번엔 정씨 아주머니가 나왔다.

"설거지 끝내고 바로 갈 거라 미리 인사 나누어야겠네. 편히 쉬다 가요, 진수 총각도."

한수는 예, 하면서 인사를 했고 진수는 못 들은 척 다른 쪽을 바라보았다. 정씨 아주머니가 돌아선 후 둘은 마을 초입에 있는 둑방 쪽으로 걸었다.

"형, 힘들지?"

집에서 멀어지자 진수가 입을 열었다.

"내가 힘들 게 뭐 있냐. 군대 간 네가 힘들지."

"나야 남들 다 하는 거구…."

"나는 뭐 특별히 힘든 일 하고 있니. 횟집 주방장이면 꽤 괜찮은 직업이야."

"직업 얘기가 아니고…."

진수는 말을 흐리면서 군홧발로 돌 하나를 툭 걸어찼다. 두 사람은 한동안 말없이 걷다가 둑방 아래쪽의 실내 포장마차로 들어갔다.

한수는 진수에게 먼저 술을 따라주었다.

"아홉 달 남았나?"

"응."

"휴가 끝나기 전에 어머니한테 한 번 안 가볼래?"

진수는 말없이 고개만 저었다. 원래 진수는 어릴 적부터 한수보다 어머니를 더 따르고 좋아했던 아이였다. 어머니가 기도원에 들어간 후에도 혼자서 여러 번이나 찾아가곤 했는데 어느 날부터 갑자기 어머니 이야기를 하지 않았다. 군에 갈 때도 전화만 한 통 넣고는 그냥 입대해 버렸다.

"학교를 옮길 생각이라더니 변함 없냐?"

술을 한 잔 마시고 한수가 진수에게 물었다.

"아니, 그냥 마칠래. 취직이 잘 되는 과로 바꿀까 했는데, 그러면 다시 수능을 봐야 하거든. 대학 생활 늘어나면 형한테도 부담이 더 될 테고."

진수의 전공은 영문학이었다. 이날 따라 한수는 진수의 전공에 '문학' 자가 들어간 것이 친숙하게 느껴졌다.

"취직 안 되면 글을 쓰면 어때? 작가가 된다든지…."

한수는 자기 목소리가 약간 들떠 있는 것을 느꼈다. 진수가 한수를 보며 피식 웃었다.
"그거 쉬운 거 아니야. 그런 쪽에 재능도 없구."
"아, 그래…."
한수는 문학이란 것에 대해 좀더 얘기 나누고 싶었지만 진수의 반응이 시들해 그만두었다. 진수는 고개를 숙인 채 한 손으로 술잔을 빙빙 돌리고 있다가 한참만에 고개를 들었다.
"형, 이제 결혼해야지? 이젠 챙길 사람 없잖아. 아버지까지 애인이 있는 마당에."
애인이라는 말을 하면서 진수는 냉소적으로 쓰게 웃었다.
"천천히 하지 뭐."
"서른다섯인데 얼마나 더 천천히? 맘에 드는 여자 없어?"
"내가 마음에 든다고 결혼할 수 있니?"
"특별히 좋아하는 여자는 있어?"
진수의 말을 들으면서 한수는 그녀를 떠올렸다. 그러곤 스스로 황당해서 얼른 소주 한 잔을 들이켰다. 그러자 다음엔 명희가 떠올랐다. 명희가 떠오를 때의 감정은 애매하면서 불편했다. 한수는 명희를 좋은 여자라고 생각하지만 적어도 지금까지는 그녀와의 결혼 문제를 구체적으로 생각해 본 적이 없었다. 그 동안 홍 여사가 두 사람을 묶어서 이야기할 때마다 한수는 마음이 들뜨기보다는 그저 어색했었다. 한수에게 명희는 정임이처럼 착하고 정이 가는 여동생으로만 생각돼 왔다.
한수가 집에 돌아오니 아버지는 혼자 어둑한 마루에 앉아 기다리고 있었다. 정임이 내외는 시내에 있는 집으로 돌아갔다고 했다. 진수가 먼저 자겠다면서 작은 방으로 들어간 후에 한수는 아버지에게 생활비가 든 봉투를 건넸다.
 "집을 손보는 건 조금 기다리세요. 적금 붓는 거 있거든요. 만기일이 되면 찾아서 드릴게요."
 "고맙구나. 집이 너무 낡았어, 새 사람 맞기도 좀 그렇구…."
 "예…."
 한수는 아버지가 새 사람이라고 말한 분이 정씨 아주머니냐고 확인하고 싶었으나 묻지는 않았다. 한수는 아버지의 이부자리를 깔아 드리고 작은 방으로 건너갔다. 진수는 금세 잠이 들어 있었다.
 이튿날 아침 진수는 기차역까지 한수를 배웅했다. 한수는 개찰구로 들어가기 전에 차비만 빼고 자기가 갖고 있던 돈 전부를 진수에게 주었다.
 "형, 나도 돈 있어."
 진수가 자기 호주머니에서 돈을 꺼내 보였다.
 "오랜만에 나왔는데 친구들 만나서 술도 마시고 그래."
 승강장으로 건너가자 곧 기차가 들어왔다. 한수는 개찰구 저 뒤에 우두커니 서서 이쪽을 바라보고 있는 진수에게 손을 흔들어 주고 기차에 올랐다.

5

한수는 오후 2시 조금 넘어 식당에 도착했다. 홀은 손님이 꽉 차 매우 분주했다.

"이 실장 왔어?"

홍 여사가 한수를 보고 반색을 했다. 한수는 서둘러 옷을 갈아입었다.

손님이 많다 보니 홍 여사는 한수에게 주방을 넘기고도 홀로 들어가 손님 받는 일을 거들어야 했다. 한수도 부지런히 칼질에 매달렸다. 덕분에 한수는 머리 아픈 집안일을 금방 잊을 수 있었다. 회를 치기 위해 고기를 만질 때면 한수는 자기 안에 제법 청정한 마음이 이는 걸 느끼고는 했다. 칼날을 눕혀 가시와 살 사이의 미세한 간격을 단숨에 지르고, 비늘껍질을 벗긴 투명한 살덩이를 일정한 간격으로 촘촘히 베어갈 때면 칼날의 예리한 기운이 손목과 목덜미를 거쳐 정수리까지 상쾌한 긴장감을 전해 주었다.

유난히 바쁜 날이었다. 저녁 손님이 올 때까지 중간에 홀이 한 번도 비지 않았다. 저녁에는 특히 단골들이 몰려와 한수는 이중으로 바빴다. 주방에서 일하다가도 단골 손님이 부르면 회를 치는 도중만 아니라면 얼른 홀로 나가야 했다. 오늘도 단골 손님 두 팀이 한수를 불러 술을 권하면서 이런저런 이야기를 했다. 그들 중에는 회에 대해서 한수보다 더 잘 말하는 사람도 있었다.

"자네는 오랜만에 봐도 변한 게 없어, 이제 닳을 때도 됐는데 말이야."

자주 듣는 말이었다. 한수는 그럴 때마다 말없이 웃기만 했다.

밤 아홉 시 경에 자리를 끝내던 손님 한 쌍이 한수에게 이차를 같이 가자고 청했다. 이번이 네 번째 오는 손님으로 중년의 나이인 남녀였다. 그들은 올 때마다 이층에서 하룻밤을 묶고 갔다. 그들이 자는 날이면 아래층까지 큰 신음소리가 들려오고는 했다.

"같이 갔다 와. 끝날 때도 됐는데."

한수가 바로 대답하지 않고 머뭇거리자 홍 여사가 그의 등을 밀었다. 홍 여사 눈치 보여서가 아니라 한수는 별로 나가고 싶지 않았다. 이렇게 가게 밖에까지 동행을 요구하는 경우는 흔치는 않았지만 아주 드문 일도 아니었다. 이곳에서 일하는 사 년여 동안 한수는 열 번 가까이 손님을 따라 밖에 나간 적이 있었다. 손님들은 막상 밖에 나가면 그에 대해서는 까마득히 잊거나 아니면 너무 귀찮게 했다. 어쨌거나 한수는 오늘만큼은 정말 나가고 싶지 않았다. 그런데 오늘따라 손님의 요구도 간절할 만큼 집요했다. 식사 도중에 약간 언쟁을 하는 것 같더니 어색한 분위기를 달래줄 누군가가 필요한 모양이었다. 한수는 끝까지 사양할 수가 없어 결국 그들을 따라나섰다.

한수는 동네 형이 주인으로 있는 단란주점에 그들을 안내했다. 남녀는 시킨 술이 오기도 전에 무대로 나가 마이크를 잡았다.
"내가 왜 이러는지 몰라, 도대체 왜 이런지 몰라…."
여자가 먼저 노래를 불렀고, 남자는 옆에 서서 박수를 치며 간간이 노래에 끼어들었다. 허야 허야! 남자가 요상한 동작으로 춤을 추며 여자의 주위를 뱅뱅 돌기 시작했다. 흥이 오른 여자는 마이크를 놓지 않고 한 곡을 더 불렀다.
"사랑은 아무나 하나, 사랑은 아무나 하아나…."
그 동안 한수는 혼자 맥주를 따라 마셨다. 안주는 건드리지 않았다. 두 잔째 마시고 있을 때 남녀가 돌아왔다. 한수는 두 사람에게 한 잔씩 따라주었다. 남자가 여자의 허리를 감싸고 키스를 하려 하자 여자가 한수의 눈치를 보면서 몸을 비틀었다. 이 실장은 다 이해하는 사람이야, 하고 남자가 말했다. 남녀는 오랫동안 입술을 맞추었다. 키스가 끝난 후에 남자가 말했다.
"이 실장이 한 곡 주욱, 뽑아요, 우리가 부르스를 출 테니까."
"저는 노래 잘 못해요."
"누구는 잘해서 하나. 잘하면 가수 하지."
남녀가 함께 그의 손을 잡아끄는 바람에 한수는 그냥 앉아 있을 수가 없었다. 무대로 나가 노래책을 들었지만 무슨 노래를 불러야 할지 몰랐다. 한수는 노래 부르기를 좋아하지 않았고 잘 부르지도 못했다. 그가 비슷하게 곡조를 따라갈 수 있는 노래는 어머니가 자주 부르던 '원점'이라는 노래뿐이었다. 할 수 없이 그 노래를 부르기 시작하자 별로 블루스에 어울리는 곡이 아닌데도 남녀는 노래하는 동안 내내 껴안고 춤을 추었다.

한수가 손님과 함께 식당으로 돌아온 건 인근 식당의 불이 모두 꺼진 늦은 밤이었다. 그는 비틀거리면서 연신 헤살거리는 남녀를 이층으로 안내해 그녀의 방과 멀리 떨어진 곳에 넣어주었다.
　남녀가 방으로 들어간 다음에 한수는 그녀의 방 앞으로 가 잠시 서 있었다. 처음엔 아무 소리도 안 들렸지만 귀를 모으고 있으니 희미하게 자판 두드리는 소리가 들려왔다.
　토독 토독 토독.
　밤의 고요가 그 소리로 해서 더욱 고요해지는 듯했다. 그 소리는 방파제를 때리는 파도 소리 같기도, 혼자 고즈너기 밤의 백사장을 거니는 여인의 발걸음 소리 같기도 했다. 자판 소리가 그쳤다. 한수는 순간적으로 긴장했다. 그러나 곧 자판 소리가 다시 들렸다. 한수는 소리 안 나게 걸어 아래층으로 내려왔다. 이층 남녀의 신음소리가 거기까지 들렸다. 그 소리를 들으며 한수는 오랜만에 자위행위를 했다.

6

 주말 아침에 명희가 내려왔다. 명희가 왔을 때 한수는 방파제에 앉아 낚싯대를 드리우고 있었다. 미끼도 매달지 않은 빈 낚싯대였다.
 "오빠, 고기도 안 잡으면서 뭔 재미로 이렇게 있어요?"
 명희가 한수의 어깨를 툭 치면서 옆에 앉았다. 명희는 평소와 달리 화장을 짙게 하고 있었다. 한수는 화장을 안 했을 때의 명희가 더 나아 보인다고 생각했다. 화장을 했는데도 명희의 얼굴은 어딘지 버석버석해 보였다.
 "지쳐 보인다. 힘드니?"
 명희는 잔업이 많아 잠을 제대로 못 잤다면서 그게 무슨 잘못이라도 되는 양 매우 쑥스러워했다. 명희가 그만 들어가자고 졸라 한수는 낚싯대를 거두어 일어났다. 가게로 돌아오는 동안 명희는 한수에게 공장에서 있었던 이야기들을 들려주었다. 재미있는 이야기도 있고 조금 화나는 이야기도 있었다. 무슨 이야기를 들을 때였던가, 한수가 소리를 내어 웃자 명희는 몹시 좋아했다.
　주말인데도 식당엔 점심 손님이 별로 없었다. 점심 시간인데도 그녀가 내려오지 않아 한수는 이씨 아주머니에게 인터폰을 해 보라고 말했다.
　"이 실장 내려가든 날부텀 이상혀. 어제는 즘심 때 잠깐 내려왔는디, 말두 안 허구, 웃지두 않더면. 무슨 걱정거리가 있는 사람처럼 얼굴에 잔뜩 그늘이 졌더라구. 어제 저녁두 안 먹었어."
　"걱정이 있어도 식사는 해야지요, 연락해 보세요."
　아주머니가 인터폰을 들었다. 아주머니는 한참 동안 귀를 대고 있다가 아마 자는가보다고 하면서 수화기를 내려놓았다. 한수는 밖으로 나가 담배 한 대를 피고 들어왔다. 그리고 인터폰 앞에 서서 잠시 망설이다 수화기를 들었다. 한수가 막 수화기를 내려놓으려 할 때, 여보세요, 하고 막 잠에서 깨어난 듯한 그녀의 느릿한 목소리가 건너왔다.
　"예, 접니다. 식사하셔야지요."
　"아, 이 실장, 왔구나…. 그래, 내려갈게."
　아주머니 말처럼 그녀의 목소리에는 기운이 별로 없었다.
　"입맛 없으시면 생선초밥 만들어 드릴까요?"
　"응, 그래, 고마워."
　한수가 인터폰을 내려놓자 언제 옆에 왔는지 아주머니가 "내려온댜?" 하고 물었다. 역시… 하는 듯한 표정이 잠깐 아주머니 얼굴에 스쳤다. 한수는 반찬을 준비해달라 하고는 주방으로 들어가 대구지리와 생선초밥을 만들기 시작했다.

초밥을 거의 다 만들었을 때 계단을 내려오는 그녀의 샌들소리가 들렸다. 발걸음소리 간격이 평소보다 멀었다. 그녀는 상이 차려진 방으로 들어가지 않고 한수가 있는 주방으로 먼저 왔다. 하얀 남방 셔츠에 청바지 차림이었다. 한수는 그녀가 어느 만화에서 본 소녀 같다고 생각했다. 아주머니의 말을 들어서인가 그녀의 얼굴은 어딘지 창백해 보이기도 했다.

"잘 갔다 왔어? 보고 싶더라."

주방 입구에서 그녀가 작은 소리로 말했다.

"오늘 일 끝나고 시간 있어?"

돌아나가다 말고 그녀가 물었다. 한수는 예, 하고 곧바로 대답했다. 그녀는 이따 적당한 시간에 인터폰으로 연락하겠다고 했다.

얼마 후, 가게 식구들이 그녀와 함께 식사를 하고 있을 때 홍 여사와 명희가 들어왔다. 잘 차려진 상을 보면서 홍 여사가 조금 놀라는 빛을 보였다. 작가 분이 사는 거예유, 하고 이씨 아주머니가 태연하게 거짓말을 했다.

"오셔서 같이 드세요."

그녀가 홍 여사에게 자리를 권했다. 홍 여사는 괜찮다면서 한수에게 저녁에 잠깐 보자고 하고는 바로 안채로 들어갔다. 명희는 한수 옆자리로 와 앉았다.

"이 실장과 사귀는 아가씨예요. 여기는 이층에 묵고 있는 작가님이시구."

미스 김이 명희와 그녀에게 서로를 소개했다.

"반가워요, 이 실장의 신부될 분이라니까 더 반갑네."

그녀가 명희에게 악수를 청했다. 명희는 예? 예에, 하면서 다소 어색하게 악수를 나누고는 한수 쪽으로 시선을 돌렸다. 한수는 아무 말도 하지 않았다. 명희는 안에서 홍 여사와 먼저 식사를 했다면서 한수 앞의 초밥 한 덩이만 집어먹고는 내내 가만히 앉아 있었다. 말을 하는 사람이 별로 없어 식사시간은 조금 이상하다 싶게 조용하게 지나갔다.

"저 여자, 이 실장한테 반말한다면서? 너무 웃긴다, 작가면 작가지 누구한테 반말이야?"

식사가 끝난 후, 그녀가 산책을 한다면서 밖으로 나가자 미스 김이 주방으로 들어와 날선 목소리로 말했다.

"내가 그러라고 했어요."

한수의 말에 미스 김은 같잖다는 듯 콧방귀를 뀌고 돌아섰다. 미스 김이 나가자 아주머니 옆에서 설거지를 도와주고 있던 명희가 물끄러미 한수를 바라보았다.

여덟 시쯤에 상구 형이 가게에 놀러왔다. 상구 형은 주말인데도 손님이 없어서 하루종일 놀았다면서 여긴 어떠냐, 고 한수에게 물었다. 한수네 식당도 초저녁에 잠깐 손님이 몰리고는 그만이었다. 상구 형이 왔을 때는 벌써 네 시간째 별실을 차지하고 있는 손님 한 팀이 전부였다. 그들은 회와 맥주를 시켜 놓고 화투를 치고 있었다.

"한수야, 근데 이층에 웬 여자가 서 있던데, 손님이냐?"

커피 한 잔을 부탁하면서 상구 형이 물었다.

"숙박 손님이에요."

"근사하게 생겼더라. 누구랑 왔어?"

상구 형이 또 물었다.

"혼자 왔어요."

"혼자? 왜? 뭐하는 사람인데?"

한수가 글 쓰는 사람이라고 하자 상구 형은 호기심이 가득한 눈으로 이층 쪽을 향해 고개를 돌렸다. 커피를 마신 후에 상구 형은 한수에게 언제 한 번 그녀를 소개시켜 달라 하고는 곧 자기 가게로 돌아갔다.

상구 형이 가고 난 얼마 후에 홍 여사가 홀로 전화를 했다. 홍 여사는 웬만해서는 전화를 사용하지 않았다. 인도네시아에서 선교 일을 하고 있다는 딸에게 전화를 걸어도, 잘 있냐? 아픈 데 없지? 돈 부쳤다, 라는 말 외에는 곧바로 수화기를 내리는 사람이었다.

"지금 좀 건너 와, 명희랑 같이 있으니까."

홍 여사가 평소보다 자상한 목소리로 말했다. 한수는 조금 머뭇거렸다. 안채에 들어간 사이에 그녀가 인터폰을 하지 않을까 하는 염려 때문이었다.

"뭐해? 지금 한가하잖아."

홍 여사가 재촉했다. 한수는 자기가 먼저 그녀에게 인터폰을 넣어 볼까 잠깐 생각해 보았다. 안 그러는 게 좋을 것 같다는 생각이 들었다.

한수가 안채로 갔을 때 홍 여사와 명희는 거실 소파에 앉아 있었다. 명희는 가게에 올 때 입었던 옷이 아닌 새 정장 차림을 하고 있었다. 명희에게는 정장보다 작업복이 더 어울린다고 한수는 생각했다. 명희의 용모가 어때서가 아니라 그냥 그랬다.

"조개 많이 주웠어?"

"외숙모랑 시내에 쇼핑하러 갔다 왔어요. 이 옷…어때요?"

작업복이 더 어울린다는 말은 차마 할 수 있는 말이 아니었다. 그렇다고 좋아, 하는 빈말도 어쩐지 금방 나오지 않아 한수는 느닷없이 잠깐 난처했다. 그는 결국 애매한 미소만 짓고 말았다. 두 사람이 이야기를 하고 있는 사이에 홍 여사가 직접 커피를 끓여서는 멜론 한 접시와 함께 내왔다.

한수는 홍 여사가 부른 이유가 궁금하면서도 자꾸 이층의 그녀가 신경 쓰였다. 벌써 인터폰이 왔을 것만 같았다. 명희가 포크로 멜론을 찍어 한수의 손에 쥐어주었다. 한수는 좀 번거롭다는 생각을 했지만 그대로 받아먹었다. 이윽고 홍 여사가 입을 열었다. 홍 여사는 우선 사장님이 서울 일을 크게 벌려서 이곳 가게는 더 이상 신경 쓰지 못할 거라는 말을 했다. 한수는 힐끔 시계를 훔쳐보며 홍 여사의 이야기를 들었다.

"그래서 얘긴데, 자네가 명희랑 식을 빨리 올렸으면 해서 말이야. 자네도 알다시피 나에게는 하나밖에 없는 조카고, 이 애 엄마가 세상 뜨면서 나에게 부탁해서 내가 얘 부모나 다름없어. 서로 어린 나이도 아니고, 내년 봄쯤에 올렸으면 하는데, 자네는 어떤가?"

한수는 대답 없이 명희 쪽을 바라보았다. 명희는 먹고 있던 멜론을 내려놓으며 수줍게 고개를 숙이고 있었다.

"자네, 내가 장담하네만, 내 조카라서 하는 말이 아니라 이 애만한 색시감 없어, 자네도 그렇게 생각하지?"

홍 여사가 다그치듯 물었다. 구체적으로 명희와 결혼한다는 생각을 해본 적이 없는 한수는 조금 당황했다. 게다가 내년 봄이라면 그건 너무 갑작스러웠다.

"결정하자구. 명희 너두 다음 달에는 퇴직하고 결혼준비하고."

홍 여사가 두 사람을 번갈아 바라보며 확실한 다짐을 받으려 했다. 명희의 얼굴이 아까보다 더 붉어졌다. 한수는 조심스럽게 입을 열었다.

"죄송합니다, 사모님. 명희가 좋은 여자인 건 저도 아는데, 저는 아직은 결혼할 생각이 없어요."

"아직이라니? 이 실장, 자기 나이를 알고 있어?"

"……."

한수는 거실에 걸려 있는 동그란 벽시계를 바라보았다. 아홉 시 반이었다.

"자네도 참, 금방 마흔 되네. 알았어, 생각할 시간을 줄게. 이런 말은 좀 속물스럽게 들릴 지 모르지만, 자네 명희랑 결혼하면 팔자 피는 거야. 저 애 저축한 돈만 해도 얼마인지 아나? 열일곱 살 때부터 서른이 될 동안 번 돈을 한푼도 안 쓰고 저축했어. 그것뿐인가, 이 가게도 자네가 맡아서 할 거 아니야? 다른 여자가 있어서 피하는 게 아니라는 건 내 알지만, 얼굴만 빤지르르한 여자 만나면 남자 인생 종친다는 거 명심하게."

한수는 꾸벅 인사를 하고 자리에서 일어났다. 안채에서 나오기 전에 한수는 "저를 잘 봐 주셔서 고맙습니다" 하고 홍 여사에게 말했다. 그의 진심이었다. 홍 여사는 죽은 언니가 부탁하고 간 조카딸의 사위로 그를 선택한 것이다. 부담스러울 만큼의 그런 신뢰가 한수는 늘 고마우면서도 송구스러웠다.

명희가 문 앞까지 한수를 따라나왔다. 막상 둘이 되자 한수는 새삼 쑥스러웠다. 미안한 감정이 그 뒤를 이었다. 완곡한 거절로 들렸을 수도 있는 자기 말에 명희가 내내 수줍은 미소만 띠고 있었다는 것이 문득 그의 가슴을 짠하게 했다. 이 여자는 나의 무엇을 좋아하는 걸까? 한수는 처음으로 그런 생각을 해 보았다.

　주장이 전혀 없는 묵묵한 순종은 때로 상대를 힘들게 한다. 그 순종을 피곤해하는 것은 분명 지나친 무례겠지만, 사랑이 예의 안에 있는 게 아니고 보면 그것은 그것대로 솔직한 감정이다. 그러나 사랑은 과연 인간적 예의와는 무관할까?

　한수는 한 손으로 명희의 어깨를 잡아 몇 번 가볍게 두드려 주었다. 명희는 입을 꼭 다문 채 얼굴을 들어 그를 깊게 바라보았다. 그 눈을 오래 볼 수 없어 한수는 어색하게 웃으며 돌아섰다.

7

 한수는 밤바다의 파도 소리를 희미하게 들으며 수족관에서 건져 온 우럭을 도마 위에 올렸다. 아침에 낚시하러 가 잡은 것이었다. 자기가 잡은 고기를 직접 요리해보기는 처음이었다. 한수는 회를 다 뜨고 나서 그 위에 당근으로 꽃과 나비를 만들고, 오이에 칼집을 넣어 왕관모양을 만들었다. 새우는 살짝 데쳐 새우칵테일을 만들었다.
 그녀는 책을 읽고 있었다. 깊이 몰두하지 않았는지 한수가 문 앞에 서서 기침만 한 번 했는데도 그녀가 먼저 문을 열었다. 왔어? 그녀는 손에서 책을 내려놓고는 한수가 들고 있던 쟁반을 받아들었다. 방에는 전처럼 구슬픈 분위기의 음악이 흐르고 있었다.
 "우리끼리 먹을 건데 뭐 이리 모양을 냈어. 신경 많이 썼네."
 그녀는 채소로 만든 꽃과 나비와 왕관을 손으로 집어서 바라보았다.
 "근사하다, 진짜 같애."

그녀가 한수를 보며 환히 웃었다.
"이것부터 드셔 보세요. 새우칵테일이에요."
"어머, 이런 것도 만들 줄 알아?"
"전에 있던 곳에서 배웠어요."
"고마워, 이 실장의 마음이 담긴 거겠지?"
얼굴이 붉어지는 듯해 음식을 집는 척 한수는 얼른 고개를 숙였다. 그녀가 유쾌한 목소리로 말했다.
"자, 그래, 오늘은 우리 끝까지 가 보는 거야. 여행은 이래서 좋아. 내 안의 나를 다 보일 수 있어서."
'내 안의 나'라는 게 무슨 뜻인지 정확히 이해하지는 못했지만 한수는 그녀에게 공감한다는 듯 미소를 지어 보였다.
그런데, 가만 보니 그녀는 어쩐지 불안정해 보였다. 그녀는 한수가 먹어보라는 새우칵테일은 손대지 않고 소주만 연거푸 세 잔을 들이켰다. 그러고는 고개를 약간 숙인 채 오랫동안 말이 없었다. 환히 반기던 모습에서 갑자기 그렇게 가라앉으니 한수는 어떻게 처신해야 될지 몰라 마음만 조심스러웠다. 한수는 그녀가 음악을 감상하고 있는 거라고 생각했다. 지금의 분위기를 깊이 음미하고 있는 거라고, 혹은 문득 떠오른 소설감의 실마리를 좇고 있는 거라고.
한참만에 그녀가 회 한 점을 입에 넣었다. 가볍게 회를 씹으면서 그녀는 무언가 뜻이 담긴 듯 두어 차례 고개를 끄덕거렸다. 한수는 아침에 자기가 직접 잡은 우럭이라고 말하려다 그만두었다.
얼마 후였다. 음악이 끝나 그녀가 시디를 갈아 끼우고 있는데 그녀의 핸드폰이 울렸다. 그녀는 전화를 받지 않고 천천히 시디만 갈아 끼웠다. 잠시 후에 다시 핸드폰이 울렸다. 그녀는 이번에도 핸드폰 쪽으로 고개도 돌리지 않았다. 그러나 벨소리가 열 번을 넘어가자 할 수 없다는 듯 약간 인상을 찌푸리며 핸드폰 뚜껑을 열었다.

한참 동안 듣고만 있던 그녀의 입에서 이윽고 나지막하지만 쌀쌀한 목소리가 흘러나왔다.

"그래요, 끝내요."

한수는 화장실에라도 다녀올까 하다가 그냥 앉아 있었다. 잠시 후에 그녀가 또 말했다. 이번에는 목소리가 조금 높았다.

"그래 진심이에요. 어차피 서로 필요해서 만난 게 아니었나요?"

전화를 끊고 나서 그녀는 거칠게 담뱃갑을 집어 들었다. 한수는 주머니에서 라이터를 꺼내 불을 붙여주었다. 고마워, 하면서 그녀는 약간 어색하게 웃었다.

"남편 아니야."

그녀는 묻지도 않은 말을 강조해서 말했다. 한수는 얼떨결에 네에, 하고는 그녀의 말을 알겠다는 표시로 고개를 끄덕거렸다. 한수는 술잔을 들어 입만 가볍게 축이고 내려놓았다. 그리고 아까 그녀가 읽고 있던 책을 바라보았다. '에로티즘'이라는 제목이 보였다. 저자도 외국인이고 뭔가 어려운 책인 듯한데 표지가 시뻘겋게 생긴 게 조금 특이했다.

"내가 이상하게 보여?"

그녀가 물었다. 이상하냐는 물음은 어쩐지 좀 적절하지 않다고 한수는 속으로 생각했다. 그러나 물음의 뜻을 되묻는 것도 적절한 행동은 아닐 듯해 한수는 말없이 고개만 저었다. 그녀는 자조적으로 담배연기를 길게 뱉고 나서 소주 한 잔을 들이켰다.

"진실이란 건 없어. 다 가짜야. 그거야말로 무서운 진실이지. 세상도, 사랑도, 인간관계도 다 그래. 그렇지 않아, 이 실장?"

 그녀는 많이 힘들어 보였다. 무언가 마음에 상처를 받은 것 같아 위로하고 싶었지만 한수는 무슨 말을 해야 될지 알 수 없었다. 한수는 조금 웃어 보이기만 하면서 그녀의 잔에 술을 따랐다. 그녀는 이번에도 술을 훅 털어넣었다. 그러고는 짧게 한숨을 쉬며 고개를 저었다.

 "아니야, 그래, 이 실장에게 이런 말을 하면 안 되지. 이 실장은 진실한 사람인데 말이야. 자, 내 술 한잔 받아."

 한수는 그녀에게 술을 받아 그녀처럼 단숨에 마셨다. 그러고는 회 한 점을 집으며 슬그머니 말해 보았다.

 "이거…아침에 방파제에서 잡은 거예요."

 "그래?"

 잠깐이지만 그녀가 환히 웃어주었다. 그러나 잠시 후에는 다시 가라앉았다. 두 사람은 한동안 말없이 술잔을 주고받았다. 한수는 그녀의 우울한 마음을 바꿔줄 방법을 알지 못해 마음이 답답했다. 둘이서 소주 두 병을 마시는 동안 회 접시는 거의 그대로였다.

 "여기 노래 부르는 데 없을까? 오랜만에 노래나 부르고 싶다."

 그녀가 약간 비틀거리며 몸을 일으켰다. 한수가 부축하려 하자 그녀는 괜찮다면서 곧 몸을 곧게 세웠다. 한수는 그녀에게 차 열쇠를 받아 운전석에 앉았다.

 늦은 시각이라 해안도로는 사방이 시커멨다. 승용차의 전조등이 깊은 해저의 탐사등처럼 괴괴한 어둠을 일직선으로 질러나갔다. 한수는 그녀의 취기를 가라앉히려고 양쪽 차창을 내렸다. 시원한 밤바람이 밀려들자 그녀가 창문 밖으로 한 팔을 길게 내밀고는 아아, 하고 크게 소리질렀다.

한수는 읍내로 들어가 아는 사람이 사장으로 있는 단란주점 입구에 차를 세웠다. 이름만 단란주점이지 다방처럼 탁자 몇 개 놓여 있는 밋밋한 실내에 겨우 노래방 기기 하나 갖춰져 있는 작은 술집이었다. 시간이 늦어서인지 홀에는 손님이 하나도 없었다. 두 사람은 맥주 몇 병을 시키고 나서 바로 노래를 부르기 시작했다. 아니, 노래는 주로 그녀 혼자 불렀다.

그녀는 팝송을 불렀다. 그녀가 갖고 다니는 시디들처럼 가슴이 은은하게 적셔지는 분위기 있는 노래들이었다. 연달아 서너 곡을 부르고 난 그녀가 한수에게도 불러 보라고 했지만 그는 웃으면서 사양했다. 노래에는 정말 자신이 없는 한수였다.

"그럼 나도 마지막으로 하나만 더 할게."

그녀가 다시 마이크를 잡았다. 이번엔 국내 가요였다.

저 산은 내게 오지 마라 오지 마라 하고,
발 아래 젖은 계곡 첩첩산중
저 산은 내게 잊으라 잊으라 하고 내 가슴을 쓸어 내리네…

언젠가 가게 식구들끼리 회식을 할 때 미스 김도 한 번 부른 적이 있는 노래였다. 무슨 노래자랑 대회인가 나가 입상한 적도 있다는 실력을 갖고 있는 미스 김이 꽤 멋들어지게 불러 인상에 남아 있는 노래였다. 가창력은 역시 미스 김이 조금 나은 것 같았지만 한수 생각엔 그녀의 분위기가 훨씬 좋았다. 그녀의 노래에서 한수는 찬 새벽 이슬과 같은 고요한 청량감을 느꼈다. 노래를 부르면서 가끔 아련한 눈빛으로 천장을 올려다보는 그녀의 모습에서 더 그런 느낌이 왔다.

두 사람은 아직 마개도 따지 않은 두 병의 맥주를 남겨 놓은 채 단란주점에서 나왔다. 식당에 거의 돌아왔을 때 그녀가 바닷가를 걷고 싶다고 했다. 한수는 방파제 앞에서 차를 돌려 선착장에서 조금 떨어진 해안가에 차를 댔다. 두 사람은 차에서 내려 백사장 한가운데로 걸어 들어갔다. 먼 곳에서부터 잔잔히 밀려오는 파도 소리뿐, 사방은 아득할 만치 고요했다. 달빛을 받아 중간중간 하얗게 부서지는 물보라가 무언가에 놀라 날아오르는 철새떼의 빠른 날갯짓 같았다.

그녀가 한수의 어깨에 머리를 기대면서 팔짱을 껴 왔다. 한수는 그녀가 팔짱을 풀어주었으면 싶었다. 감촉은 따뜻했고 온몸이 나른한 희열로 부풀어오르는 듯했지만 그러나, 불편했다. 너무 조심스러워 한 걸음 한 걸음 걸을 때마다 긴장되었다. 그녀가 노래를 흥얼거리기 시작했다. 이번에도 한수가 알 수 없는 팝송이었다. 그녀는 노래를 부르다가 중간에 갑자기 그치고 한수를 바라보았다.

"라잇 히어 웨이링, 리차드막스라는 가수가 부르는 노래야. 아름다운 가사지. 세상에 그런 남자가 있을까, 내가 무슨 일을 하든, 어디에 있든, 항상 그 자리에서 나만을 기다리는 남자."

쓸쓸한 목소리로 말하고 난 그녀가 작은 돌 몇 개를 주워 바다로 힘껏 던지기 시작했다. 팔짱이 풀리자 한수의 긴장도 조금 풀렸다. 그녀는 한동안 아무 말 없이 바다를 바라보고 서 있었다. 어느 순간 그녀의 몸이 약간 휘청거렸다. 그녀의 치맛자락이 바람에 펄렁거렸다. 한수는 달려가 그녀를 부축해 앉혔다. 두 사람은 바다를 향해 나란히 앉았다. 그녀가 한수의 손을 잡았다. 한수는 가만히 있었다. 손이 불덩이네, 하고 그녀가 말했다. 한수는 무언가 들킨 것 같아 부끄러웠다. 어두워서 자기 얼굴이 잘 보이지 않는 것이 다행이라고 생각했다.

어느 순간 그녀가 갑자기 일어나 바다로 뛰어갔다. 한수가 멀뚱히 바라보고 있는 사이에 그녀는 바닷물이 허벅지에 닿는 곳까지 첨벙첨벙 계속해서 걸어갔다. 파도가 그녀를 휘청거리게 했다.

"나오세요!"

한수는 그녀에게로 달려갔다. 그녀에게 가까이 다가가자 비로소 그녀가 몸을 돌렸다. 한수는 그녀의 팔을 잡고 나가자고 말했다. 그녀는 웃으면서 고개를 크게 흔들었다. 마치 도리질하는 어린 아이 같았다. 파도가 또 밀려와 그녀의 웃옷까지 적셨다. 나가요, 한수가 다시 말하는 순간 그녀가 갑자기 두 팔로 그의 목을 끌어안았다. 한수는 몸이 굳어져 버렸다. 그녀가 낙지처럼 찰싹 그의 가슴에 파고들었다. 그녀의 입술이 그의 목에 닿았고, 이윽고 천천히 얼굴로 올라왔다.

한수는 숨이 막혀 가만히 서 있었다. 그녀가 쓰러지지 않도록, 그리고 그녀가 기대고 있는 자기 몸도 쓰러지지 않도록, 한수는 오직 그것만 신경 쓰며 두 다리에 힘을 주었다. 그러나 잠시 후에는 아무 생각도 나지 않았다. 순식간에 그녀의 혀가 그의 입술 사이로 들어와 있었다. 자신이 아직 서 있는지, 바닷속으로 깊이 가라앉아 버렸는지조차 알 수 없는 채로 한수는 몽롱하게 그녀의 혀에 자기 몸을 맡겼다. 단지 입술만이 아니라 자기 몸 전체를 그녀의 혀가 핥고 있다는 느낌이었다.

어느새 두 사람은 바다에서 백사장으로 나와 있었다.

"한수야."

그녀가 처음으로 그의 이름을 불렀다.

"나 갖고 싶니?"

"……."

한수는 그녀를 마주볼 수가 없어 옆으로 고개를 돌렸다.

잠시 후 그녀가 그의 얼굴을 돌려 자기를 마주보게 했다. 그리고는 그의 눈을 똑바로 바라보며 웃옷을 벗어 옆에 깔더니 천천히 옆으로 누웠다. 그녀는 누우면서 한수의 몸을 끌어당겼다. 한수는 그녀를 따라갔다. 아무것도 생각할 수 없었다. 느껴지는 건 그녀의 몸 위에 가볍게 떠 있는 듯한 향수 냄새뿐이었다. 한수는 허겁지겁 그녀를 애무했다.

그녀는 나지막이 무슨 말인가 반복하고 있었다. 천천히…천천히…그렇게 말한 것 같았다. 한수는 천천히, 천천히, 그녀의 몸 안으로 빨려 들어갔다. 좋아, 하고 어느 순간 그녀가 말했다. 그녀가 길게 신음소리를 냈다. 그녀의 신음소리는 어느 먼바다에서 들려오는 듯했다. 아주 먼 곳에서부터 파도와 함께 달려온 무성한 소리들이 자기 몸 위에 쏟아지고 있다, 한수는 그렇게 느꼈다.

8

 무언가 얼굴을 간지럽히고 있다는 느낌이 들어 한수는 반사적으로 번쩍 눈을 떴다. 그녀의 방이었다. 커튼을 쳐놓지 않아 창으로 따가운 햇빛이 쏟아져 들어오고 있었다. 얼른 시계부터 찾아 시간을 확인해 보니 열 시가 가까웠다. 한수는 자기 옆에서 곤히 자고 있는 그녀를 내려다보았다. 그녀도 자기처럼 벌거벗은 몸이었다.
 가지 마. 새벽에 그녀는 방 앞에서 한수의 손을 잡아당겼다. 샤워할 건데, 도와 줄래? 한수는 그녀를 따라 욕실로 들어갔고, 모래가 묻어 있는 그녀의 몸을 비누로 깨끗이 씻어주었다. 그녀도 한수의 몸을 씻어 주었다. 두 사람은 다시 키스를 했고, 한수가 그녀를 안아 방으로 옮기자 바닷가에서처럼 그녀가 한수를 끌어당겼다. 그녀는 바닷가에서보다 더 격렬하게 신음했다. 그 두 번째의 섹스가 끝나자 그녀가 말했었다. 혼자 자기 싫다, 오늘은.
 한수는 그녀가 깨지 않도록 조심스럽게 몸을 일으켜 옷을 걸쳤다.

그러고는 그녀의 벗은 몸에 이불을 덮어준 다음 속옷을 단정하게 개 그녀의 머리맡에 놓아두고 방을 나왔다. 복도를 지나서 계단 앞에 서니 이씨 아주머니와 미스 김의 음성이 저 아래에 들렸다. 한수는 계단으로 내려가지 않고 건물 뒤쪽으로 빙 돌아서는 식당 현관을 정면으로 바라보며 걸어갔다.

"외박했어? 상구 씨한테 갔었구나?"

현관 앞에서 파를 다듬던 미스 김이 인기척에 고개를 들었다.

"사모님 나오셨어요?"

"말 돌리기는, 대답하기 싫다 이거지? 있을 때 잘 해, 나 사라지면 그래도 생각날 걸."

눈 흘기는 미스 김을 지나쳐 한수는 방으로 들어가 옷을 갈아입었다. 옷을 갈아입고도 그는 한동안 방에 가만히 앉아 있었다. 피곤하지는 않은데 오랜 감기 후유증 같은 몽롱한 무기력감이 몸 전체에 퍼져나가는 게 느껴졌다. 벌거벗은 채 자기 손을 잡아당기던 때의 그윽하면서 관능적이던 그녀의 눈빛이 떠올랐다. 그녀의 입술과 살의 감촉이 자기 몸에 꽃향기처럼 아직 남아 있는 것을 한수는 느꼈다. 보통 때의 차분한 이미지와는 또 다른 그녀를 생각하며 그는 혼자 조금 웃었다. 그리고 잠시 후 벌떡 일어났다.

한수는 오토바이를 타고 읍내로 나가 숙취약을 사 왔다. 아주머니와 미스 김이 마당에서 조개를 까고 있을 때 한수는 전복죽을 끓여 숙취약과 함께 이층으로 들고 올라갔다. 그녀는 욕실에서 샤워를 하고 있었다. 한수는 말없이 방 안에다 쟁반을 들여놓고 내려왔다.

오후 세 시. 한수가 한창 주방에서 일하고 있을 때 계단을 내려오는 그녀의 샌들소리가 들렸다. 이층에서 밖으로 나가려면 한수가 일하는 조리대를 지나가야 한다. 곧 그녀의 모습이 나타났다. 하지만 그녀는 한수 옆을 지나가면서도 모르는 사람처럼 그냥 스쳐 지나갔다. 잘 주무셨어요, 하고 한수가 물었지만 그녀는 대답하지 않았다. 한수는 그녀가 마당으로 나가 승용차에 오르는 것을 지켜보다가 그만 칼에 손을 베었다. 제법 깊게 상처가 나 도마 위에 올려놓았던 놀래미에까지 피가 스며들었다. 아직 등을 가르지 않은 놀래미의 비늘 일부에도 피가 번져 어설피 봉숭아물을 들인 손톱처럼 희미하게 반짝거렸다.

마침 옆을 지나가던 이씨 아주머니가 놀라서 달려왔다.

"뭔 일이래, 한 번두 이런 일 읍더니."

한수는 아주머니에게 홍 여사댁에 가서 지혈제를 가져다 달라고 부탁하고는 상처가 난 곳을 손바닥으로 감쌌다. 지혈제를 바르려고 면장갑을 벗으니 왼쪽 검지손가락 끝마디가 뼈가 보일 정도로 깊게 패어 있었다. 지혈제를 발라도 피는 금방 멈추지 않았다. 한수는 지혈제를 두껍게 바른 다음에 가제로 힘을 주어 묶었다. 손가락 혈관이 파닥파닥 뛴다는 느낌이 들면서 손목까지 뭉근한 통증이 올라왔다.

한수가 횟상 하나를 처리하고 나서 잠시 방에 앉아 쉬고 있을 때 전화가 왔다. 굵은 저음의 남자 목소리가 그녀를 찾았다.

"아까 외출하시던데, 누구라고 전해 드릴까요?"

"남편입니다. 핸드폰이 안 돼서 전화했는데, 저에게 전화 좀 달라고 전해 주시겠습니까?"

남자는 매우 겸손한 목소리로 부탁했다. 한수는 들어오시는 대로 전해 드리겠다고 말하고 전화를 끊었다. 손가락에서 좀더 심하게 통증이 느껴졌다.

그녀가 돌아온 것은 바다에 해가 떨어지고 있을 때였다. 그녀의 원피스 자락을 보았다 싶은 순간 이미 한수의 고개는 바닥을 향해 내려가 있었다. 자기도 모르게 그렇게 되었다. 그때 한수가 앉아 있던 곳은 마침 카운터에서 가까운 테이블이었는데 그녀는 이번에도 한수를 덤덤히 지나쳐 주방 안쪽으로 들어갔다. 또각또각, 그 경쾌한 발소리의 말할 수 없는 무심함에 주눅들어 한수는 차마 고개를 들 수 없었다. 이윽고 그녀가 충분히 멀어지고 난 다음에야 한수는 저만치 주방 앞에 서 있는 그녀의 뒷모습으로 물끄러미 눈길을 주었다.

"이런 걸 왜, 지헌티, 어이구, 혀드린 것두 읍는디, 이 실장이라믄 무를까…."

아주머니가 그녀에게 무슨 상자를 받더니 환하게 웃으며 말했다. 미스 김도 상자를 받고서 암튼, 고마워요, 하면서 고개를 갸웃거리고 있었다.

"아주머니는 어머니 같고, 미스 김은 친구잖아요. 제 마음의 표시니까 다른 생각은 하지 마세요."

그녀가 주방에서 나오는 것을 보고 한수는 얼른 옆에 있는 신문을 집어들었다. 그녀의 샌들 소리가 또각또각 그의 앞을 지나 밖으로 나갔다.

"저 여자 이상해. 왜 이 실장은 안 주고 우리만 주지?"

주방에서 나온 미스 김이 상자를 풀며 한수를 한 번 돌아다보았다. 아주머니는 남의 성의를 그렇게 생각하는 미스 김이 이상하다고 말했다. 미스 김의 상자에는 연노랑 브래지어와 팬티 세트가 들어 있었고, 아주머니의 상자에는 모시 내의 한 벌이 들어 있었다.

한수는 밖으로 나와 방파제 앞에서 담배를 피웠다. 해는 이제 완전히 자취를 감춰 먼 곳으로부터 서서히 푸르스름한 어둠이 번져오고 있었다. 바다는 묵직하게 고요했다. 발 밑의 파도 소리도 그 무거운 고요를 흔들지 못하고 눈치만 보며 맴돈다는 느낌이었다. 한수는 고개를 돌려 이층을 올려다보았다. 그녀의 방은 환하게 불이 켜져 있었다.

한수는 곧 식당으로 돌아왔다. 그녀의 남편이 전화했다는 것을 알려야 했고 전복죽 그릇도 가지고 와야 했다. 한수는 이층으로 올라갔다. 방문 앞에 서자 망설여졌다. 한수는 복도를 몇 번 오가면서 숨을 깊게 들이마신 뒤에야 방을 노크할 수 있었다. 대답이 없었다. 잠시 기다렸다가 다시 한 번 노크를 했다. 이번엔 "저 왔는데요" 하는 말을 같이 넣었다. 안에서는 여전히 아무 대답이 없었다. 한수는 아래층으로 내려왔다.

한수는 이씨 아주머니를 불러 이층에 한 번 올라가 보라고 말했다. 남편에게 전화 왔었다는 말도 전해주라고 했다. 조금 후에 아주머니가 전복죽을 담았던 쟁반을 가지고 내려왔다. 한수는 기분이 조금 이상했다. 그녀의 존재가 수평선 너머처럼 아득하게 느껴졌다.

밤에 마지막 손님이 나간 뒤에 한수는 미스 김과 이씨 아주머니에게 마감정리를 맡기고 상구 형에게 갔다. 상구 형은 주방에서 분주하게 음식을 만들고 있었다. 홀에는 단체손님이 한 팀 있었다. 상구 형은 주방에서 일하는 아주머니들의 엉덩이를 툭툭, 치면서 농담을 건네고는 했다. 아주머니들은 그런 상구 형의 행동을 싫어하지 않는 것 같았다. 내가 식성이 까다로워서 그렇지 조금이라도 틈을 보이면 아마 저 아줌씨들 줄줄 옷을 벗을 걸. 상구 형이 언젠가 한수에게 한 말이었다.
"올라가 있어, 곧 끝나."
상구 형이 히죽 웃으며 그를 돌아보았다.
한수는 상구 형 방으로 가다가 식당 주인아저씨를 만났다.
"어이구, 일급 주방장님 오셨네. 자네 쥔은 참 뱃속 편헐 거여, 자네마냥 진국인 주방장은 읍지, 읍구말구."
"무슨 말씀을요, 상구 형도 얼마나 솜씨 좋은데요."
"아 누가 솜씨를 말허남. 사람 됨됨이가 그렇단 거지."
"사장님도 참…저 올라가 있을게요."
언제나 그렇듯 상구 형 방은 여자들 방처럼 먼지 하나 없이 정갈했다. 티브이, 비디오, 소형 목제 옷장, 그리고 앙증맞은 외제 물건들로 가득한 유리진열장이 각자 맞춤한 공간을 차지하고 있었다. 어디선가 은은한 향수 냄새도 나는 듯했다. 한수는 티브이 옆에 장식처럼 가지런히 쌓여 있는 몇 권의 책으로 눈을 주었다. 요즘 들어 그는 자기도 모르게 자꾸 책이라는 것에 관심이 기울었다. 그는 책 제목들을 읽어보았다. '남자의 눈물', '종이학', '천사의 분노', '야망의 계절'…그녀도 이런 책을 쓰는 걸까? 그는 책을 펼쳐 건성으로 몇 쪽씩 들춰보다가 벽에 등을 대고 앉아 눈을 감았다. 아래층에서 사람들의 떠들썩한 웃음소리가 들려왔다.
한수는 아래로 내려가 홀 구석에 있는 소주박스에서 소줏병 하나를 들고 올라왔다. 병이 거의 비어갈 때쯤 상구 형이 들어왔다.
"야, 웬 궁상이냐, 제대로 차리고 먹어야지."
상구 형은 주방으로 인터폰을 넣어 안주를 주문했다.

"나한테 할 말 없냐?"
 상구 형이 욕실에서 손을 씻고 나오면서 실실 웃었다. 한수는 무슨 뜻인지 몰라 상구 형을 빤히 쳐다보았다.
 "혹시 그 작가 선생님하고 뭔가 썸씽 없냐 이거야. 내가 여자깨나 사귀어 봤지만 아직 작가는 만날 기회가 없더라. 물론 언감생심 꿈도 안 꿨지만 말이야. 글 쓰는 여자라…작가들은 밤일도 좀 다를까? 키키."
 상구 형이 혼자 고개를 주억거리며 킥킥거렸다. 한수는 대꾸하지 않고 담배를 꺼내 입에 물었다.
 "야, 그 담배 좀 끊어라, 아무짝에도 쓸모 없는 담배는 왜 피니? 정력에는 특히 안 좋은 거다, 그거."
 주방 아주머니가 안주를 가져오자 상구 형은 유리진열장 안에 있던 양주 한 병을 꺼냈다. 한수는 소주를 마시겠다고 했다. 그러자 상구 형은 아무 말 마라는 듯 과장되게 고개를 흔들며 양주병을 한수의 얼굴 앞에 들이밀었다.
 "이걸로 마셔. 양주는 아침에 일어나도 머리가 안 아파. 이게 박통이 마셨다던 시바스 리갈이라는 거 아니냐."
 상구 형은 갸름하게 생긴 양주잔을 두 개 꺼내서는 한수에게 먼저 한 잔을 따라주었다.
 "너, 무슨 고민 있냐? 오늘따라 더 말이 없네."
 한수는 대답 없이 상구 형의 얼굴만 물끄러미 바라보았다.
 상구 형은 마흔 하나가 되도록 십 년 가까이 혼자 살고 있었다. 상구 형의 부인은 형이 필리핀에 있을 때 다른 남자와 눈이 맞아서 집까지 팔아 도망을 갔다. 형이 귀국했을 때는 노모와 아들 둘만 산동

네에 방을 한 칸 얻어서 살고 있었다. 상구 형은 그때부터 여자를 믿지 않았다고 한다. 첫 부인이 아름다웠기 때문에 형은 만약 다시 결혼하게 되면 못 배우고 못 생긴 여자를 아내로 얻을 거라고 말했다. 반반하고 끼 있는 여자는 연애만 즐기면 돼, 그런 여자 데리고 살다가는 언제 어떻게 변할지 몰라. 상구 형이 입버릇처럼 하는 말이었다. 한수는 상구 형의 말에 공감하지는 않았지만 아픈 경험이 있어 하는 말일 것이므로 그 심정만큼은 충분히 이해했다.

 한수가 별 말이 없자 상구 형은 얼마 전부터 새로 사귀고 있다는 여자 이야기를 시작했다. 서울 영등포에서 신사복 할인매장을 운영하는 여자라고 했다.

 "내가 탈의실에서 새로 산 옷을 갈아입고 나왔더니, 그 여자가 내 어깨에 손을 얹으면서 잘 어울려요, 몸이 아주 좋네요, 하고 말하는 거라. 살짝 윙크까지 하더라니까. 나도 찡끗, 윙크해 주었지. 그 뒤로 양복을 여섯 벌 사 주고는 그 여자와 잤어. 처음엔 거기 종업원인 줄 알았는데 알고 보니 주인이더라구. 돈 있는 여자라서 나도 덕을 좀 보긴 했는데. 야아, 여자란 건 정말 웃기는 동물이야. 그러니까 내가 여자를 안 믿지. 몇 번 만나고 나서부턴 가정도 싫다, 가게도 싫다, 하면서 막무가내 매달리는 거야. 나도 그 여자가 싫진 않지만 그렇게 눈 벌개서 매달리면 골치 아프지. 하여튼 정력은 끝내주는 여잔데 내가 봄에 다마를 박은 것도 다 그 여자 때문이라니까. 나한테 직접 병원을 소개해 줄 정도니까 어떤 여잔 줄 알겠지? 이거 최신 기술로 한 거야. 너도 봤지?"

 상구 형은 손으로 자기 하체를 가리키며 기분 좋게 웃었다. 전에 같이 목욕탕에 갔을 때도 상구 형은 지금처럼 웃으며 한수에게 거기를 보여준 적이 있었다.

어느덧 양주병의 반이 비었다. 그런데도 술은 취하지 않고 머리만 아파 한수는 얼굴을 조금 찡그렸다. 그러자 상구 형이 고개를 갸웃거렸다.

"너 아무래도 이상하다. 말해 봐, 혹시 그 작가님 때문이냐? 그런 거라면 내가 얼마든지 조언해 줄 수 있는데 말이야."

한수는 그런 게 아니라고 했지만 상구 형은 벌써부터 준비하고 있었기라도 한 양 단숨에 이런 말을 쏟아냈다.

"작가도 여자야, 넘 어렵게 생각하지 마. 작가들 취향은 어떤지 모르지만 너 정도면 남자로서 하나도 꿀릴 거 없어. 힘 좋지, 착실하지, 너 같은 무공해 남자 만나기 쉬운 줄 아니? 오히려 그런 여자는 너 같은 남자를 좋아할 지 모르지. 그런 여자 곁에는 머리 돌리는 남자밖에 없거든. 그런 남자들 잠자리는 젬병이야."

한수는 상구 형이 그녀에 대해 함부로 말하는 것이 듣기 싫었다. 하지만 상구 형은 원래 그런 사람이었다. 여자 이야기는 상구 형의 일상적인 화제였고, 가장 자신 있어하는 주제였다. 그녀가 아니고 다른 여자를 두고 하는 말이라면 한수도 별 생각 없이 들으며 가끔 히죽거리기도 했을지 몰랐다. 그러나 그녀를 다른 여자들과 똑같이 취급하는 말은 아무래도 기분이 좋지 않았다. 한수는 상구 형에게 그만 가게로 돌아가겠다고 말했다. 상구 형이 나가서 한 잔 더 하자고 했지만 한수는 고개를 젓고 바로 돌아섰다.

날씨가 흐려 달이 보이지 않았다. 마을은 칠흑이었다. 나무와 집들과 식당 앞의 입간판 같은 것들이 오토바이의 외줄기 전조등 불빛 속으로 갑자기 나타났다가는 갑자기 사라졌다. 가게가 가까워졌을 때 한수는 오토바이 소리가 너무 요란하다는 생각에 시동을 끄고는 손으로 오토바이를 끌었다. 그녀의 방에는 아직 불이 켜져 있었다. 칠흑 같은 어둠 속에 유일하게 깨어 있는 그 불빛은, 산사의 등불처럼 위태로운 느낌 속에서도 밤의 육중한 무게를 그만하면 의연히 견디고 있는 듯 여겨졌다. 한수는 오토바이를 세워 놓고 한참 동안 서 있었다. 음악 소리는 들리지 않았다.

이윽고, 한수는 천천히 계단을 걸어 올라갔다. 방문 앞에서 다시 한참 서 있었다. 결국 노크를 했다. 안에서는 대답이 없었다. 한수는 용기를 내 좀더 크게 문을 두드렸다. 그녀가 문을 열었다.

"왜?"

처음 본 사람을 대하는 듯한 눈빛으로 그녀가 물었다.

"필요한 거… 있으신가 해서요."

한수는 자기도 모르게 말이 더듬거려졌다.

"필요한 거 없어. 내가 인터폰을 하기 전까지는 올라오지 마. 나 지금 작업중이라 정신이 흩어지면 안 되거든. 이 실장도 생활이 흩어지면 안 되지."

그녀는 무표정한 얼굴로 지그시 나무라고는 문을 닫았다. 한수는 한동안 그대로 서 있었다. 탁탁탁, 안에서 단조로운 자판 소리가 들렸다. 한수는 글쓰는 일이 정신적인 노동이라던 그녀의 말을 기억해 냈다. 자기가 경솔했던 거라는 생각이 들었다. 한수는 다시 노크를 해 그녀의 작업을 방해해 미안하다는 말을 꼭 하고 싶었다. 하지만 이번에 노크를 하면 어쩐지 그녀가 화를 낼 것 같다는 생각이 들었다. 그는 발소리를 죽여 계단을 내려왔다.

9

 그녀는 그 후에도 며칠 동안 한수에게 말을 하지 않았다. 밥 먹을 때만 잠깐 내려왔고, 한수와 마주치면 말없이 스쳐 지나갔고, 이따금 혼자 차를 몰고는 어디론가 나갔다 오곤 했다. 한수가 방파제 앞에서 낚시를 하고 있을 때 그 근처를 산책하면서도 그냥 지나쳤다.
 그녀가 한수에게 인터폰을 넣은 것은 두 사람 사이에 대화가 끊어진 지 사흘째 되던 날 오후였다.
 "바쁘지 않으면 올라올래?"
 한수는 한달음에 이층으로 올라갔다. 한수가 노크를 하자 그녀는 문을 열면서 전처럼 부드럽게 웃었다. 한수는 하마터면 눈물이 나올 뻔했다.
 "들어와. 지금 바쁘지는 않구?"
 한수는 서둘러 아니라고 대답했다.
 "그동안 이 실장 얼굴 제대로 보지도 못했네. 원래 내 작업이 그래, 주위 사람들을 힘들게 하지. 작업하는 동안은 극도로 예민해지거든. 우리 딸애도 내가 작업할 때는 곁에 오지 않아."

그녀의 목소리는 예전처럼 따뜻했다.

"죄송합니다."

한수는 부끄러웠다. 그녀가 일하러 와 있는 사람이라는 걸 깜박 잊었다는 자책감에 얼굴이 뜨거웠다.

"죄송하긴, 이 실장처럼 진실한 사람이 어디 있다구. 일이 어느 정도 됐으니까 우리 언제 시간 내서 나들이 한 번 하자. 이 주변에도 볼거리가 많다던데. 물론 이 실장 일하는 데 방해되면 안 되구."

말하면서 그녀는 언젠가처럼 한수의 어깨에 손을 부드럽게 걸쳤다. 코끝이 찡하게 시려와 한수는 아무 말도 할 수 없었다. 그녀가 한수에게 메모지 한 장을 내밀었다.

"그리고 참, 나 좀 도와줄래? 며칠 동안 신경을 곤두세웠더니 몸이 피곤해서 잠을 좀 자야겠거든. 한숨 자고 일어날 테니까 그 동안 이 실장이 피시방에 가서 이 자료들을 뽑아 줬으면 좋겠는데."

한수는 속으로 조금 난감했다. 그는 피시방이라는 데를 한 번도 가 본 적이 없었다. 하지만 그런 말은 하지 않았다. 어떻게 되겠지 하는 생각으로 그는 일단 메모지를 받아 돌아섰다.

그 사이에 홀에 회 손님이 와 있었다. 한수는 서둘러 회를 떠 주고는 오토바이를 타고 읍내로 나갔다. 읍에서 가장 번화한 곳에 이르러 주변을 둘러보았더니 다행히 피시방은 금방 눈에 띄었다. 그것도 하나가 아니고 그리 멀지 않은 간격으로 세 개씩이나 있었다. 한수는 그 중에 하나를 골라 들어갔다. 문을 열고 들어선 한수는 우선 카운터 앞에 서서 실내를 찬찬히 살펴보았다. 여러 해 전에 가끔 드나

들었던 오락실과 비슷한 구조인데 어딘지 그보다는 정숙하다는 느낌이었다. 게임에서 나는 전자 효과음만 빼면 적어도 외양만으로는 독서실 분위기와 비슷해 보였다.
"어떻게 오셨어요?"
카운터에 앉아 있던 젊은 남자가 일어섰다.
"컴퓨터를 쓰려고 하는데…."
"아무 데나 빈자리에 앉으세요."
청년의 머리카락은 헤어 젤을 발라 빳빳하게 위로 솟아 있었다. 그 머리 모양이 미덥지는 않았지만 한수는 청년에게 손에 들고 있던 메모지를 내밀었다.
"이게 뭐예요?"
"수고비는 쳐줄게요. 컴퓨터를 만질 줄 몰라서 그러는데 여기에 있는 자료 좀 뽑아 주시겠어요."
예상 밖으로 청년은 메모지를 힐끗 보더니 아무 일도 아니라는 듯 선선히 고개를 끄덕였다. 한수는 안도의 한숨이 저절로 나왔다. 한수는 청년이 자료를 뽑는 동안 빈자리에 앉아서 기다렸다. 다른 사람들은 무엇을 하나 둘러보니 반 이상이 게임에 몰두하고 있었고, 나머지는 각기 다양한 화면을 띄워 놓고 무엇인가를 읽거나 쓰고 있었다. 게임조차 한수에게는 생소한 것들뿐이었다. 그는 왠지 주눅이 드는 기분이었다.
한수는 가까운 자리에서 컴퓨터를 하고 있는 이십대 후반의 남자에게 다가갔다.
"이거 배우는 데 어렵지 않나요?"
남자는 잠시 뜨악한 표정으로 올려다보더니 곧 엷게 웃었다.

"처음에야 어렵겠지만 배우면 다 돼요. 노인들도 배우는 걸요. 인터넷 모르면 살아남기 어려운 세상이잖아요?"

한수는 고맙다고 말하고 자기 자리로 돌아왔다. 얼마 후에 청년이 이십여 장의 종이 묶음을 들고 왔다. 한수는 수고비를 계산해 주고 피시방을 나왔다.

식당으로 돌아오니 홍 여사가 주방에 들어가 있었다. 홀에는 아까 그가 나갈 때까지는 없었던 손님들 여럿이 앉아 있었다. 조리대에서 회를 뜨고 있던 홍 여사가 언짢은 표정으로 돌아보았다.

"어딜 가면 간다고 말하고 나가야지, 손님이 언제 올지 모르는데. 이 실장 요즘 좀 이상하네."

할 말이 없어 한수는 고개만 꾸벅 숙이고는 얼른 손을 씻고 앞치마를 둘렀다. 홍 여사는 한수에게 일을 넘기고 나서도 무언가 더 말하고 싶은 듯 한수를 바라보다가 그냥 나가 버렸다. 미스 김과 아주머니가 그의 뒤에서 무어라 작은 목소리로 속닥거리는 게 들렸다.

오후 내내 한수의 머리에서는 인터넷에 대한 생각이 떠나지 않았다. 노인들도 배운다는 인터넷이라지만 그걸 모른다는 게 특별히 창피하게 생각되지는 않았다. 상구 형도 집에 컴퓨터가 없는 걸 보면 인터넷을 할 줄 아는 것 같지는 않았다. 그러나 막상 자신이 컴퓨터에 대해 문외한이라는 걸 그녀가 알게 된다면 그때는 약간 부끄러워질 것도 같았다.

저녁 식사 때 그녀가 아래로 내려왔지만 한수는 자료를 건네주지 않았다. 사람들 앞에서 자료를 건네면 그가 읍에 다녀온 게 그녀의 일 때문이었다는 걸 알게 될 것이었다. 사실 장기 투숙자가 그런 정도의 부탁을 하면 들어줄 수 있는 일이었다. 이씨 아주머니를 시켜 그녀에게 전복죽을 올려다 준 일 같은 것도 따지고 보면 특별 대우였지만 지배인이 장기 투숙자에게 그만한 배려는 할 수 있는 일이었다. 그런데도 한수는 이제는 어쩐지 당당한 기분이 들지 않았다. 다행히 그녀도 한수에게 자료 이야기는 하지 않았다.

한수는 식사가 끝난 후에 사람들 눈을 피해 이층으로 올라갔다.

"고마워. 아주 잘 뽑았네."

자료를 받아들며 그녀가 하는 말에 한수는 가슴이 뜨끔했다.

"이따가 밤에 잠깐 볼까? 내가 인터폰 할게."

문을 닫기 전에 그녀가 말했다. 한수가 고개를 끄덕이자 그녀가 다시 덧붙였다.

"일부러 기다리진 말고. 아직 신경이 예민해서 어쩌면 일찍 잘지도 모르거든."

직원들이 모두 퇴근한 후에 한수는 방에서 상구 형이 빌려 준 책을 읽으며 그녀의 전화를 기다렸다. 책과 친해져보자고 마음을 먹어서인가 전과는 달리 그럭저럭 페이지가 넘어가 주었다. 책의 주인공인 미야모도 무사시는 강하고 두려움이 없는 사나이였다. 그러면서 차가웠다. 하지만 그 차가움은 검으로 무언가를 이루기 위해 스스로 세상의 손짓에 마음을 닫는 그런 것이었다. 한수는 미야모도 무사시라는 남자가 마음에 들었다. 여자에게 정을 주지 않는 그의 모습이 조금 외로워 보인다는 생각은 들었지만.

책을 두 권째 읽고 있을 때 인터폰이 울렸다. 새벽 한 시였다.

"잤어?"

한수는 책을 보고 있었다고 말하려다가 그냥 아니라고만 말했다.

"뭐 필요한 건 없구요?"

"됐어. 이 실장만 있으면 돼."

한수는 이층에 올라가기 전에 샤워를 했다. 특히 생선 냄새가 밴 손을 식초물로 깨끗이 닦았다. 이층에 올라가니 방문이 반쯤 열려져 있었다. 한수는 노크하지 않고 기침으로 인기척만 내면서 방으로 들어갔다. 그녀는 책상에 앉아 컴퓨터를 두드리고 있었다.

"작업하세요?"

"응, 조금만 기다려."

그녀는 컴퓨터에서 눈을 떼지 않고 말했다. 한수는 그녀와 조금 떨어져 앉아 조용히 기다렸다. 그녀의 가는 손가락 끝에서 울리는 자판 소리가 매우 경쾌하게 들렸다. 한수는 자기도 그녀처럼 날렵하게 자판을 두드릴 수 있으면 좋겠다고 생각했다.

전에는 못 보았던 것 같은데 그녀의 손가락 두 개에 빨간 매니큐어가 칠해져 있는 게 한수의 눈에 띄었다. 손가락이 자판을 두드릴 때마다 함께 튀어 올라 나붓거리는 빨간 점들이 한수에게는 흡사 그녀가 친구로 불러들인 두 마리의 무당벌레 같았다. 벌레로 분한 요정이 그의 눈앞에서 앙증맞게 춤을 추고 있었다. 적어도 한수의 느낌엔 그랬다. 한순간 정말 생물처럼 여겨지던 그 작고 발랄한 두 마리의 곤충에 대하여 한수가 불쑥 선망의 감정을 품었던 건 대체 무슨 연유였을까.

이십 분이 지나도록 그녀는 책상 앞에 계속 앉아 있었다. 지루하지는 않았지만 멀거니 앉아만 있는 것이 뭐해서 한수는 방바닥에 놓인 몇 권의 책들을 들척거렸다.

"그래, 책이라도 보고 있어, 금방 끝나."

그녀가 힐끗 돌아보며 은은하게 웃었다.

책들은 제목부터 상구 형네 집에 있던 것들과는 많이 달랐다. 대체로 제목이 길면서 말이 어려웠다. 한수는 아무 책이나 들어 한 페이지쯤 읽다가 슬그머니 내려놓았다. 내용이 잘 들어오지 않았다. 한수가 다른 책을 보려고 할 때 그녀가 뒷목을 주무르며 책상 앞에서 물러났다. 한수는 책을 덮었다.

"지루했지? 갑자기 떠오른 게 있었거든. 작가에겐 순간의 영감이 중요해. 머리로 암만 생각해도 안 되던 게 순간적으로 떠오를 때가 많아. 그건 말 그대로 순간적이어서 즉시 정리해 놓지 않으면 다시 사라져 버리거든. 그래서 그랬던 거니까 이해해."

"저는 신경 쓰지 마세요."

그녀가 두 손을 깍지 끼워 머리 위로 들어올렸다. 그녀는 몹시 피로해 보였다.

"어깨 좀 주물러 드릴까요?"

말하면서 한수는 조금 쑥스러웠는데 그녀는 고맙다면서 선선히 어깨를 맡겼다. 한수는 그녀의 목 뒷부분부터 시작해 양쪽 어깨와 팔뚝까지 적당한 압력으로 주물렀다. 손을 씻고 와 다행이라는 생각이 들었다. 그녀가 연신 시원하다고 말해 한수는 매우 기뻤다.

"이제 그만해도 돼."

그녀가 등 뒤로 한수의 양손을 잡으면서 말했다. 한수는 손이 잡혀 더 주무르지 못한 채 그녀의 등 뒤에 엉거주춤 서 있었다. 그녀가 한수의 손을 좀더 아래로 잡아당겼다. 그의 손이 그녀의 가슴에 닿았다. 그의 얼굴은 그녀의 머리 바로 위에 얹혔다. 그녀가 그의 손을 옷 안으로 집어넣었다. 그녀가 입은 남방셔츠는 헐렁한 데다 가슴

위쪽으로는 단추가 채워져 있지 않아 쉽게 손이 들어갔다. 한수는 조금 망설이다가 천천히 그녀의 가슴을 손으로 쓰다듬었다. 얼마 후, 그녀가 가는 신음소리를 내며 일시에 그의 손을 확 잡아당겼다. 한수는 그녀와 함께 옆으로 쓰러졌다.

한수가 이윽고 그녀 안으로 들어갔을 때 그녀가 그의 눈을 똑바로 올려다보면서 말했다.

"넌 내 거야."

그 말이 한수에게 자신감을 심어주었다. 지난번과는 달리 적극적으로 그녀를 애무할 수 있었다. 한수의 손이 움직일 때마다 그녀의 신음소리가 높아졌다. 어느 순간 그녀가 다시 말했다.

"넌 보물이야!"

섹스가 끝난 후에 한수는 요를 깔고 그녀를 안아다 눕혔다. 그녀는 눈을 감은 채 어린 아이처럼 한수에게 몸을 맡겼다. 한수는 누운 그녀를 한참 바라보다가 이불을 덮어주고 일어났다. 문을 나서기 전에 돌아다보았더니 그녀는 여전히 눈을 감고 있었다.

10

 금요일, 이날은 한수가 처음으로 가게가 아닌 다른 곳에서 그녀와 만나는 날이었다. 가게 식구들에겐 알리지 않은 둘만의 비밀 외출이었다.
 한수는 아침에 일어나자마자 반사적으로 날씨부터 살폈다. 하늘은 차라리 불안한 마음이 들 정도로 유난히 청명했다. 손으로 그려 넣은 듯 탄력과 입체감이 돋보이는 흰구름 몇 조각, 짙푸른 하늘의 말할 수 없이 투명한 색감을 한수는 황홀하면서도 어쩌지 못할 조바심으로 한참 동안 올려다보았다.
 한수는 수족관을 청소하고 음식 재료까지 다 준비해 놓은 다음에 읍내 이발소로 나갔다.
 "웬일여? 요새는 자주 이발을 허네? 좋은 일 있는가벼?"
 의자에 앉자 육십 가까운 나이의 이발사가 다가오며 사람 좋은 웃음을 지었다. 한수는 빙그레 웃기만 했다. 그러고는 거울에 비친 바깥 거리의 조용하고도 부산한 아침 풍경을 그윽이 바라보았다. 비로소 특별한 외출에 대한 실감이 그의 마음 속에 어린 싹처럼 톡, 수줍게 고개를 쳐들기 시작했다.

이발소 의자에 앉으면 한수는 늘 거울 바로 위에 걸려 있는 액자를 바라보았다. 이런 시골에 흔히 있는 때묻고 빛이 바랜 액자인데 거기에 쓰인 글이 그의 마음에 잔잔한 감흥을 주곤 했던 것이다. 삶이 그대를 속일지라도 슬퍼하거나 노여워하지 말라. 한수는 이런 단순한 내용이 유명한 시라는 게 왠지 기분이 좋았다.

이발을 끝낸 한수는 상구 형에게 들러 전에 자기에게 준다고 했던 폴로 바지를 달라고 했다.

"언제는 됐다고 하더니, 너 혹시 데이트 하냐?"

상구 형이 비닐에 쌓인 바지를 건네주면서 물었다. 한수는 대답 대신 웃기만 했다.

"명희 씨 아니지?"

이번엔 웃음은 나오지 않았다. 한수가 가만 있자 상구 형이 의미심장한 표정으로 고개를 끄덕거렸다.

"내가 한 번 해보라곤 했지만 너 대단하다, 그런 지적인 여자와 데이트까지 진전되다니. 하긴 사랑에 사회적 신분이 어디 있냐. 국경도 초월하는 게 사랑인데. 잘해 봐. 내가 힘껏 어드바이스 해줄게. 그리고 너 나중에 나한테도 제대로 소개해라. 내가 근사하게 쏠게."

"그런 건 아니에요."

"알았어, 알았어."

상구 형은 비닐 포장을 뜯어 바지를 꺼내서는 한수의 허리에 대보았다. 많이 길었다.

"진짜 폴로라 그래. 미국놈들이 크잖니. 세탁소에 가면 바로 줄여 줄 거다."

상구 형은 한수에게 향수도 뿌리고 머리에 무스도 바르라고 했지만 그는 고개를 저었다. 그렇게 하고는 그녀 앞에 다가가지도 못할 거라는 걸 한수는 스스로 알고 있었다.

한수는 바로 세탁소에 들러 바지를 줄였다. 가게로 돌아간 후에 한수가 방에서 폴로 바지와 티셔츠를 입고 나오자 가게 식구들이 눈을 동그랗게 떴다.

"오늘 쉰다구 허더니 선보러 가나벼?"

콩나물을 무치던 이씨 아주머니가 히죽히죽 웃으며 그의 아래위를 훑었다. 마침 홀에 들어서던 홍 여사가 그 말을 듣고는 언짢은 표정을 지었다. 한수는 홍 여사에게 고개를 숙여 인사하고는 얼른 식당 밖으로 나왔다.

어제 한수는 홍 여사에게 미리 하루 쉬겠다고 말씀드렸다. 집에 다녀온 지 얼마 안 되었으므로 홍 여사는 의아해했다. 한수가 가게를 벗어나는 건 집에 다녀올 때 말고는 없었기 때문이다. 한 달에 두 번 쉬는 날에도 한수는 방파제에서 낚시를 하거나 읍에 나가 술이나 마시고 오는 게 고작이었다. 홍 여사가 자꾸 다그쳐 물어 한수는 어쩔 수 없이 거짓말을 했다. 집에 다녀온 후 내내 마음이 안 잡혀 바람이나 쐬려 한다고 했더니 홍 여사는 믿어지지 않는다는 표정으로 되물었다. 바람? 여기 바람도 좋은데 무슨 바람이야?

한수는 새 옷과 머리가 헝클어지지 않도록 오토바이 대신 버스를 타고 읍으로 나가 거기에서 다시 B 해수욕장 쪽으로 들어갔다. 해수욕장 입구에 있는 호텔에 도착한 것은 약속 시간 십오 분 전이었다.

약속 장소인 레스토랑은 7층 꼭대기에 있었다. 한수는 엘리베이터를 타고 올라가면서 벽에 붙은 거울 속의 자기 모습을 낯설게 바라보았다. 자기 스스로도 낯설게 여겨지니 가게 식구들이 놀란 건 당연하다는 생각이 들었다.

그녀는 아직 와 있지 않았다. 승용차를 타고 한수보다 먼저 식당을 나섰지만 시간을 맞추기 위해 어디 다른 곳을 돌아보고 있을 것이었다. 한수는 바다가 보이는 창가에 자리를 잡고 앉았다. 그러고는 비로소 실내를 찬찬히 둘러보았다. 호텔 레스토랑답게 소파와 탁자, 벽장식과 조명들이 모두 세련되고 고급스러웠다. 양복을 놔두고 상구 형에게 폴로를 얻어오길 잘했다고 한수는 생각했다. 양복을 입었다면 오히려 촌스럽게 보였을 것 같았다.

한수는 담배를 피우며 창 밖으로 바다를 바라보았다. 수많은 유리조각을 뿌려 놓은 듯 수면 전체가 눈부시게 반짝거렸다. 강렬한 햇빛이 조용한 바다를 콕콕 찌르고 있다는 상상을 잠깐 했다. 그 상상은 어쩐지 한수 자신의 가슴도 따끔거리게 했다.

실내 스피커에서 클래식이 흘러나오고 있었다. 한수가 아는 클래식은 아버지가 자주 듣던 베토벤의 '운명'과 슈베르트의 '겨울나그네'뿐이었다. 한수는 아버지가 듣던 클래식보다 어머니가 즐겨 부르던 '동숙의 노래'나 '원점'이 더 좋았다. 어머니는 아버지가 낚시를 갔다 늦게 오면 아버지를 기다리는 동안 마루에 앉아 막걸리를 마시면서 그 노래를 부르곤 했다. 그런 날 밤늦게 귀가한 아버지는 어머니에게 아무 말도 걸지 않고 곧장 방으로 들어가고는 했다.

"손님 기다리세요?"

웨이터가 물잔과 메뉴판을 들고 다가왔다. 그때, 스르르 레스토랑의 자동문이 열리면서 그녀가 나타났다. 한수는 손을 흔들까 하다가 가만히 앉아 기다렸다. 그녀는 스윽 실내를 한 번 살펴보고는 이내 그를 발견하고 일직선으로 걸어왔다.

"정확히 맞춰 나왔네? 난 해변가를 한 바퀴 돌았어."

그녀가 담뱃갑에서 담배를 꺼냈다. 한수는 라이터를 켜 그녀의 담배에 불을 붙였다. 고마워, 하면서 그녀가 미소를 지었다. 작은 일에 매번 고맙다고 말하는 그녀가 한수는 보기 좋았다.

"식당 근처도 좋지만 여긴 여기대로 참 경치가 좋다. 이런 아름다운 곳에서 이 실장 같은 듬직한 남자와 데이트를 하게 되다니."

데이트라는 말이 한수의 가슴을 저릿하게 했다. 상구 형이 실실 웃으며 그 말을 할 때와는 전혀 다른 느낌이었다.

"우리, 무얼 먹을까?"

"드시는 거로 같이 할게요."

식당 주방장이라지만 한수는 양식에 대해서는 잘 알지 못했다. 웨이터가 그녀의 물잔을 들고 와 주문을 받았다. 그녀는 웨이터에게 안심스테이크와 야채 스프를 시키면서 스테이크는 조금만 익혀달라고 말했다. 웨이터는 야채 스프는 안 되고 크림 스프만 된다며 죄송하다고 했다.

"할 수 없지요. 음, 그리고 하우스 와인 두 잔만 주세요. 운전을 해야 돼서 바틀로 마실 수 없거든요."

한수는 그녀가 익숙하게 주문하는 것이 괜히 자랑스러웠다. 웨이터는 깍듯하게 인사하고 돌아섰다. 돌아서기 전에 웨이터가 힐끗 한 번 한수 쪽을 바라본 듯했다. 한수는 공연히 자기 옷차림을 내려다보았다.

"바람이 달라, 바람에 가을이 묻어 있어."

휴양림으로 차를 몰고 가며 그녀는 차창을 활짝 열어 놓았다. 그녀의 머리카락이 인어처럼 휘날렸고, 향수 냄새가 바람에 실려 한수의 코를 스쳤다. 며칠 전 밤 그녀의 옷이 벗겨질 때 맡았던 향수 냄새였다. 아마 언제까지고 잊혀지지 않을, 한수의 몸 자체에 기억된 그 냄새.

그녀는 한 손으로 운전하며 다른 손은 한수의 무릎에 얹었다. 한수는 조금 망설이다가 그녀의 손등 위에 자기 손을 얹었다. 얼마 후 그녀가 카세트 테이프 하나를 오디오에 집어넣었다. 곧 밝고 힘찬 음악이 흘러나왔다. 그녀가 내내 유쾌한 모습이어서 한수는 무언가 한 마디 하고 싶어졌다.

"방에서 시디로 듣던 음악들과는 다른 분위기네요."

그녀가 고개를 끄덕이며 밝게 웃었다.

"야외에서는 이런 음악이 좋지. 이래서 음악이 좋아. 예술 중에서도 우리의 정서를 가장 다양하게 반영하는 게 음악이거든. 문학과는 또 다르지."

"음악을 무척 좋아하시나 봐요?"

"그럼, 결국 모든 예술은 하나야. 위대한 작가들은 모두 음악을 사랑했어. 괴테, 톨스토이, 셰익스피어…모두 그랬지. 지금 나오는 건 모차르트인데, 헤르만 헤세는 이 곡에 대해 사람의 손에서 나온 최후의 위대한 음악이라고 극찬하기도 했어. 위대한 작가와 위대한 음악가는 서로 영감을 주고받는 법이야."

한수는 갑자기 그녀의 소설이 읽고 싶어졌다. 왜 그녀의 소설을 읽어 볼 생각을 안 했을까? 다음에 읍에 나가면 꼭 사 보자고 한수는 결심했다.

　휴양림으로 들어가는 길은 붉은 소나무가 울창하게 밀집해 있었다. 평일이어서인지 사람이 거의 없어 산책하기에는 그만이었다. 그녀는 매우 경쾌하게 움직였다. 사소한 동작 하나에서도 어떤 적극성이 느껴졌고, 그래서 두 사람이 나란히 걷고 있는 데도 한수는 어쩐지 그녀의 뒤를 따라간다는 느낌이 들었다. 소나무 사이로 비치는 햇살과 새 소리를 들으며 그녀는 두 손을 모으고 매우 흐뭇해했다. 그녀는 눈을 지그시 감고 으흠, 이 자연의 냄새, 하면서 숨을 깊게 들이마시곤 했다. 걸어가면서 그녀는 길가의 나무와 꽃과 풀들에 대한 전설들을 이야기해주었다. 한수로서는 이름도 모르는 것들이었다.

　두 사람은 휴양림 정상 근처에 있는 정자까지 올라갔다. 정자에 올라서니 저 아래 마을과 바다가 한눈에 보였다. 정자엔 두 사람뿐이었다. 한수는 난간에 기대어 앉고 그녀는 한수의 무릎에 앉은 채 두 사람은 한동안 산 아래에 펼쳐져 있는 그림 같은 풍경에 심취했다.

　"여기에서 하고 싶어."

　한참 후에 그녀가 말했다. 한수는 처음엔 그녀의 말뜻이 무엇인지 몰랐다. 그래서 멀뚱히 있으려니 그녀가 고개를 돌려 한수를 향해 한쪽 눈을 찡긋했다. 스릴 있고 좋잖아? 하고 그녀가 다시 말했다. 한수가 겨우 그녀의 말을 이해했을 때, 그녀는 그의 무릎에서 일어나더니 몸을 난간에 기대고 뒤돌아 섰다. 그녀의 눈이 강렬하게 빛나고 있었다. 이어 그녀가 한수에게 무엇인가를 부탁하는 듯한 동작을 취했다. 그는 이번에도 즉시 이해하지는 못했다. 하지만 그녀가 다리를 약간 벌리는 순간 곧 알아들었다. 그는 무릎을 굽히고 그녀의 크림색 치마 속으로 들어갔다. 그녀의 신음소리가 시작되었다.

얼마 후에 그녀가 한수를 일으켜 세웠다. 그녀는 한수의 바지 지퍼를 내리더니 손을 넣어 한수의 그것을 만졌다. 한수의 그것이 걷잡을 수 없이 커졌을 때 그녀는 뒤돌아서 두 손으로 난간을 잡고 허리를 뒤로 뺐다. 어서 해 줘! 그녀가 다급하게 말했다. 한수는 얼른 사방을 둘러보았다. 근처에는 아무도 없었다. 새 몇 마리만 후두두 저쪽으로 날아가고 있었다. 한수는 그녀에게 다가가 허리를 잡았다. 그녀의 팬티를 내리고, 그는 그녀의 안으로 들어갔다. 그녀가 다시 신음소리를 내기 시작했다. 한수는 소리를 조금 줄였으면 좋겠다고 말하고 싶었지만 차마 말하지는 못했다. 그녀는 급류를 타고 올라오는 물고기처럼 세차게 몸을 흔들었다. 한수는 금방 사정을 했다.

너는 내 소중한 보물이야. 치마를 수습하고 난 후 그녀가 말했다. 한수는 바지를 바로 올릴 수 없어서 조금 난감했다. 그녀가 핸드백에서 일회용 티슈를 꺼내주었다. 한수가 바지를 올리고 돌아서자 그녀는 자기가 피우던 담배를 그에게 건넸다. 한수는 담배를 받아 입에 물었다. 너무 긴장을 한 탓에 그는 머리가 약간 아팠다.

두 사람은 휴양림 입구에서 자동판매기 커피를 한 잔씩 마시고 차에 올랐다.

"읍에 영화관이 있던가?"

"하나 있어요."

"개봉관은 아니겠지?"

"모르겠는데요."

한수가 읍으로 영화를 보러 간 건 지난봄에 한 번뿐이었다. 명희와 함께였는데 반은 졸았기 때문에 무슨 영화를 봤는지 지금은 기억도 나지 않았다.
　읍내 영화관은 역시 개봉관은 아니었다. 그녀는 상영중인 영화가 마음에 안 드는지 바로 차를 돌렸다.
　"시내로 가야 될까봐. 거긴 극장이 여러 개 있겠지?"
　"잘 모르겠어요."
　"그래 맞아, 인터넷으로 확인해 보고 가자. 보고 싶은 영화가 없으면 굳이 시내까지 갈 필요는 없지."
　그녀는 주차할 곳을 찾기 시작했다. 인터넷이라는 말에 한수는 불안해졌다. 그녀가 부탁했던 자료를 자기가 직접 뽑은 게 아니라는 걸 말해야 될까 어쩔까 하고 그는 잠시 고민했다. 한수는 그녀에게 고백하기로 마음먹었다.
　"저, 사실, 저번에 그 자료…제가 뽑은 게 아니에요. 저는… 컴퓨터를 할 줄 모르거든요. 죄송해요."
　그녀가 큰 소리로 웃더니 한수의 손을 잡아주었다.
　"그게 무슨 죄송한 일이야. 내가 오히려 미안하지. 요즘 인터넷을 모르는 사람이 거의 없긴 하지만 그런 거 못한다고 기죽을 건 없어. 인터넷은 하나의 도구일 뿐이야. 자기 생활에서 딱히 써먹을 일 없으면 안 할 수 있는 거지. 그리고 그런 거 잘하는 사람보다는 이 실장처럼 아름답고 순수한 사람이 이 사회에는 더 필요해."
　그녀의 친절한 말이 한수는 진심으로 고마웠다. 그는 고백하기를 잘했다고 생각했다.
　"이 실장이 배우고 싶다면 내가 가르쳐 줄 수도 있어. 하긴 이 실장이 하는 일에도 정보는 필요할 거야. 평생 주방장으로 늙을 순 없잖아. 나중에 식당을 직접 경영하려면 인터넷을 하긴 해야 돼. 요즘 웬만한 업소는 다 자기 홈페이지를 갖고 있거든."
"홈페이지요?"
"응, 홈페이지는…자기 가게를 소개하기도 하고 그러는 건데, 음…아무튼 그런 게 있어. 그런데 배우려면 일단 컴퓨터가 있어야 될 텐데. 그 문제는 우리 천천히 생각하자, 응?"
"네, 고마워요."
그녀는 차부 옆에 있는 보고파다방 앞에 차를 주차시켰다. 그런데 막 시동을 끄고 내리려 할 때 다방 안에서 어린 아가씨가 나오더니 인상을 쓰며 운전석 옆으로 다가왔다. 노랑머리에 짧은 치마를 입은 아가씨였는데 차 보자기가 없는 걸 보니 두 사람 때문에 일부러 나온 것 같았다.
"이것 봐요, 남의 가게 코앞에 차를 세우는 경우가 어디 있어요?"
다방 아가씨가 손으로 그녀쪽 창을 탕탕 두드렸다. 그녀가 창문을 내리고는 다방 아가씨를 바라보았다. 한수는 그녀 옆자리에 있어서 그녀의 표정을 볼 수는 없었다. 다방 아가씨가 눈을 치켜 뜨고 아까보다 더 크게 소리쳤다.
"그렇게 보면 어쩔 건데요? 기본 상식도 모르는 주제에… 빨리 차나 빼요!"
"아가씨, 말을 그렇게 하면 안 되지. 예쁜 아가씨가 말이 참 험하네."
그녀가 조용히 다방 아가씨를 타일렀다. 다방 아가씨는 약간 조소어린 표정을 짓더니 두 손을 허리에 턱하니 얹었다.
"지금 날 훈계하겠다는 거예요? 육갑하네, 잘못은 누가 했는데 혼자 점잔 떨고 있어."
 다방 아가씨가 땅바닥에 침을 뱉었다. 그녀가 몸을 가늘게 떠는 듯했다. 한수는 문을 열고 차 밖으로 나갔다. 다방 아가씨가 한 번 해 보자는 듯한 표정으로 한수를 노려보았다. 한수는 가만히 여자를 바라보다가 말했다.
 "금방 뺄게요. 들어가요."
 한수의 무뚝뚝하면서 나직한 말에 다방 아가씨는 몇 마디 더 툴툴거리더니 곧 안으로 들어갔다. 그가 차 안으로 돌아오니 그녀는 눈을 감고 있었다. 마음이 몹시 상한 듯한 표정이었다. 이쪽에 세워두면 될 거라고 말했던 게 자기여서 한수는 그녀에게 조금 미안한 마음이 들었다.
 얼마 후에 마음이 얼마간 가라앉았는지 그녀가 눈을 떴다.
 "죄송해요."
 "이 실장이 왜 죄송해, 저 아가씨가 예의가 없어 그런 걸."
 잠시 후에 혼잣말처럼 그녀가 다시 말했다.
 "하긴 저 아가씨 잘못만도 아니야, 사회 전체가 예의라곤 없어져가니까. 특히 요즘 젊은 사람들은 서로 존중하고 배려하는 공동체 의식이 없어. 자기 감정 하나만 중요하게 생각하는데, 그게 다 교육 제도부터가 잘못돼 그런 거니까 결국엔 우리들 기성 세대 책임이지."
 희미하게 웃고 있었지만 그녀의 얼굴은 아직 굳어 있었다.
 그녀는 차를 빼 유료주차장을 찾기 시작했다. 남의 가게 앞만 아니면 길가에 대충 세워도 될 거라고 한수가 말했지만 그녀는 다시 불쾌한 일을 겪고 싶지 않다고 했다. 여기저기 찾아보았으나 읍내에는 유료주차장 같은 건 없었다. 결국 역전의 빈터에다 차를 주차시켰다.

한수는 차 안에서 기다리기로 하고 그녀 혼자 피시방으로 갔다. 한수는 그녀가 길을 건너 맞은편 피시방 안으로 들어갈 때까지 눈을 떼지 않았다. 그녀의 모습이 사라지자 한수는 갑자기 피곤기를 느꼈다. 한수는 담배를 꺼내 물었다. 담배를 피우면서 주변의 상가와 바쁘게 오가는 행인들을 바라보다가 한수는 문득 자신의 무언가가 낯설다고 느꼈다. 생각해 보니 방파제에 앉아 바다를 바라볼 때 말고는 이렇게 거리 한복판에서 찬찬히 주변을 관찰하고 있는 게 처음인 듯했다. 그리고 또, 방파제에 앉아 있을 때는 아무 생각도 하지 않았는데 지금은 여러 가지 생각이 들락거리고 있었다. 그녀를 알게 된 이후부터 자신이 조금 사색적이 된 듯하다고 그는 생각했다. 사색적이 되는 게 좋은 건지 나쁜 건지는 잘 알 수 없었다.

그녀가 피시방에서 나오는 것을 보며 한수는 담배를 비벼 껐다. 거리의 행인들 사이에서 바라보는 그녀의 모습은 평소보다 더 도드라져 보였다. 적어도 한수에게는 그렇게 보였다.

"거기도 별 게 없는데."

그녀가 고개를 저으면서 차에 올랐다.

"극장은 세 개나 있던데 볼 만한 게 없어."

"특별히 보려고 했던 게 있나요?"

"응, 글 쓰는 데에 참고할 게 있었거든."

"그럼 어떡하죠?"

"글쎄, 어떡할까…."

그녀가 담배를 꺼냈다. 한수는 왠지 초조했다. 아까부터 무슨 말이든 하고 싶었던 한수는 머리에 떠오른 대로 불쑥 질문 하나를 던졌다.

"소설을 쓰려면 영화도 봐야 되나요?"

"꼭 봐야 되는 건 아니지만 나름대로 얻는 게 있지. 음악과 달리 영화는 일단 소설하고 똑같이 서사적인 장르거든. 무슨 말이냐면 음…등장인물이 있고 무언가 사건이 있고, 소설이나 똑같이 일정한 줄거리가 있잖아? 묘사하는 방법이야 다르지만 아무래도 서로 얻을 것들이 있지. 물론 깊이야 소설이 앞서지. 소설을 원작으로 영화를 만들기는 해도 영화를 원작으로 소설을 쓰는 경우는 없는 것만 봐도 알 수 있지 않겠어?"

한수는 대답 없이 듣기만 했다. 그녀가 딱히 자신의 대답을 필요로 하고 있는 것 같지 않아서였다. 아무러나 그녀가 길게 말해서 한수는 좋았다. 한수는 그녀가 길게 말할 때면 마음이 편안해지곤 했다. 그러나 한수는 곧 다시 초조해졌다. 결국 한수가 먼저 그녀에게 말했다.

"그만 들어갈까요?"

그녀가 시계를 보았다. 한수는 그녀의 표정만 보았다. 이윽고 그녀가 말했다.

"무슨 소리야, 첫 데이튼데 벌써 들어가다니. 이 실장은 들어가고 싶어?"

"그게 아니라…."

"음…이러자. 이 실장 비디오방 가 봤어?"

"아니요."

"그럴 것 같았어. 나도 그런 덴 가본 적 없는데, 오늘 한 번 구경해 보자. 우리만의 작은 영화관이라고 생각하면 극장보다 나을 수도 있지. 어때?"
 그녀가 좋다면 나야 다른 생각이 있을 리 없었다. 두 사람은 길을 건너 비디오방을 찾아보았다. 금방 눈에 띄었다. 수퍼마켓이 있는 건물 3층에 노란색의 꽤 큰 비디오방 간판이 걸려 있었다. 실내도 한수가 생각했던 것보다는 훨씬 컸다. 카운터가 있는 홀은 작았지만 그 안쪽으로 한눈에도 스무 개는 넘겠다 싶은 방들이 좁은 간격으로 연이어 붙어 있는 게 보였다. 카운터에는 아르바이트생으로 보이는 젊은 남자가 만화잡지를 들여다보고 있었다.
 "그녀를 보기만 해도 알 수 있는 것, 있나요?"
 그녀가 아르바이트생에게 물었다.
 "외국 영환가요?"
 아르바이트생이 고개를 갸웃하면서 되물었다.
 "네, 최신작은 아니고 좀 된 건데, 한 번 찾아봐 주시겠어요?"
 그녀가 상냥하게 부탁하자 아르바이트생은 카운터에서 나와 비디오 진열대로 갔다. 그녀는 소파에 앉아 신문을 펼쳐 들었고, 한수는 비디오를 찾는 아르바이트생 뒤에 서서 거기에 꽂혀 있는 수많은 비디오 제목들을 별 생각 없이 주르르 훑어보았다.
 비디오를 보는 방은 매우 좁고 어두웠다. 코를 찌를 듯 짙은 방향제가 뿌려져 있는 데도 그 독한 방향 사이로 담배 냄새, 술 냄새, 들큰한 음식 냄새 같은 것들이 마치 방향제와 몸싸움이라도 벌이듯 순간순간 치고 들어왔다.
 "앉자."
 그녀가 먼저 소파 안쪽에 앉았다. 한수가 약간 거리를 두고 옆에 앉자 그녀는 한수를 자기 쪽으로 끌어당겼다. 그녀가 담배를 꺼내

불을 붙였을 때 앞의 큰 화면에 영화가 나오기 시작했다.
　영화는 적어도 한수에게는 매우 지루했다. 십여 분 간격으로 제목이 새로 뜨면서 다른 줄거리가 시작되는데, 그게 전부 같은 이야기인지 다른 이야기인지조차 한수에게는 불분명했다. 뭔가 조금 알만하면 끝나는 식이었다. 명희와 영화를 보다가 졸았던 적이 있는 한수는 이번에는 졸지 않으려고 애를 썼다. 담배를 피우고, 몇 번이나 물을 마시면서, 한수는 그녀처럼 영화에 몰입하지 못하고 있는 자기 자신을 조금 원망했다.
　"어땠어?"
　비디오방에서 나오며 그녀가 물었을 때 한수가 당황해한 건 당연했다.
　"잘 모르겠어요. 좋은 영환가요?"
　한수는 솔직하게 말했다. 피시방 이야기를 고백했을 때처럼 그녀가 자기를 격려해 주기 바라면서. 그녀는 한수의 기대만큼 격려의 말을 해주진 않았지만 실망스런 표정도 짓지 않았다. 그녀는 가볍게 미소짓고 나서 영화에 대해 차분히 설명하기 시작했다.
　"단편 영화라서 아마 재미없었을 거야. 소설도 그렇지만 단편은 주제를 극도로 압축하고 상징적인 처리도 많이 하기 때문에 이해하기 쉽지 않지. 저런 영화에서는 스토리보다 연출하는 방식 자체가 더 중요하거든. 그러니까 관객도 마찬가지로 줄거리를 쫓아가는 게 아니고 영화 전체를 한 호흡으로 느끼면서 어떤 이미지를 만나도록 해야 되는 거지. 이 영화가 좀더 독특한 건, 단편들마다 각각 스토리와 감독이 다른 데도 한 작품의 주인공을 다른 작품에서는 조연이나 단역으로 등장시키면서 장편 영화처럼 끌고 간다는 거야. 아마

감독들이 협의해서 공동 제작을 한 모양인데, 아무튼 재미있는 처리였던 것 같아."
 무엇에 대한 말이든 그녀가 길게 이야기해 주면 한수는 그 자체만으로 기분이 좋았다. 그러나 이번에는 그렇지 않았다. 고맙다는 생각은 들었으나 한수는 마음 한쪽이 조금 답답했다. 자기 쪽에서도 무언가 한 마디쯤 감상을 말할 수 있는 영화를 보았더라면 좋았을 것 같았다.
 "다른 영화를 볼 걸 그랬지?"
 한수의 표정에서 무엇을 읽었는지 그녀가 하던 말을 그쳤다.
 "아니요, 다른 영화는 저 혼자서도 볼 수 있잖아요."
 그녀가 기운 빠질까봐 반사적으로 서둘러 대답한 말이었는데, 막상 말하고 나자 한수는 자기 말이 마음에 들었다. 그랬다, 다른 재미있는 영화는 나 혼자서도 얼마든지 볼 수 있다. 이건 그녀와 함께 있기에 볼 수 있는 영화이다. 그렇게 생각하자 한수는 대번에 마음이 편안해졌다. 그녀도 한수의 편안해진 마음을 느낀 모양이었다. 싱긋 웃으며 그녀가 말했다.
 "저녁 뭐 먹을까?"
 "저녁은 제가 살게요."
 한수는 조금 과장되다 싶게 환히 웃어 보았다.
 "누가 사든 무슨 상관이겠어. 저녁은 얼큰한 거로 먹자."
 그녀가 유쾌하게 말했다.
 한수는 그녀와 함께 농협 뒷거리에 있는 아구찜 전문식당으로 갔다. 언젠가 그가 상구 형과 가본 적이 있는 집인데 아구찜 한 가지만 하는 집답게 맛이 괜찮았다고 한수는 기억하고 있었다. 사실은 맛보다는 실내가 깔끔하여 선택한 집이었다. 아무리 맛있다 해도 한수는 그녀를 허름한 집으로 안내할 마음은 없었다.

　식당에서 나오니 어둑해져 있었다. 어둠 덕분에 한수는 그녀와 좀 더 밀착해 걸을 수 있었다. 낮에는 아무래도 신경이 쓰였던 한수였다. 승용차가 주차된 곳에 이르렀을 때 그녀가 한수를 돌아다보았다.

　"같이 들어가면 안 되겠지?"

　그는 겸연쩍게 웃기만 했다. 그녀가 문을 열고 운전석에 앉았다.

　"오늘 즐거운 데이트였어. 이 실장은?"

　"저도 좋았습니다."

　그녀는 입술을 모아 한수를 향해 키스하는 소리를 내고는 차에 시동을 걸었다. 곧 차가 출발했다. 한수는 차가 길모퉁이를 돌아 사라질 때까지 기다렸다가 버스 정류장 쪽으로 걸었다.

11

    일요일이었다. 명희가 가게에 왔다. 명희는 아침부터 분주하게 움직이며 식당 일을 도왔다. 미스 김이 이틀째 나오지 않고 있어 손이 달렸다. 이씨 아주머니는 미스 김의 행동이 요즘 이상하다면서 홍 여사에게 서둘러 사람을 알아보는 게 좋을 것 같다고 말했다.
    "요즘 우리 가게 사람들 이상해, 너두나두 헛바람 들었어…. 무슨 조화인지 모르겠네. 허욕에 빠지면 그때부터 인생 바닥으로 곤두박질 친다는 거 모르는지 원. 그런 말도 있잖아요, 토끼와 물고기가 서로 눈이 맞아도 그들 사는 세상이 달라서 결국 헤어지게 된다나 하는 이야기…사람은 제 자신을 잘 알아야 한다니까요. 물고기는 물을 먹고 살아야지."
    홍 여사가 기계로 무채를 썰면서 한참 투덜거렸다. 아주머니는 그름유, 그름유, 하고 장단을 맞추면서 이편에 있는 한수를 힐끔거렸다. 한수는 가만히 듣고만 있었다. 명희가 한수에게 마당 청소를 같이 하자며 그의 팔을 잡아끌었다.
 사계절을 밋밋한 캐주얼화 하나만 신고 다니던 명희가 그녀처럼 샌들을 신고 있었다. 향수 냄새도 좀 나는 듯했다. 명희가 마당에 물을 뿌리다 말고 한수를 보며 생긋 웃었다.
 "오빠, 나 목요일에도 올 거야. 그때 우리 점심은 시내에 나가서 먹어요. 내가 맛있는 것 사 줄게. 할 말도 있고…."
 명희는 평일에 가게에 온 적이 없었다. 혹시 다니는 회사에 무슨 일이라도 생겼는지 한수는 걱정되었는데 명희의 표정은 평소와 다름이 없었다. 명희는 그냥 하루 쉬고 싶어 쉬는 것이라며 한수에게 목요일 약속을 다시 확인시켰다.
 "별 일 없으면 그러자."
 "그럼 약속된 거예요?"
 명희는 어려운 승낙이라도 받아낸 양 환하게 웃었다.
 손님이 끊이지 않고 들어와 가게 식구의 점심상은 네 시에나 차리게 되었다. 식사를 준비하면서 한수는 이씨 아주머니를 시켜 이층의 그녀에게 인터폰을 넣었다. 그녀는 요 며칠 식사 때만 잠깐 내려올 뿐 산책도 하지 않고 거의 방에서만 지내고 있었다. 한수는 밤에 혼자 남을 때마다 그녀에게 인터폰을 해보고 싶었지만 혹시라도 작업을 방해할까 싶어 매번 생각만 하다 말고는 했다.
 이층과 통화를 끝낸 아주머니가 심드렁하니 고개를 저었다.
 "생각이, 잘 됬지 뭐, 밥이 아슬아슬했는디. 근디 갈 날짜가 다 되지 않았나?"
 아주머니 말에 명희가 힐끗 한수를 본 듯했다. 한수는 못 들은 척 말없이 숟가락을 들었다. 그리고 보니 그녀가 돌아갈 날도 이틀밖에 안 남았다는 생각이 들었다. 한수는 대강 몇 숟갈만 뜨고 일어나 밖으로 나와 담배를 피웠다. 한수는 그녀의 방을 올려다보았다. 커튼이 바람에 흔들리는 것으로 보아 창이 열려져 있는 모양이었지만 그녀는 보이지 않았다.

저녁에 한수가 광어를 꺼내려 수족관 앞에 가 있는데 명희가 전화 받으라고 그를 불렀다. 한수는 뜰채를 놓고 물기 묻은 손을 슥슥 바지에 닦고는 들어가 전화를 받았다.

"나다."

뜻밖에도 어머니였다. 어머니가 한수에게 먼저 전화를 하는 건 드문 일이었다.

"아, 예. 어쩐 일이세요."

한수는 목이 뻑뻑해졌다.

"아무 일 없다. 니 생일이 다가오길래 그냥 한 번 걸었어. 잘 있니? 돌아오는 목요일이 니 생일인 거 알지?"

"예. 저는 잘 있어요. 뭐 필요한 거 있으시면 말씀하세요."

"내가 필요한 게 뭐 있겠니, 너한테 미안할 뿐이지. 거기서라도 미역국 먹거라."

어쩐지 어머니 목소리가 자꾸 안으로 잠겨 들어가는 것 같았다. 어머니는 잠시 말없이 있다가 조심스레 물었다.

"……네 아버지도 잘 있지?"

한수는 예, 하고 짧게 대답했다. 어머니는 다시 한동안 말이 없었다. 한수는 가만히 기다렸다. 한참만에 어머니가 말했다.

"한수야, 나 말이야, 집으로 돌아가면 안 되겠지?"

순간적으로 목이 메어 한수는 입을 꽉 다물었다. 침을 삼키며 마음을 진정시키고 나서야 한수는 겨우 입을 열 수 있었다.

"안 되기는요, 나오고 싶으세요?"

어머니는 금방 대답하지 않았다. 어머니! 이번에는 기다리지 않고 한수가 어머니를 불렀다.

"아니다, 그냥 너희들 생각이 나서 해본 소리야. 신경 쓰지 마라. 나는 여기가 편하고 좋아. 바쁜데 그만 끊자."

전화를 끊고 나서 한수는 결국 눈물을 흘렸다. 죽어도 아버지에게는 돌아가지 않겠다던 어머니였다. 한수는 방파제로 나가 오랫동안 바다를 바라보면서 서 있었다. 언제 따라나왔는지 명희가 말없이 그의 옆에 서 있었다.

"왜 나왔어. 들어 가."

"오빠가 슬픈데 내가 일이 되겠어?"

명희는 오히려 한 걸음 다가서더니 한수의 팔짱을 꼈다. 한수는 조금 어색했지만 가만히 있었다.

한수는 아버지를 생각하고 있었다. 동생들과 한수는 아버지가 왜 어머니를 무심하게 대하는지 알지 못했다. 한수의 기억에 어머니가 처음 술을 마시기 시작한 것은 아버지가 일주일 동안 낚시터에 가서 돌아오지 않을 때였다. 아버지가 집을 나설 때 어머니는 울면서 아버지의 바지를 잡아당겼다. 한수는 부모 사이에 무슨 일이 있었는지를 알지 못했다. 막걸리를 마시면서 노래를 부르던 어머니의 슬픈 눈빛만 오래도록 잊혀지지 않았다.

한수는 일이 뜸한 시간에 수퍼마켓 앞에 있는 공중전화로 가 아버지에게 전화를 걸었다.

"여보세요?"

전화를 받은 건 정씨 아주머니였다. 한수는 아버지를 바꿔달라고 부탁했다.

"웬일이냐, 일할 시간에."

아버지는 자다가 일어난 목소리였다. 한수는 잠시 망설이다가 말했다.

"저…, 어머니한테 전화가 왔어요."

"그래… 별 일 없으면 내일 전화하자."

아버지는 한수의 말을 막듯이 바로 전화를 끊으려 했다. 한수는 다음 주에 내려가겠다고 말하고 수화기를 내렸다.

저녁에 그녀가 내려왔다. 그녀는 가게 식구들과 함께 식사를 하면서 명희와 한수를 번갈아 보더니 두 사람 참 잘 어울리더라, 하면서 웃었다. 한수는 무슨 말이지 하는 표정으로 그녀를 쳐다보았다.

"아까 두 사람이 방파제에 다정하게 서 있던 모습을 보았어. 결혼식 날 나도 초대해 줄 거지?"

그녀의 말에 명희의 표정이 밝아졌다. 아주머니도 그럼유, 결혼식은 축하객이 많을수록 좋은 거지유, 라고 장단을 맞추었다. 한수는 말없이 식사만 했다.

그녀는 식사 후에 곧바로 이층으로 올라갔다. 밤이 되면서 한수는 이상하게 마음이 불안정했다. 어머니 전화 때문인가 생각해 보았지만 꼭 그것만도 아니었다. 일을 끝내고 방에 들어와 혼자가 되자 가슴 밑바닥에서 알 수 없는 조바심이 끓어올랐다.

'미야모도 무사시'를 읽었다. 다행히 책은 잘 읽혀졌다. 이제는 자기 마음이 완전히 검객 미야모도 무사시와 동화된 듯하다고 한수는 느꼈다. 물론 한수는 자신이 무사시라는 사내를 감히 흉내낼 수 없으리라는 걸 알고 있었다. 미야모도 무사시는 세속적인 영예를 멀리하며 스스로 험하고 외로운 길을 가고 있었다. 자기 안에 세운 어떤 초극을 향해 맹렬하게 자신을 긴장시켰다. 검 하나에 구도승처럼 혼을 바치고 있지만 사실 세상 속에 있으며 세상의 시선을 무시한다는 건 말처럼 쉬운 게 아닐 것이었다. 게다가 그가 왜 그렇게 살아야 하는가 하는 것까지도 한수는 충분히 이해하지 못했다. 한수로서는 그저 무사시의 묵묵한 고집이 좋았다. 한 번 마음을 정하면 기웃거리지 않는 올곧은 성격도 그의 마음에 들었다.

얼마 후에 한수는 책을 덮고 누웠다. 그러자 다시 불안한 마음이 그의 몸을 채웠다. 도대체 왜 그런지 알 수 없어 한수는 더 답답했다.

12

"남편이 왔어요."
 이층에서 내려온 그녀가 주방 쪽에 대고 말하면서 밖으로 나갔다. 이씨 아주머니는 "증말 결혼헌 분이구먼…." 하고 뭔가 새삼스럽다는 듯 그녀를 바라보았다. 조리대에서 일을 하고 있던 한수도 손을 놓고 유리창으로 밖을 내다보았다.
 황금색 마티즈 한 대가 그녀의 차 옆에 정차돼 있는 게 보였다. 현관을 나선 그녀가 마티즈 쪽으로 다가갔고, 그녀의 남편인 듯한 사람이 차에서 내리더니 그녀의 어깨를 잡아주며 웃었다. 곧이어 예닐곱 살 정도로 보이는 여자아이가 반대편 문을 열고 나왔다. 차에서 내린 아이를 그녀가 번쩍 들어 안았다. 방금 잠에서 깼는지 아이는 뭔가 좀 어리둥절해 있는 듯한 모습이었는데, 어머니 품에 안겨서도 그다지 기쁜 표정은 보이지 않고, 대신 고개를 길게 내밀어 사방을 두리번거리기만 했다. 남편이 무언가 말하자 그녀가 고개를 들며 손으로 이층을 가리켰다. 묵고 있는 방을 알려주는 모양이었다.
 이윽고, 그녀는 아이를 내려놓은 다음 남편과 함께 홀 안으로 들어왔다.
 "인사해요, 나한테 정말 친절하게 대해준 분들이야."
 그녀가 남편에게 가게 사람들을 소개시켰다.
 "말씀 들었습니다. 모두 식구처럼 잘 대해주어서 편안하다고 하더군요."
 그녀의 남편은 아주머니에게 깍듯하게 고개를 숙이고는 한수에게도 반갑다면서 악수를 청했다.
 한수는 남자가 내민 손을 선뜻 잡지 못했다. 이 실장 뭐해? 나무라듯 그녀가 채근한 다음에야 한수는 마지못해 남자와 악수를 나누었다.
 "인상이 참 좋습니다. 이 사람 말이 맞는 것 같네요. 동생 삼을 만큼 순수한 사람이라고 하더라구요. 이따가 함께 술 한 잔 하시죠."
 그녀의 남편이 한수를 보면서 서글서글하게 웃었다. 남편은 차 안에서 가져올 게 있다면서 곧 딸과 함께 밖으로 나갔다.
 "두 시간쯤 후에 내려올 테니까 좋은 회로 준비해 줘."
 남편을 뒤따라 나가며 그녀가 말했다. 한수는 그녀의 눈을 바라보았다. 한수의 마음은 조마조마한데 그녀에게서는 조금도 어색한 기색 같은 건 보이지 않았다. 한수는 그녀가 가족과 나란히 계단을 올라가는 모습을 물끄러미 올려다보았다.
 곧 손님이 몰려들기 시작해 홀이 바빠졌다.
 "사모님은 사람을 구해주구 서울인지 제주돈지 가실 일이지…. 으이구, 미스 김 나쁘다구만 헐 수 읍지. 한달 내 뻬빠지더락 일혀서

특별한 선물 **117**

벵든 시어머니 병원비다가 아이들 교육비, 생활하는 것두 빠듯허지. 그려두 사람 구헐 때까장은 있어줘야 경운디, 으이그, 늙은 년 혼저 일허게 허구 지만 쏘옥 빠져나가먼 워쩍허여…"
　이씨 아주머니가 한꺼번에 여러 테이블 주문을 받아오면서 넋두리를 풀었다. 홍 여사는 아침 일찍 서울로 올라가 있었다. 미스 김은 여러 날 계속 결근하던 끝에 결국 식당을 그만두고 말았다. 지금은 읍내 노래방에 나가고 있다고 했다. 어제 저녁에 옆집 사람이 시내 노래방에서 미스 김을 만났다면서 식당으로 달려와 알려주어 알게 된 사실이었다. 한수는 시간이 나면 미스 김을 찾아가 보려 하고 있었다. 하지만 가게로 다시 데려올 수 있으리라는 기대는 하지 않았다. 이씨 아주머니 혼자 몹시 바쁜 것 같아 한수는 빠르게 주방 일을 끝내고는 홀로 나가 아주머니를 도왔다.
　다행히 그녀 가족이 내려올 때쯤에는 홀이 얼마간 한가해졌다. 한수는 별실에 상을 차려놓고 나서 아주머니에게 이층에 연락하라고 했다. 십 분 정도 지나 그녀가 가족과 함께 내려왔다. 한수는 그들이 상에 앉는 것을 보고는 방파제로 나갔다. 바다는 짙은 해무가 끼어 건너편 섬들이 보일 듯 말 듯 가뭇했다. 한수는 가을이 묻어 있는 선득한 바람을 맞으며 한참 가만히 서 있었다.
　"이 실장!"
　아주머니가 저 뒤 식당 앞에서 크게 소리쳐 불렀다. 한수는 피우던 담배를 마저 피우고 천천히 식당으로 돌아왔다. 홀에는 다른 손님들은 다 가고 그녀와 그녀 남편만 남아 있었다.
　"아까부텀 이 실장 찾었어. 어여 들어가 봐."
　아주머니는 다리가 아프다고 잠시 쉬겠다면서 텔레비전이 있는 방으로 올라갔다. 한수는 아주머니에게 대충 정리 끝나는 대로 퇴근하라 하곤 별실로 들어갔다. 방에는 두 사람뿐이었다. 딸아이는 밥만 먹고 바로 올라간 모양이었다. 한수가 들어가자 그녀의 남편이 자리에서 일어났다.

"바쁘시지 않으면 같이 술 한 잔하지요. 이 사람은 속이 안 좋아 많이 못하겠다고 하네요."

남편은 한수에게 자기 자리를 내주면서 그녀 옆으로 건너갔다.

"바쁘지 않지?"

그녀가 한수 앞에 수저를 놓아주었다. 다른 때 같으면 고마웠을 그런 작은 배려가 한수는 조금 불편했다. 그녀의 남편이 한수에게 술잔을 건넸다. 한수는 단숨에 잔을 비우고 그녀의 남편에게 술잔을 건넸다. 술을 마시면서 그녀의 남편은 횟집 운영에 대해 이런저런 것들을 물어 왔고, 한수는 자신이 아는 대로 간략하게 대답했다. 얼마 후 그녀가 딸 때문에 잠시 올라가 보겠다고 하고는 자리에서 일어났다. 한수는 고개를 들어 그녀를 쳐다보았다. 그녀가 미소를 지으면서 말했다.

"편하게 마셔."

그녀가 이층으로 올라가고 난 뒤에 남편은 한수를 상대로 스포츠와 요즘 정치권 돌아가는 이야기 등을 했다. 남자의 말은 그다지 어렵지는 않았지만 한수의 귀에는 잘 들어오지 않았다. 말이 많은 사람은 아닌데 자기가 워낙 묵묵히 앉아 있으니 남자 혼자 말하고 있다는 걸 한수도 느낄 수 있었고, 그 때문에 그는 더 미안했다. 남자의 말이 그치자 약간 어색한 침묵이 흘렀다. 한수는 아무 말이라도 해야 될 것 같다는 생각에 남자에게 어떤 사업을 하느냐고 조심스럽게 물었다.
"사업은요, 장사를 해요. 해물손칼국수 집입니다."
그녀의 남편이 웃으며 대답했다. 한수로서는 조금 뜻밖이었다. 그가 보기에 남자는 밥장사에는 전혀 어울리지 않을 듯했다. 한수의 그런 마음을 읽었는지 남자는 삼 년 전까지 무슨 연구소에서 생활을 하다가 정리해고를 당했고 그 후로 장사를 시작했다고 덧붙였다. 직접 밀가루를 반죽하고 국물도 낸다면서 서울에 올라오면 꼭 한번 들러달라는 말도 했다.
"부인이 작가 선생님이라 좋으시겠어요."
한수의 말에 남자는 말없이 미소를 지었다. 술 한 잔을 천천히 들이켠 남자가 한수에게 잔을 권했다. 한수는 어쩐지 말을 잘못한 것 같은 기분이 들었다.
"그 사람은 천상 예술가지요. 그런데 제가 사는데 치중하다 보니까 제대로 외조는 못해요. 그저 그 사람이 하는 일을 마음으로 밀어줄 뿐인데, 솔직히 말해 가끔은 집사람이 평범한 가정주부였으면 좋겠다 싶을 때도 있어요. 그 사람이 그러더군요. 작가는 어쩔 수 없이 다른 사람의 산소까지 뺏을 수밖에 없는 천형 같은 거라고. 하하, 그런데 가정을 잘 지키는 것도 창조이고 대단한 예술이거든요. 저는 어린 시절을 좀 불행하게 지냈기 때문에 항상 단란한 가정을 제 생의 의미로 생각했었어요. 이 실장님도 결혼해 보시면 아실 겁니다. 하하."
남자가 이마를 쓸어 올리며 소리내어 웃었다. 그의 앞머리에는 머리카락이 거의 없었지만 나이가 특별히 더 들어 보이지는 않고 오히려 동안이라는 느낌이었다.

한수는 많이 마시지 않았는 데도 취기가 빨리 올라오는 것을 느꼈다. 긴장하고 있는 데도 술이 빨리 취하는 건 그 긴장보다 강하게 한수를 위축시키는 다른 불편함이 있기 때문이었다. 한수는 예의만 겨우 차리는 정도로 술을 적게 마시기 시작했다.

그녀가 내려온 것은 남자가 그녀를 처음 만났던 당시의 연애 이야기를 하고 있을 때였다.

"소영이 자요?"

아까도 그랬던가? 한수는 그녀의 남편이 아내에게 존대를 쓰고 있다는 걸 처음 의식했다. 그녀도 예, 하고 존대로 대답하면서 남편의 옆에 앉았다.

그녀가 돌아왔고 술자리도 어느 정도 되었으므로 한수는 매운탕을 끓여오겠다는 핑계로 자리에서 일어났다. 한수는 자고 있는 아주머니를 깨워 퇴근을 시키고는 급히 매운탕을 만들어 별실에 갖다주었다. 이번엔 두 사람 다 그를 잡지 않아 한수는 내심 다행스러웠다. 한수는 주방으로 돌아가 신문을 펼쳤다가 글이 잘 들어오지 않아 곧 내려놓고는 청소를 시작했다.

한 시간 정도 지난 후 그녀가 남편과 함께 이층으로 올라갔다. 한수는 상을 대강 정리하고 자기 방으로 들어갔다. 눈을 감고 누웠지만 잠이 오지 않았다. 한수는 벌떡 일어나 밖으로 나갔다. 그녀의 방을 올려다보았다. 늘 늦도록 불이 켜져 있던 방이 지금은 꺼져 있었다.

한수는 가게를 나와 바닷가를 조금 걷다가 윗마을로 상구 형을 찾아갔다. 상구 형은 혼자 누워 에로비디오를 보고 있었는데 한수를 보자 무척 반가워했다.

"술 사줄까?"

"됐어요. 여기도 술 있잖아요."

"그래, 술이 생각나기는 난다 이거지."

상구 형은 밖으로 나가 소주 한 병과 마른안주를 들고 왔다. 상구 형은 다시 텔레비전 앞에 누웠고 한수는 벽에 기대어 소주를 조금씩 마셨다.

"저 여자 가슴 봐라, 저거 분명히 수술한 젖이야. 너 수술한 젖을 구별하는 게 어떤 건지 아니? 내가 딱 한 번 가슴 수술한 여자와 자 봤는데, 글쎄 여자가 옷을 벗고 누웠는 데도 젖이 하나도 퍼지지 않고 마네킹 가슴처럼 그대로 있는 거야. 내가 누구냐, 단방에 알아버렸지. 그래도 모르는 척 하고 여자한테 물었어. 가슴이 너무 이쁜데 수술한 거냐구 말이야. 그랬더니 펄쩍 뛰더라. 자기는 자기 엄마를 닮아서 사발젖이라나 뭐라나. 내 속으로 그랬지, 야, 야, 아무리 사발 젖이라도 누우면 퍼진다. 근데 말이야. 수술한 젖이라는 것을 알고 나니까 그전까지 좋았던 기분이 싹 가시더라구. 괜히 그곳을 만지기가 징그러운 거 있지. 여우같은 년, 결국 그 가슴으로 지금은 다른 놈 꼬시고 있겠지. 나도 좋은 놈은 못되지만 그런 년들은 남편한테 들켜서 콩밥을 먹어야 돼."

한수는 눈을 감은 채 상구 형의 말을 말없이 듣고 있었다. 그러나 사실은 아무 말도 들리지 않았다.

"자냐? 얘가 나 혼자 씨부리고 있었네."

상구 형이 투덜거리며 한수를 흔들었다.

"미안해 형, 피곤해서."

"야 임마, 솔직히 불어, 너 요즘 고민하는 거 있지?"

상구 형이 자리에서 일어나 앉으며 추궁하는 듯한 표정을 지었다. 한수는 말없이 고개만 흔들었다. 가게에선 잠이 안 오더니 자꾸 눈이 감기려 했다. 어설피 마신 술 때문인 것 같다는 생각이 들었다.

한수는 상구 형 방에 그대로 눕고 싶은 걸 겨우 참고는 가게로 돌아왔다. 가게에 들어서면서 이층 창문을 올려다보니 여전히 불이 꺼져 있었다. 한수는 방으로 들어가 누웠다. 집에 오는 동안 다시 잠이 달아나 한수는 눈만 감은 채 오랫동안 뒤채다 새벽녘에야 겨우 잠들 수 있었다.

아침에 한수가 마당으로 나가니 그녀의 남편이 아내의 차를 세차하고 있었다. 한수가 다가가 인사하자 남자는 걸레질을 멈추지 않고 고개만 들어 미소로 답했다. 닦기 전에도 그리 더럽지는 않았던 그녀의 차에 비해 그 옆에 세워져 있는 남자의 마티즈는 오랫동안 세차를 하지 않은 듯 먼지가 뽀얗게 덮여 있었다.

"저 차는 제가 닦아 드릴게요."

한수는 물통에서 걸레를 빨고 있는 남자에게 그의 마티즈를 가리켰다.

"제 차는 상관없어요. 유정 씨는 깔끔한 성격이라 깨끗이 닦아주면 좋아하거든요."

남자는 그녀가 없는 데도 '씨'라고 존칭을 붙여 말했다. 부부 사이에, 특히 남자가 그렇게 존대를 하는 것이 한수는 잘 이해되지 않았다. 그렇다고 잘못된 거라는 생각은 들지 않았다. 그저 뭔가 조금 낯설 뿐이었다.

한수는 다른 걸레 하나를 집어들어 남자가 있는 반대편 쪽을 닦으며 그녀의 이름이 유정 씨냐고 물었다. 말하면서 한수는 자기가 아직 그녀의 이름도 모르고 있다는 걸 문득 깨달았다.

"하유정이요."

하유정… 한수는 마음 속에 그녀의 이름을 새겨 넣었다.

두 사람이 세차를 끝내고 식당 쪽으로 걸어가고 있을 때, 베란다에서 그녀의 딸이 아빠를 부르며 손을 흔들었다. 뒤에는 머리를 틀어 올린 그녀가 팔짱을 끼고 서 있었다.

한수는 굴을 넣은 무국을 끓여 아침상을 준비했다. 이른 아침이라 이씨 아주머니는 출근 전이었다. 식사를 마친 그녀의 가족은 바로 이층으로 올라가 짐을 들고 내려왔다.

"이 근처에 오면 꼭 들를게요. 저야 장사 때문에 사실 언제 와 보게 될지 모르긴 하지만요. 그 동안 이 사람 편안히 지내게 해 주셔서 정말 고맙습니다."

그녀의 남편이 손을 내밀었다. 한수도 두 손으로 맞잡고 작별 인사를 건넸다. 남자는 딸을 데리고 먼저 차가 있는 곳으로 걸어갔다. 그녀도 한수에게 손을 내밀었다.

"고마웠어. 연락할게."

한수는 멀뚱히 그녀를 바라보았다. 그녀가 살짝 윙크를 했다. 한수는 아무 말 없이 그녀의 악수를 받았다. 그녀가 손으로 한수의 볼을 쓰다듬었다. 한수는 당황하여 얼른 남편 쪽을 바라보았다. 다행히 그녀의 남편은 다른 곳을 보고 있었다. 곧 그녀는 경쾌한 샌들 소리를 내며 차 있는 곳으로 걸어갔다. 이윽고 두 대의 차가 천천히 움직이기 시작했다. 그녀의 남편이 한수 앞을 지나면서 다시 한 번 목례를 보냈다. 한수는 꾸벅 고개를 숙여 인사했다. 그녀의 차는 짙은 선팅이 되어 있어서 얼굴을 볼 수 없었다. 그래도 한수는 그녀의 차를 향해서도 가볍게 고개를 숙여 보였다.
 곧 두 대의 차가 시야에서 사라졌다. 자동차 두 대가 빠지자 마당이 휑하니 넓어 보였다. 한수는 돌아서서 가게 쪽으로 걸었다. 이상 기온 때문일까, 가을이 시작되었는 데도 날씨가 무척 덥다고 한수는 느꼈다.

13

　식당에서는 미스 김을 포기하고 직원을 한 사람 채용했다. 새로 들어온 사람을 이씨 아주머니는 목포댁이라고 불렀다. 목포댁은 식당을 직접 운영하다가 건물 주인이 부도를 내는 바람에 보증금도 못 받고 쫓겨났다고 했다. 목포댁은 경험이 있어서인지 하룻만에 가게 돌아가는 상황을 파악하고는 발빠르게 움직였다. 손님들을 대하는 것도 능숙했다. 홍 여사와 이씨 아주머니는 만족해하는 눈치였다. 물론 지배인 격으로 가게 일 전부를 책임지고 있는 한수로서도 다행스러운 일이었다.
　며칠 후, 한수는 일전에 전화 드린 대로 휴일을 택해서 아버지에게 내려갔다. 아버지는 출타 중이었다. 한수는 아버지를 기다리며 마루를 서성거리다가 벽에 걸린 커다란 사진 액자로 눈을 돌렸다. 액자를 무심히 스치고 났을 때, 한수는 언뜻 그 안의 그림이 무언가 달라 보인다는 느낌을 받았다. 그래서 자세히 올려다보니 어머니와 찍은 사진이 있던 자리가 하얗게 비어 있었다.

한수는 착잡한 기분으로 한참 그대로 서 있었다. 보기 흉했다. 다른 사진으로라도 메워 놓아야겠다 싶어 한수는 안방으로 가 가족사진첩을 꺼냈다. 꺼낸 김에 처음부터 그는 한 장 한 장 옛날 사진들을 들여다보았다. 사진이란 건 슬픈 날에는 찍지 않는다는 걸 그는 깨달았다. 힘들고 쓸쓸한 날이 더 많았던 것 같은데 사진에는 그런 날이라곤 없었다. 활짝 웃고 있거나 여럿이 붙어 서서 그럴싸하게 폼을 잡고 있는 사진들이 대부분이었다. 그 따뜻하면서도 어딘지 촌스런 조작이 느껴지는 분위기가 한수의 기분을 더 시큰하게 했다.

사진첩을 다 보고 나서 한수는 그 중에 어머니가 들어 있지 않은 사진 한 장을 골라 액자의 빈자리를 메웠다. 어머니가 들어 있는 사진을 끼워 넣는 건 너무 노골적으로 아버지에게 대항하는 것으로 비칠 것 같다는 생각에 나름대로 절충한 것이었다.

아버지는 어둑해질 무렵에 정씨 아주머니와 같이 들어왔다.

"춘향전을 한다기에 보고 왔다."

한수가 인사를 하자 아버지는 그렇게 말하면서 방으로 올라갔다. 정씨 아주머니는 밥을 짓겠다면서 부엌으로 향했다. 한수는 아버지를 뒤따라 방으로 들어갔다.

"웬일이냐, 연락도 없이."

아버지가 옷을 갈아입으면서 등 뒤로 물었다.

"말씀드릴 것도 있고, 겸사해서요."

한수는 아버지의 옷을 받아 장롱에 넣었다. 아버지는 더 묻지 않고 짧게 한숨을 내쉬더니 마당의 수돗가로 나갔다. 부엌에서 나온 정씨 아주머니가 손에 수건을 받쳐들고 아버지가 세수를 끝낼 때까지 옆에 서서 기다렸다.
 세 사람이 함께 식사를 했다. 한수는 저녁을 먹은 뒤에 남동생 방에 들어가서 아버지를 기다렸다. 한참 후에 아버지가 건너왔다.
 "나가자."
 아버지가 한수를 데리고 간 곳은 선술집이었다. 아버지는 막걸리를 시켰다.
 "네 엄마 일로 왔냐?"
 아버지는 먼저 막걸리 한 사발을 죽 들이켰다.
 "예."
 "난 오래 전에 네 엄마와 인연을 접은 사람이다. 너희들이야 어쩔 수 없다지만, 네 엄마에 대한 것은 네가 알아서 해 줬으면 좋겠다."
 더 무슨 말이 있으려나 했지만, 할 말을 다 했는지 한수의 반응을 기다리는 건지 아버지는 그쯤에서 일단 말을 끊었다. 한수가 입을 열었다.
 "그래도 아직은 아버지의 아내잖아요. 한 번이라도 가 보셔야 될 것 같아요. 우리야 아버지가 말씀을 안 하셔서 두 분의 문제가 무엇인지 잘 모르지만 그렇다 해도 제 생각에는 아버지가 좀 냉정하신 것 같아요. 다시 합치시는 것까지는 몰라도 어머니를 저렇게 쓸쓸하게 버려 두시면 좋은 행동이 아니라고 생각합니다. 어머니는 아버지의 인정을 받고 싶어하는 분이에요. 한 인간으로서, 아버지에게 인정을 받아야 다른 길을 가더라도 어머니가 희망을 갖지요."
 한수는 처음으로 아버지에게 긴 말을 했다. 아버지는 묵묵히 듣고 있다가 비어 있는 한수의 술잔에 막걸리를 따랐다. 그리고는 고개를 들어 허공을 바라보면서 깊은 한숨을 쉬었다.

"난 이제 정씨 아줌마와 새 삶을 살고 싶다."

아버지의 목소리는 조용하면서도 단호했다. 아버지가 정씨 아주머니에 대해 직접 언급하는 건 처음이었다. 이미 짐작하고 있던 터였지만 한수는 마음이 답답했다.

"예, 그러세요. 그런데 한 가지 묻고 싶은 게 있어요. 어머니가 무슨 잘못을 한 건가요? 어떤 잘못인지 몰라도 아버지가 용서를 해 드리세요. 그렇지 않으면 아버지의 새 인생에 손뼉을 쳐드릴 수 없습니다. 저희들에게는 어머니니까요."

한수는 또 아버지에게 긴 말을 했다. 아버지는 말없이 스스로 당신 술잔을 채웠다.

"너 지금 서른다섯이냐?"

술잔을 들면서 아버지가 물었다. 예, 하고 한수는 대답했다.

"네가 가장 고생 많았다. 미안하구나."

술잔을 내려놓은 다음 아버지는 한참 동안 먼 곳에 눈길을 주었다. 한수는 묵묵히 기다렸다. 이윽고 아버지가 입을 열었다.

"난 네 엄마를 오래 전에 용서했다. 하지만 네 엄마를 다시 받아들이기에는 내 품이 너무 작구나."

아버지 이야기는 그렇게 시작되었다. 한수는 담배 피우고 싶은 것을 참으며 아버지 말에 귀를 기울였다.

어머니는 아버지가 근무하던 학교 근처에 있는 주막집 딸이었다. 아버지는 방을 얻어 혼자 자취를 하고 있었다. 그때 아버지는 첫사랑의 실연 때문에 술을 자주 마셨다. 당시 주막집 주인이었던 외할머니는 아버지만 오면 여느 손님과 다르게 대해 주었고, 어머니도 아버지를 친오빠라도 되는 듯 이물없이 대했다. 아버지는 어머니에게서 도시 처녀와 다른 순정함을 느꼈다. 두 분은 가끔 밖에서 따로 만나기도 했다. 일 년 가까이 그렇게 드나들며 두 분은 정이 깊어졌고 어머니는 한수를 임신했다. 아버지는 본가의 심한 반대를 무릅쓰고 어머니를 아내로 맞아들였다. 어머니는 그런 아버지에게 정성을 다해 내조를 했다.

 그런데 몇 년 후, 아버지가 타지로 전근을 가 친정과 멀어지게 되면서 어머니의 외출이 잦아지기 시작했단다. 한수가 다섯 살 때였다. 그러던 어느 날 어머니가 아버지 몰래 어머니 친구분이 주인이라는 어느 술집에 다니고 있는 걸 아버지의 학교 동료가 목격을 했다. 그런 사실이 학교에 퍼져 아버지는 학교를 그만두게 되었고 본가에서는 호적을 파가라며 완전히 등을 돌렸다. 그때 어머니는 정임이를 임신했다. 어머니는 정임이를 떼겠다고 했지만 아버지는 생명을 죽이면 안 된다며 정임이를 낳게 했다.

 그 이 년 후 진수를 낳기 전까지는 별 문제 없었다. 그런데 진수를 낳은 지 얼마 안 되어서 또 무슨 문제가 생겼단다. 아버지는 거기에 대해서는 말하지 않았다. 얼마 후, 어머니는 스스로의 죄책감에서 벗어나지 못해 집을 나갔다. 아버지는 수소문해서 겨우 어머니를 찾아 왔는데, 집으로 데려오긴 했으나 그때부터 어머니를 가까이 하지 않았다. 아버지의 낚시가 시작된 것도 그때였다. 어머니는 가끔 정신을 놓았고, 두어 번 자살 소동을 벌였다. 그리고 아버지 앞에서 울고 소리지르기 시작했다. 어머니는 당신이 그렇게 된 것이 모두 아버지가 당신을 무시해서 생긴 일이라고 원망했던 것이다.

 "내 덕이 그것밖에 안 되는구나. 너희들이라도 엄마에게 잘 해 드려라."

아버지는 거기까지 말하고 자리에서 일어났다. 아버지와 한수는 집까지 오는 동안 한 마디도 하지 않았다. 아버지는 가끔 먼 하늘을 바라보거나 신발로 땅을 툭툭, 차곤 했다.

정씨 아주머니는 집에 없었다. 두 사람은 방으로 들어가기 전에 마루에 나란히 앉았다. 바람 한줄기가 두 사람을 스쳐갔다. 한수의 출산을 기념해 심었다는 감나무 잎새들이 어둠 속에서 잔잔히 흔들렸다. 미안하다, 한참 후에 아버지가 다시 그렇게 말했다.

"들어가세요, 이불 펴 드릴게요."

방으로 들어가기 전에 아버지의 눈길이 잠깐 사진 액자를 스친 듯했다. 그러나 아버지는 아무 말도 하지 않았다.

한수는 아버지가 자는 모습을 오랫동안 지켜보다가 새벽기차를 타고 가게로 올라왔다.

14

　집에 다녀온 다음 주 휴일에 한수는 기도원으로 어머니를 찾아갔다. 어머니는 방에 혼자 앉아서 뜨개질을 하고 있었다. 어머니는 한수가 초여름에 마지막으로 보았을 때보다 훨씬 더 늙어 보였다. 동네 사람들이 동양미인이라고 부를 정도로 곱던 어머니의 모습은 흔적도 없이 사라지고 얼굴과 손등에 검은 반점이 많이 피어 있었다.
　어머니는 한수를 보자마자 껴안고 눈물을 쏟았다. 한수는 외출증을 받아 어머니와 함께 시내로 나갔다. 어머니는 고기를 드시고 싶어했고, 한 방에 있는 할머니가 샀다던 분홍 스웨터를 입고 싶다고도 했다. 한수는 갈비구이 집으로 가 함께 점심을 먹었다. 그리고 여기저기 옷집을 돌아다닌 끝에 어머니가 마음에 들어하는 스웨터도 살 수 있었다.
　어머니에겐 전에는 없던 이상한 버릇이 하나 생겨 있었다. 한수는 그것을 어머니를 만난 지 한 시간쯤 후에야 겨우 알아차렸다. 그 버릇은 특별히 흉하다거나 괴상한 건 아니었지만 보고 있을수록 그의 가슴 한구석을 서늘하게 했다.

　어머니는 당신 손바닥을 끊임없이 무언가에 비벼댔다. 한수가 처음에 그것을 느낀 건 갈비구이 집 방에 들어가 앉았을 때였다. 그와 이야기를 하면서도 어머니가 계속 오른쪽 손바닥을 방바닥에 대고 비비고 있는 것이었다. 방이 따뜻한가 만져보나 보다, 뭔가 더러운 것이라도 묻었나 보다, 한수는 처음엔 그렇게만 생각했다. 그런데 얼마 후 음식이 나와 식사를 시작했을 때였다. 음식을 들면서도 어머니는 젓가락을 쥐지 않은 왼손으로 연신 상 위를 비벼대는 것이었다. 한수는 그제야 문득 어머니가 식당에 들어오기 전부터도 계속 그래왔다는 걸 기억났다. 기도원의 면회실 의자를, 택시 시트를, 그리고 길을 걸어가면서는 당신의 허벅지나 손가방 같은 데를 빙글빙글 끊임없이 비벼댔던 것이다.

　어머니, 왜 그래요? 자기도 모르게 그런 말이 나오려 하는 순간, 한수는 반사적으로 자기 말을 잘랐다. 어머니는 아마 당신 자신이 그런 행동을 하고 있다는 걸 의식하지 못하리라는 생각이 들어서였다. 한수는 그것을 확인하고 싶지 않았다. 깜짝 놀라면서 "내가 뭘?" 하고 되묻는 표정, "내가 그랬니?" 스스로 당황하는 표정, 그 백치 같은 표정을 그는 보고 싶지 않았다.

　그렇듯 모른 척 하자고 마음먹은 한수였지만 그것은 쉽지 않았다. 밥을 먹으면서도 그는 끊임없이 어머니의 두 손을 살폈고, 어머니가 무언가를 비비고 있으면 그때서야 한수는 자기 시선에 스스로 놀라 황급히 시선을 거두었다. 그러나 잠시 후면 자기도 모르는 새 한수의 눈길은 다시 어머니에게 가 있었다.

한수는 자꾸 화가 났다. 어머니에게도, 아버지에게도 아니었다. 그냥 큰소리로 화를 낼 대상이 누구라도 좀 있었으면 싶었다. 한수가 어머니와 좀더 일찍 헤어진 것은 그 때문이었다. 계속 그 모습을 보고있다가는 자기 자신도 놀랄 무슨 말이 나와 버릴 것만 같았던 것이다.

"아버지에게 물어봤니?"

기도원 입구에서 어머니는 초조한 표정으로 한수를 돌아보았다.

"아직 집에 못 가봤어요."

한수의 말에 어머니의 얼굴이 금세 어두워졌다. 한수는 전화로 간단히 말씀은 드렸다고 하고, 아버지가 어머니 건강을 많이 걱정하더라는 말도 꾸며 말했다. 어머니 얼굴에 금세 화색이 돌았다.

"언제 오신다는 말씀은 없고?"

"자세한 이야기는 나누지 못했어요."

"암, 암, 전화는 길게 하면 안 돼, 여기도 전화는 오래 못 해, 전화는 그러면 안 되는 거야."

어머니는 한수의 손을 잡은 채 연신 고개를 끄덕였다.

어머니가 먼저 기도원으로 들어갔다. 돌아서서 몇 걸음 걷던 한수가 문득 뒤돌아보니 어머니가 건물 앞에서 이쪽을 바라보고 있었다. 손을 들면 금방이라도 달려올 듯한 모습이었다. 한수는 꾸벅 고개를 숙여 인사하고는 몸을 돌렸다. 그리곤 다시 돌아다보지 않았다. 오지 말 걸, 하는 생각이 들 정도로 한수는 돌아오는 발길이 너무 무거웠다.

15

 그녀에게서 편지가 왔다. 오대양 횟집을 떠난 지 한 달 만이었다. 마침 손님이 없어 한수가 방파제에서 낚시를 하다 돌아왔을 때였다. "이 실장 이름이 이한수 맞지라?" 하면서 목포댁이 한수에게 편지 봉투 하나를 내밀었다. 한수는 발신자 난에서 그녀의 이름을 확인했다. 하유정. 글자로 읽는 그녀의 이름은 텔레비전 자막에 나오는 어린 가수들 이름만큼이나 낯설었다.
 "여자인갑네?"
 목포댁이 빙그레 웃고는 돌아섰다.
 한수는 편지 봉투를 금방 뜯지 못했다. 꼭 그녀의 편지가 아니라도 편지라는 걸 받아본 게 얼마만인지 몰랐다. 한수는 설레는 마음을 지그시 잠재우며 일단 편지 봉투를 주머니에 넣어 두었다.
 일 하나를 끝내고 주방에서 나와 담배를 물었을 때, 그러나 한수는 더 이상 참을 수가 없었다. 한수는 방으로 달려가 봉투를 뜯었다.

아름다운 사람 한수에게, 라고 맨 위에 적혀 있었다. 편지 내용은 그리 길지는 않았다. 이곳에서 보낸 시간들이 그녀의 생애에서 드문 아주 소중한 순간이었다고 했으며, 겨울 즈음에 작업실을 구할 계획인데 이곳 근처에 적당한 곳이 있으면 알아봐 달라고 적혀 있었다. 그리고 마지막에 짤막한 시를 적어 보냈다. 사랑과 그리움에 대해 말하는 시였다. 그녀가 직접 쓴 건지 어느 다른 시인의 시를 옮겨 적은 것인지는 알 수 없었다. 한수는 편지를 서너 번 더 읽고 방에서 나왔다.

이날 저녁 식사시간에는 홍 여사와 명희도 함께 했다. 지난주에 지나가 버린 한수의 생일을 뒤늦게 축하해주기 위한 자리였다. 한수는 아무에게도 자기 생일을 말하지 않았는데 명희가 저녁 어름에 느닷없이 생일 선물을 들고 나타나 모두가 알게 되었다. 이미 저녁 상을 차리고 있던 터라 특별히 음식 마련은 하지 않고 명희가 사온 케이크 하나만 상 중앙에 올렸다. 한수 생일이다 보니 아무래도 잠깐 그에 대한 이야기로 화제가 만들어졌다. 이런저런 이야기 끝에 이씨 아주머니가 문득 물었다.

"이 실장, 여자헌티 편지 왔다메?"

옆에 있던 홍 여사와 명희가 무슨 소리냐는 듯 아주머니를 쳐다보았다.

"편지?"

홍 여사가 대답을 재촉하듯 한수를 바라보았다. 한수는 예, 하고 짧게 대답했다.

"혹시, 그 작가라는 여자가 보낸 건가?"

홍 여사의 날카로운 눈매가 한수를 빤히 들여다보았다. 한수는 고개를 끄덕였다. 사람들의 시선이 모두 한수에게 쏠렸다. 역시 같은 것, 홍 여사가 낮게 중얼거렸다. 한수 옆에 앉아 있던 명희는 반사적으로 잠깐 한수의 얼굴을 바라본 것 말고는 별 말이 없었다. 명희가 갈비를 집어서 한수의 밥그릇에 놓아주었다. 한수는 말없이 명희가 준 갈비를 입 안에 넣고 우물거렸다.

"우리가 잘 대혀주었으니께 고맙다구 안부인사나 허려구 보냈겄지유, 그려두 교양이 있는 여자니께 달르네유, 요새 겉은 삭막헌 시상에 즌화두 아니구 펜질 써가꾸 보낸다는 게 워디 쉬워유. 단골 하나 확실허게 확보혔구먼, 이실장은."

분위기가 어색해지는 듯하자 이씨 아주머니가 좌우로 눈을 돌리며 수럭스럽게 목소리를 높였다. 아무도 그 말을 받아 다시 말하지 않았다.

저녁 식사 후에 명희가 한수 방으로 찾아왔다. 명희는 한수가 아까 받아 놓기만 하고 아직 풀러보지 않은 선물 상자를 직접 열었다.

"좋은 건 아니에요."

상자 안에는 밤색 벨트와 속옷 세트가 들어 있었다.

명희의 손톱에는 분홍색 매니큐어가 발라져 있었다. 한수는 매니큐어와 그리 어울려 보이지 않는 명희의 굵고 거친 손가락들을 잠깐 물끄러미 바라보았다. 얼마 전부터 명희가 부쩍 자신의 외모에 신경을 쓴다는 생각이 들었다.

명희는 술 마신 속에 좋다며 단감을 깎아서 한수에게 주었다. 누가 과일 같은 걸 깎아서 건네면 한수는 상대가 누구라도 불편한 마음이 되었다. 명희에게도 그러지 말라고 몇 번이나 말했지만 명희는 매번 한수의 손에 과일을 깎아 건네고는 했다.

한수는 딱히 할 이야기가 없어서 텔레비전만 바라보고 있었다. 텔레비전에서는 화려한 조명 아래 여러 명의 댄스가수들이 시위라도 하듯 큰 동작으로 무대의 끝에서 끝을 왔다갔다하며 노래를 부르고 있었다.

"오빠, 나 할 이야기가 있는데요."

옆에서 같이 텔레비전을 보던 명희가 불쑥 말을 꺼냈다.

"으응, 무슨 이야긴데?"

한수는 화면에서 시선을 떼지 않은 채 물었다.

"나… 다음달까지만 일하고 회사 그만두려고 해요. 당분간 여기 고모집에 와서 일할까 하는데 오빠 생각은 어때요? 오빠가 반대하면 안 하구."

명희가 조심스레 물었다. 한수는 비로소 명희를 바라보았다.

"왜 갑자기 그러는데?"

"갑자기는 아니고 올초부터 공장을 그만둘 생각은 하고 있었어요. 나이도 있고…. 나도 조만간 내 가게를 갖고 싶은데, 그 동안 여기서 일이나 배울까 해서…."

머뭇거리며 말하고 있었지만 명희는 이미 공장을 그만두기로 마음먹은 것 같았다. 생활 문제를 기분에 따라 결정할 여자가 아니라는 걸 한수는 알고 있었다. 한수는 텔레비전을 끄고 명희 쪽으로 돌아앉았다.

"명희야."

한수가 부르자 명희는 다소곳한 자세로 그의 눈을 마주보았다.

"나는 있지, 네가 스스로 판단해서 선택하는 거면 어떤 것이든 잘 할 거라고 믿기 때문에 반대할 생각은 없어. 하지만 다른 이유가 섞인 거라면 생각을 바꿨으면 좋겠다. 나는 있지…아직 결혼할 생각이 없거든."

명희의 표정에 쓸쓸한 빛이 서렸다.

"고모가 그랬어요. 기차든 사람이든 기다리면 오는 거라고. 그러면서 내가 이곳에 내려와 있는 게 좋겠다고 했어요. 하지만…."

명희는 입술을 살짝 깨물면서 일단 말을 끊었다가 다시 이었다. 표정이 방금 전보다 야무지게 변해 있었다.

"오빠! 그 여자 때문에 그래요? 예전보다 오빠가 더 무심한 것 같아서…. 미안해요, 이런 말까진 안 하려고 했는데."

명희의 입에서 막상 그녀 이야기가 나오자 한수는 조금 당황스러웠다. 명희가 그녀에 대해 직접 언급하는 건 처음이었다.

"그래서 그런 거 아니야."

그 말밖에 할 게 없었다. 한수의 말을 무슨 뜻으로 알아들었는지 명희는 담담하게 두어 번 고개를 끄덕거렸다.

"내일 새벽차로 올라가려면 피곤할 텐데, 그만 건너가 자라."

한수는 명희의 어깨를 두드려 주었다. 명희는 한수를 바라보며 희미하게 미소지었다. 건너가고 싶지 않은 듯했다.

그때 전화벨이 울렸다. 한수가 가만 있자 명희가 수화기를 들었다. 명희는 몇 마디 인사를 나누더니 상구 형이라며 한수에게 수화기를 건네주었다. 툭 튀어나오듯 상구 형의 목소리가 귓전에서 걸걸하게 울렸다.

"뭐하고 있어, 오늘 단합대회인 거 몰라?"

한수는 달력을 보았다. 오늘 날짜에 동그라미 표시가 돼 있었다.

"그러네…깜박했어요."

단합대회는 이 지역 횟집 주방장들이 한두 달에 한 번씩 만나 술을 마시며 친목을 다지는 모임이었다.

"내가 지금 택시 불러 놨거든. 택시 오면 그쪽으로 들렸다 갈 테니까 준비하고 있어."

"알았어요."

한수는 별로 가고 싶은 기분이 아니었다. 그러나 명희와 어색하게 마주보고 있는 것보다는 차라리 나을 듯해 그렇게 대답했다. 그가 수화기를 내리려 할 때 상구 형이 얼른 덧붙였다.

"명희 씨 와 있는가 본데 같이 나가자. 대부분 다 아는 사람들이잖아."

한수는 전화를 끊고 나서 단합대회 있는 날이라고 명희에게 말했다. 같이 가자는 말은 하지 않았다. 명희는 한수가 나간 다음에 안채로 건너가겠다면서 한수를 따라나왔다.

두 사람은 식당 정문 앞에 서서 택시를 기다렸다. 달이 구름에 가려 있어 사방이 묵직하게 어두웠다. 철썩철썩, 저쪽 방파제를 두드리는 파도 소리만 다소 처량하다 싶은 음색으로 엷게 어둠을 흔들었다. 며칠 사이에 부쩍 차가워진 밤 공기가 목덜미에 선득하니 감겨 왔다. 한수는 입고 있던 잠바를 벗어 명희의 어깨에 걸쳐 주었다.

"금방 택시 올 건데 뭐…."

그럴 필요 없다면서도 명희는 싫지 않은 눈치였다. 갑자기 추위를 느꼈는지 어깨를 숙여 옹송그린 자세로 명희가 한수의 옆구리에 바짝 달라붙었다. 얼마 후 읍내 방향으로부터 두 줄기 전조등 불빛이 빠르게 달려왔다.

"어이구, 제수씨 오랜만이네요."

택시에서 내린 상구 형이 큰 소리로 명희에게 인사했다. 명희의 얼굴이 환하게 밝아졌다. 한수는 상구 형이 그렇게 말하는 게 거북스러웠다.

"잘 오셨습니다, 명희 씨. 자, 어서 가요."

상구 형이 명희의 등을 떠밀며 택시 문을 열어주었다. 명희는 제자리에 가만 서서 한수를 바라보았다. 한수는 고개를 끄덕였다. 명희는 그래도 조금 머뭇거리는 기색이다가 상구 형이 팔을 잡아당기자 그제야 차에 올랐다.

"너도 빨리 타."

상구 형이 먼저 앞자리에 올라탔다. 한수는 뒷좌석의 명희 옆에 앉았다. 명희는 어색하게 웃으면서 한수 쪽으로 몸을 기울였다.

"명희…내일 졸겠구나."

한수는 그렇게 말하고는 창 밖으로 눈길을 보냈다.

단합대회는 늘 하던 방식대로 진행되었다. 소금구이 집에서 소주를 마시며 1차를 하고, 2차는 단란주점으로 갔다. 한수가 그녀와 함께 간 적이 있는 그 단란주점이었다. 사람들은 언제나처럼 조금 요란할 정도로 흥겹게 놀았다. 한수는 별로 흥이 나지 않아 내내 조용히 앉아 있었다. 명희도 거의 한 마디 말없이 한수 옆에만 앉아 있었다. 가끔 상구 형이나 다른 주방장들이 짓궂은 농담을 던지면 명희는 한수 눈치만 보면서 말없이 웃어넘기곤 했다. 한수는 그런 명희가 자꾸 신경 쓰였다.

상구 형은 두 사람이 가게로 돌아올 때도 택시를 잡아 주었다.

"다음엔 꼭 제수씨 노래를 들을 겁니다?"

차에서 내릴 때 상구 형은 또 제수씨라고 했다. 명희는 미소를 지으며 고개를 끄덕였다.

한수는 명희를 안채 문 앞까지 바래다주고 방으로 돌아왔다. 몸은 피곤한데 잠이 오지 않았다. 눕기만 하면 금방 깊은 잠에 빠져들던 그였다. 언제부터 잠자는 게 어려워졌을까, 한수는 잠깐 생각해 보았다. 생각조차 귀찮았다. 한수는 샤워를 해볼까 하고 일어났다가 도로 누웠다. 막상 일어나자 옷을 벗기 귀찮았다.

잠시 후에 한수는 다시 일어나 앉았다. 잠바 주머니에서 그녀의 편지를 꺼냈다. 두 번 계속해서 읽었다. 길지 않은 내용이라 이젠 외울 수도 있었다. 한수는 다시 눈을 감고 누웠다. 잠들 때까지 더 이상 아무 생각도 하지 말자…. 중요한 결심이라도 하듯 마음을 다잡으며 한수는 양팔을 겨드랑이에 바짝 부치고는 나무처럼 꼿꼿이 몸을 폈다.

11월 둘째 주 일요일이었다. 식당에는 한수가 처음 일했던 일식집의 주인 부부가 와 있었다. 그들은 벌써 서너 차례 이곳 오대양 횟집에 다녀간 적이 있었다. 일 년에 한 번 꼴로 오는 셈이었다. 꼭 한수를 보러오는 건 아니고 부부가 함께 여행을 할 때 근처를 지나게 되면 들르는 것이지만 그처럼 오래 자기를 잊지 않고 찾아주는 걸 한수는 늘 고마워하고 있었다.

그들은 겨울 패팅 잠바를 선물로 가지고 왔다. 올 때마다 꼭 무언가를 들고 와 그를 더욱 송구스럽게 하는 사람들이었다.

"사람이 살면서 가장 든든한 게 뭔지 아나? 그건 좋은 성품을 지닌 사람을 알고 지낸다는 거야."

"여러 가지로 고맙습니다."

"허허, 우리가 외려 기쁨이지."

두 분의 진정 어린 말에 한수는 가슴이 뭉클했다. 아무것도 모르는 한수를 거두어 일을 배울 수 있게 해 준 분들이었다. 한수는 오늘만큼은 자기가 식사를 대접할 수 있게 해 달라고 간곡하게 부탁을 해 허락을 받아냈다.

밖에는 가을비가 소리 없이 내리고 있었다. 점심손님 이후로 손님이 오지 않아 가게는 한가롭고 조용했다. 이씨 아주머니와 명희는 텔레비전을 보면서 수저를 행주로 닦고 있었다. 명희는 지난주에 회사를 정리하고 내려왔다. 한수는 명희의 결정에 대해 아무 말도 하지 않았다. 함께 일하자니 때로 거북한 마음이 들기도 했지만 명희와 한수는 서로를 불편하게 하지는 않았다. 목포댁은 명희가 오자 그만두었다. 비수기가 아니었으면 함께 일할 수 있었을 것이다.

한수는 예전의 주인 부부와 마주앉아 편안하게 술을 마셨다. 두 분이 왔다고 하자 홍 여사도 잠깐 합석했다. 주인 부부는 홍 여사 앞에서 한수가 예전에 얼마나 성실하게 일했는가에 대해 한참 이야기했다. 마주보고 듣기 민망한 이야기였다. 한수는 화제를 바꾸기 위해 그들의 근황을 물었다.

그들은 지금 서울 대학가에서 원룸 임대업을 하고 있는데, 막내딸이 대학을 졸업해서 이제 서울 생활을 정리하고 시골에 내려갈 생각이라고 했다. 재산을 정리해 무의탁 노인들을 위해 일부 기부하고, 남은 돈으로는 시골에 조그마한 집을 장만해 텃밭을 가꾸면서 살겠다는 것이었다. 한수는 자기가 사회 생활 초기에 얼마나 좋은 분들을 만났던가를 새삼 실감했다. 비교할 일은 아니지만 지금 가게의 주인 부부도 그만하면 좋은 분들 아닌가. 생각하면 모두 행운이라는 생각이 들었다.

"그래… 이제 자네도 가정을 가져야지."

홍 여사가 일어나고 얼마 후에 옛 주인아저씨가 말했다.

"예에, 고맙습니다."

"이 사람은 말끝마다 그저 '고맙습니다' 야."

부부가 함께 크게 웃었다.

시간은 아홉 시가 돼 가고 있었다.

"오늘 여기서 주무시고 갈 거지요?"

"그래, 방 하나 준비해 주게나."

그때 명희가 전화 받으라며 한수를 불렀다. 명희의 표정이 어쩐지 어두워 보였다. 슬리퍼를 신고 전화 있는 곳으로 가면서 한수는 명희에게 미리 물어보았다.

"누구?"

"여자예요. 전에 여기서 묵었던 사람이라고 하던데요."

명희의 목소리는 짐짓 무심했다. 한수는 카운터로 가 수화기를 들었다.

"여보세요."

"이 실장, 오랜만이야. 잘 있지?"

오랜만에 들어보는 그녀의 차분하고 조용한 목소리. 한수는 약간 목이 메었다.

"예, 안녕하세요."

그의 옆에 서 있던 명희가 슬며시 문 밖으로 나갔다.

그녀는 여기서 차로 한 시간 거리에 머물고 있다면서 지금 올 수 있느냐고 물었다. 한수는 잠깐 망설였다. 옛 주인 부부 때문이었다.

아직 한창 식사 중인데 한수가 갑자기 사라지면 서운해할 게 분명했다.
"바쁜가보지? 그럼 됐어. 미안해, 갑자기 전화해서."
그녀의 목소리가 딱딱해진다고 느꼈다. 한수는 서둘러 그게 아니라고 하고는 지금 있는 곳을 물었다. 그녀가 위치를 불러주었다.
한수는 전화를 끊고 담배를 피웠다. 식당 일은 거의 끝날 때 됐지만 여러 가지가 마음에 걸렸다. 한수는 카운터에 앉아 연거푸 담배 두 대를 피우고 자리로 돌아갔다. 카운터에서 일어나기 전에 밖을 보니 명희는 방파제 쪽으로 걸어가고 있었다.
"죄송합니다. 급한 일이 있어 먼저 일어나야겠어요."
옛 주인아저씨는 손사래를 치며 전혀 신경 쓰지 말라고 했다. 자기들도 곧 일어날 참이라며 어서 나가보라는 말에 한수는 잘 주무시라는 인사를 미리 건네고 돌아섰다.
한수는 옷을 갈아입고 밖으로 나왔다. 명희가 현관 앞에서 기다리고 있었다. 한수는 명희에게 문단속을 맡겼다.
"그 작가 분 만나러 가나요?"
한수는 말없이 고개를 끄덕였다.
"오늘 안 오나요?"
"모르겠어. 차 끊어지면 아무 데서나 자고 올게."
명희의 입술이 어색하게 반쯤 벌어졌다. 웃어 보려고 애를 쓰는데 잘 안 되는 듯한 표정이었다. 한수가 돌아서려 하자 명희가 문득 생각난 얼굴로 말했다.
"이거… 오빠 현금 없잖아요. 이모가 그러던데 월급타면 모두 통장에 넣는다면서요?"

언제 준비했는지 명희가 돈을 넣은 봉투 하나와 우산을 내밀었다.
"돈 있어. 저분들 방 따뜻하게 해 주렴."

한수는 우산만 받고 봉투는 접어서 명희의 호주머니에 다시 넣어 주었다. 마침 한수에게는 상구 형이 돈을 빌려달라고 해서 은행에서 찾아놓은 돈이 있었다.

"갔다 올게."

명희가 미소 지으며 고개를 끄덕였다. 한수는 몇 걸음 걷다가 돌아섰다. 명희는 아직 제자리에 서서 그를 바라보고 있었다.

"들어가, 비 오잖아."

명희가 조금 전보다 환하게 웃어 보이며 손을 흔들었다. 그러나 여전히 자연스러운 표정은 아니었다. 한수는 명희가 식당 안으로 들어가는 것을 보고 돌아섰다.

16

그녀가 와 있다는 곳은 인근 ㅌ시의 한 호텔이었다. 읍에서 택시로 50분 거리였다. 호텔을 찾는 것은 어렵지 않았다. 한수가 호텔 커피숍에 들어섰을 때 그녀는 창가 좌석에 앉아 책을 읽고 있었다.
"어서 와."
그녀는 머리를 뒤로 묶고 있어 더 어려 보였다. 한수가 앉자 그녀는 읽던 책을 내려놓고 담배를 꺼냈다.
"이 근처에 절을 취재할 게 있어서 왔어."
가늘고 긴 담배를 입에 물면서 그녀가 말했다. 겨울인데도 화사한 색상으로 차려 입은 그녀의 모습에 한수는 이름이 기억나지 않는 어느 커다랗고 붉은 꽃잎을 연상했다. 한수는 급하게 나오느라 아무렇게나 걸치고 나온 자기 옷을 슬며시 내려다보았다.
"일단 숙소부터 정하고 우리 맛있는 거 먹으러 가자. 요즘 대하철이라고 하던데 대하구이 먹으러 갈까? 나는 이 실장과 술 마시는 게 가장 편하고 좋더라. 술은 누구하고 마시느냐에 따라 맛이 달라지거든."

두 사람은 바로 일어나 호텔 프런트로 갔다. 이런 곳에서는 방을 어떻게 잡는지 몰라 한수는 그녀 뒤에 가만히 서 있었다. 그녀가 프런트 직원에게 방을 달라고 했다. 직원은 스위트룸 하나밖에 남은 게 없다고 말했다. 그녀는 고개를 갸웃하더니 무언가 잠깐 생각하는 것 같았다. 한수는 직원이 말한 스위트룸이 어떤 것인지 알지 못했지만 비쌀 것 같다는 느낌을 받았다.

"잠깐 저기 가 계세요."

한수는 그녀 앞으로 나서서 대기용 소파를 가리켰다. 그녀가 왜 그러느냐고 물었지만 한수는 말없이 그녀의 등을 떠밀었다. 이상하게 용기가 솟았다. 그녀는 마지못한 표정을 지으며 소파로 가서 앉았다.

한수는 직원에게 스위트룸이라는 곳의 방값을 물었다. 방값은 상상했던 것보다 몇 배가 더 비쌌다. 상구 형에게 빌려줄 돈을 다 가지고 나와 다행이라는 생각이 들었다. 한수는 직원에게 돈을 내고 방 열쇠를 건네 받았다. 열쇠를 들고 소파로 가자 그녀가 나무라는 눈빛으로 말했다.

"이 실장이 내면 어떡해? 돈은 나도 있어. 너무 사치스러운 게 아닌가 해서 잠깐 생각했던 것뿐이야."

"늦은 시간이라 다른 덴 방이 없을지도 모르잖아요. 그냥 여기에서 주무세요."

그녀는 두 손을 위로 올리면서 할 수 없다는 듯한 제스처를 지어 보였다. 그녀가 완강하게 거부하지 않아 한수는 다행스러웠다.

두 사람은 안내원과 함께 엘리베이터를 탔다. 그녀는 엘리베이터 안에서 한수의 팔짱을 끼며 웃었다. 한수도 그녀를 보며 웃었다. 그녀가 한수의 어깨에 머리를 기대자 그윽한 향기가 코로 스며들어 한수는 잠깐 어찔했다.

두 사람은 은은한 조명을 받으며 자주색 카페트가 깔린 긴 복도를 지나 스위트룸으로 들어갔다. 안내원은 두 사람에게 방 시설물의 용도와 사용법 등을 자세히 일어주었다. 지시라도 받듯 귀를 세워 안내원의 말을 열심히 듣다가 한수는 자신의 그런 자세가 촌스러운 건 아닐까 문득 생각했다. 안내원이 가리키는 쪽을 바라보는 척하면서 슬쩍 그녀를 보았더니 그녀는 두 사람 쪽은 신경 쓰지 않고 창 밖을 내다보며 커튼을 만지작거리고 있었다. 설명이 다 끝나자 그녀가 안내원에게 팁을 주었다. 안내원은 매우 정중하게 고개 숙여 인사하고 돌아섰다.

"이리 와."

한수가 입구 쪽에 어정쩡하니 서 있자 그녀가 불렀다. 그녀는 창가 앞에 있는 동그란 탁자의 의자에 앉아 있었다. 분명 그녀는 이런 스위트룸에 누구보다 잘 어울려 보였다. 한수는 그녀 옆으로 가 앉았다.

"이 실장, 호텔은 처음인가?"

"예."

한수는 겸연쩍게 웃었다. 그녀가 그의 손을 잡아 주었다.

"가끔은 이런 곳에 와 보는 것도 괜찮아. 서민들에겐 말하자면 이런 사치가 뜻밖의 행복 아니겠어? 돈 있는 사람은 못 느끼는 행복감이지."

한수는 '뜻밖의 행복'이라는 말이 마음에 들었다. 지금 행복하세요? 문득 그렇게 물어보고 싶다는 생각이 들었지만 입에 담기에는 유치한 말이었다.

"우리 좀 쉬었다 나가자."

그녀는 의자에서 일어나면서 농구공이라도 던지듯 스카프를 냉장고 위로 힘껏 던졌다. 그녀의 감정은 늘 그녀의 행동이나 표정에 고스란히 반영된다는 걸 한수는 문득 깨달았다.

스카프를 던지는 사소한 동작 하나만 해도 그랬다. 그건 지금 그녀의 기분이 말할 수 없이 유쾌하다는 걸 나타내는, 상징이라 할 것까지도 없는 매우 단순한 방식으로서의 의사 표시였다. 그랬다, 한수가 새삼스레 또 하나 깨달은 건, 감정이 반영되었다고 여겨지는 그녀의 모든 행동은 무의식적이면서 일종의 의사 표현이기도 하다는 점이었다. 자기 감정과 의사를 적극 드러내면서 상대를 자기 기분에 맞춰오도록 유도하는 일종의 선언 같은 것.

어쨌거나 한수로서는 그처럼 그녀의 감정이 선명히 드러나는 때가 차라리 마음 편했다. 그녀의 감정을 읽을 수 없을 때면 한수는 초조하고 불안했다.

춤을 추듯 한 바퀴 빙그르르 돌면서 그녀가 다시 과장된 동작으로 옷을 벗고 있었다. 한수는 얼른 그녀의 바바리코트를 받았다. 그리고 아까 안내원에게 설명 들었던 옷장 문을 열고는 구겨지지 않게 잘 걸어놓았다. 그녀는 침대 옆 가구에 달려 있는 스위치를 좌우로 돌려 클래식이 나오는 곳에 주파수를 맞추었다. 그리고는 냉장고에서 캔맥주 두 개를 꺼내 다시 의자에 앉았다.

"이거 마시고 샤워하자. 여기 있는 술은 비싸니까 이것으로 간단히 일차 하고 나가는 거야, 응?"
 맥주를 마신 후에 그녀는 먼저 욕실로 들어갔다. 얼마 후에 그녀는 알몸으로 욕실에서 나왔다. 한수는 그녀의 몸을 정면으로 보기 민망해 고개를 조금 숙였다.
 "이 실장도 씻어."
 침대로 올라가며 그녀가 말했다. 한수는 잠바만 벗어 놓고 욕실로 들어갔다. 샤워를 끝내고 나서 한수는 어떤 차림으로 나가야 할지 몰라 한동안 머뭇거렸다. 옷을 다시 입어야 할지, 팬티와 메리야스만 입을지, 그녀처럼 다 벗고 수건으로 가리고 나가야 할지…. 한수는 살짝 욕실 문을 열고 내다보았다. 그녀는 침대 이불 속에 들어가 담배를 피우고 있었다.
 잠시 후, 한수는 팬티와 메리야스만 입고 욕실에서 나왔다.
 "이것 좀 꺼줄래?"
 그녀가 입에 물고 있던 담배를 내밀었다. 한수는 담배를 재떨이에 비벼 끄고는 잠깐 그대로 서 있었다. 그녀가 뒤에서 말했다.
 "뭐해, 들어오지 않고."
 한수는 침대 속으로 들어갔다. 그리고 조심스레 그녀를 안았다. 그녀는 눈을 감고 한수에게 모든 것을 맡겼다. 한수는 천천히 그녀의 몸을 만지기 시작했다.
 섹스가 끝났을 때 그녀는 한수의 볼을 쓰다듬으며 말했다.
 "나의 보물…."
 그녀가 담배를 부탁해 한수는 일어나 담배를 갖다 주었다. 담배를 피운 후에 그녀는 조금만 자고 싶다고 말했다. 한수가 샤워를 하고 돌아와 보니 그녀는 어느새 깊이 잠들어 있었다. 한수는 그녀가 깰까 싶어 옷을 입은 다음 의자로 가 앉았다. 창에서 바로 내다보이는 바깥 거리는 오가는 차량이 뜸해져 매우 한적했다. 드문드문 서 있는 가로등을 한참 바라보고 있자니 한수도 약간 졸음이 왔다. 한수는 탁자에 고개를 묻고 잠깐 졸았다. 눈을 떠 시계를 보니 이십여 분쯤 잔 것 같았다.

그녀는 아직 잠자고 있었다. 한수는 한동안 멀뚱하니 앉아 있다가 그녀가 읽던 책을 가져와 펼쳤다. '삼십세' 라는 제목이었다. 작가는 외국 여성이었는데, 표지 안의 사진은 열아홉으로도 보이고 쉰아홉으로도 보였다.

한수는 침대로 고개를 돌려 그녀를 한번 바라보고 나서 책을 읽기 시작했다.

삼십 세에 접어들었다고 해서 어느 누구도 그를 보고 젊다고 부르는 것을 그치지는 않으리라. 하지만 그 자신은 일신상 아무런 변화를 찾아낼 수 없다고 하더라도 무언가가 불안정해져간다. 스스로를 젊다고 내세우는 것이 어색하게 느껴지는 것이다.

그러던 어느 날, 아마도 곧 잊어버리게 될 어느 날 아침, 그는 잠에서 깨어난다. 그리고는 문득 몸을 일으키지 못하고 그 자리에 그대로 누워 있는 것이다. 잔인한 햇빛을 받으며, 새로운 날을 위한 무기와 용기를 몽땅 빼앗긴 채, 자신을 가다듬으려고 눈을 감으면, 살아온 모든 순간과 함께 그는 다시금 가라앉아 허탈의 경지로 떠내려 간다.

그는 가라앉고 또 가라앉는다. 고함을 쳐도 소리가 되어 나오지 않는다. 고함 역시 그는 빼앗긴 것이다. 일체를 그는 빼앗긴 것이다!

그리고는 바닥 없는 심연으로 굴러 떨어진다. 마침내 그의 감각은 사라지고 그가 자신이라고 믿었던 모든 것이 해체되고 소멸되어 무로 환원되어 버린다.

한수는 이쯤에서 일단 눈을 뗐다. 자기도 모르게 숨이 찼다. 무엇보다도 서른 살에 한수는 한 번도 이런 생각을 해본 적이 없어서, 사실 정확히 무슨 말을 하고 있는지 이해되는 편도 아니었지만, 아무튼 공연히 몽롱하고 마음이 무거워졌다.
 그녀도 이런 글들을 쓰는 걸까? 한수는 자신이 읽고 있는 게 소설인지 아닌지도 알 수 없었다. 어쨌거나 상구 형 집에 있는 소설책들과는 많이 달랐다. 한수는 그녀를 한 번 돌아다보고, 다시 읽기 시작했다.

그는 기억의 그물을 던진다. 자신을 향해 그물을 덮어씌워 자신을 끌어올린다. 어부인 동시에 어획물이 되어 그는 과거의 자신이 무엇이었던가를, 자신이 무엇이 되어 있었나를 보기 위해, 시간의 문턱, 장소의 문턱에다 그물을 던지는 것이다.
 하기는 지금껏 그는 이날에서 저날로 건너가며 별 생각 없이 살아왔던 것이다. 날마다 조금씩 다른 일을 계획하며 아무런 악의 없이, 그는 자신을 위한 숱한 가능성을 보아 왔고, 이를테면 자신은 무엇이든 될 수 있다고 믿었던 것이다. 위대한 남자. 등대의 한 줄기 빛. 철학적인 정신의 소유자로.

더 이상은 읽을 수가 없었다. 무슨 뜻인지도 알 수 없는 채 가슴만 자꾸 답답해졌다. 책을 덮고 나니 한 구절이 기억에 남았다. '위대한 남자'. 이건 위대한 남자의 이야기인가? 알 수 없었다. 그냥 그 구절이 가슴에 남았다.

그녀는 한 시간 정도 후에 눈을 떴다. 아아, 정말 맛있게 잤어, 하면서 그녀는 크게 기지개를 켰다.

"잘 주무셨어요?"

"응, 몇 시나 됐지?"

그녀가 입을 가리면서 하품을 했다. 한수는 시계를 보고 나서 새벽 한 시라고 말해주었다. 한 시라, 하면서 그녀는 다시 하품을 했다. 한수는 그녀에게 찬 물을 갖다주었다. 물을 마시고 나서 그녀가 물었다.

"대하구이가 먹고 싶은데 하는 데가 있을까?"

"나가서 찾아보고 올게요."

"그래, 멀리 가진 마."

한수는 그녀가 욕실로 들어가는 것을 보고 밖으로 나왔다.

호텔 현관으로 나가려다 한수는 우선 프런트를 지키는 직원에게 대하구이를 파는 곳 아느냐고 물어보았다. 남자는 고개를 갸웃하며 잘 모르겠다고 대답했다. 한수는 호텔 밖으로 나와 거리를 돌아다녔다. 드문드문 문을 연 식당들이 보였지만 대하구이를 팔 만한 곳은 보이지 않았다. 한참을 이리저리 헤매다가 '펄펄 뛰는 산 대하'라는 현수막이 내걸린 포장마차를 발견했다. 한수는 펄펄 뛰고 싶었다.

호텔로 돌아오다가 어느 골목 모퉁이에서 잠깐 걸음을 멈췄다. 주변에 불 켜진 가게가 거의 없어 유난히 고요하고 어두운 길이었다. 아까도 지나친 길이었는데 그땐 대하구이에 정신이 팔려 별 생각 없었으나 이제 천천히 걸어 돌아가고 있자니 문득 심야의 횅댕그렁한 고요가 실감되었다.

명희가 생각났다. 아직 자기를 기다리고 있을지 모른다는 생각이 들었다. 자고 올지 모른다고 말하기는 했지만 한수는 조금 마음에 걸렸다. 명희 때문이 아니라도 아침 일찍 떠난다는 옛 주인아저씨를 배웅하려면 밤 안에는 들어가 봐야 할 것이었다. 그런 생각으로 잠시 우두커니 서 있다가, 한수는 곧 머릿속의 생각을 다 털어 버리고 호텔을 향해 뛰기 시작했다. 늦은 시간이라 포장마차가 언제 문닫을지 모를 일이었다.

그녀는 바바리까지 다 걸치고 한수를 기다리고 있었다.

"멀리 가지 말라니까. 걱정했잖아."

투정 섞인 그녀의 목소리에 한수는 기분이 좋았다. 그녀가 자기를 매우 가까운 사람으로 여기고 있다고 느껴졌다. 한수는 웃으면서 머리를 긁적였다.

"어서 옵쇼!"

두 사람이 포장마차에 들어가자 주방 안쪽에 있던 남자가 일어나면서 힘차게 인사했다. 매우 뚱뚱하고 얼굴도 하얘서 어쩐지 포장마차 주인답지 않다는 느낌이 드는 사람이었.

포장마차는 서너 평의 실내에 드럼통을 개조한 탁자 여섯 개를 놓아두고 있었다. 두 사람은 그 중 안쪽에 있는 자리로 가 앉았다. 두 사람보다 먼저 와 있던 남자 손님 셋이 힐끔 두 사람 쪽을 한번 바라보았다. 이미 많이들 취해 있었다.

"괜찮겠어요?"

한수는 그녀가 이런 분위기를 어떻게 생각할지 몰라 조심스럽게 물어보았다. 그녀는 뜻밖에 매우 좋아하는 표정이었다.
"나는 이런 데가 더 좋아. 사람 사는 냄새가 나잖아."
한수는 주문 받으러 온 주인남자에게 싱싱하고 큰 대하를 골라달라고 부탁했다.
"우리 집엔 싱싱허고 큰놈밖엔 없시유."
주인남자가 서글서글하게 웃었다.
곧 숯불이 지펴지고, 굵은 소금을 잔뜩 깐 은박 호일 위에 산 대하가 풍성하게 올려졌다.
"여깃분 아니시쥬?"
주인남자가 대하를 정리해 깔아주면서 그녀에게 말을 붙였다. 그녀는 미소를 지으면서 매우 상냥한 표정을 지었다.
"네, 서울에서 왔어요. 장사는 잘 되세요?"
"장사야 그저 그만그만허지유. 여행 중이신게벼유?"
주인남자는 재차 물으면서 한수를 힐끔 바라보았다. 어떤 관계인지 궁금해하는 눈치였다. 한수는 주인남자가 그만 가주었으면 싶었다.
"이곳에 있는 절을 취재하러 왔어요. 이 사람은 근처 동네에 사는 동생이구요."
"동생 분두 인상이 증말 좋으시구먼유."
다행히 주인남자는 곧 주방으로 돌아갔다. 한수는 술을 하시겠느냐고 그녀에게 묻고는 소주 한 병을 주문했다. 첫 잔을 부딪칠 때 그녀가 건배의 말을 했다.
"인연의 소중함을 위하여!"
그녀는 잘 익은 대하 하나를 골라 껍질을 벗겨서는 한수의 입에 먼저 넣어주었다. 한수는 쑥스러우면서도 기분이 좋았다. 한수도 그녀에게 똑같이 해주고 싶었지만 대하의 껍질을 벗기려면 두 손으로 속살을 다 만지게 되어 있어 선뜻 그렇게 하게 되지가 않았다. 한수는 대신 대하가 고루고루 익도록 부지런히 대하를 뒤적거렸다.

그녀는 아침 일찍 절에 갔다가 바로 올라가야 한다면서 술을 아주 조금씩만 마셨다. 한수도 초저녁에 옛 주인부부와 많이 마신 터라 입술만 조금씩 적셨다.

"참, 작업실은 알아보았어? 올해 안에 얻으면 좋은데."

"그렇지 않아도 물으려 했어요. 편지는 읽었는데 작업실이란 게 어때야 되는지 알 수가 없어서요."

그녀는 빙그레 웃으면서 작업실에 대해 설명했다. 가끔 내려와서 글을 쓰는 곳이니 그저 조용하고 단출하면 된다고 했다. 그러면서 비어 있는 집을 사 개조하면 좋을 것 같다는 의견을 덧붙였다.

"이 실장 가게에서 멀지 않으면 더 좋겠고. 그러면 두 사람 자연스럽게 자주 볼 수도 있잖아. 이렇게 하면 어떨까? 방이 두 개 있는 곳으로 잡아서 이 실장도 아예 거기서 출퇴근하면 말이야. 집은 사람이 살아야 망가지지 않거든. 나야 작업할 때만 내려올 거니까 거길 이 실장 집이라고 생각하면 되지. 혹시 내가 손님이나 가족하고 내려갈 때만 비워주면 돼. 그리고 참, 거기 함께 있으면서 내가 컴퓨터 가르쳐 줄게. 어때? 난 이 실장과 가까이 있고 싶은데."

불현듯 그녀의 차를 닦던 남편이 떠올랐다. 한수가 조금 머뭇거리고 있자 그녀가 다시 말했다.

"남편한테는 벌써 말해두었어. 작업실 구하면 이 실장이 관리해 줄 거라고. 남편도 이 실장이면 믿을 만하겠다고 안심했어. 왜, 내키지 않아?"
"아니요, 그건 아니고…."
"알았어. 그럼 없던 일로 해."
"아니에요, 곧 알아볼게요. 얻어지는 대로 연락 드리겠습니다."
잠깐 굳어지는 듯했던 그녀의 표정이 다시 밝아졌다. 그녀는 서울에 올라가면 계약금조로 돈을 일부 보내겠다고 말했다.
"잘 됐다. 이젠 언제든지 이 실장을 볼 수 있겠구나."
그녀가 쨍, 술잔을 부딪쳐 왔다. 한수는 아직 마음이 개운치 않지만 그녀가 기뻐하는 것을 보니 기분이 좋았다. 두 사람은 얼마 후에 일어나 호텔로 돌아왔다. 어느덧 새벽 네 시가 가까웠다.
코트를 벗으며 그녀가 말했다.
"어떡하지? 자야 되나 말아야 되나. 일곱 시엔 일어나야 되는데 지금 자면 일찍 못 일어날 것 같아. 스님과 시간 약속을 해서 늦으면 안 되거든."
그녀는 매우 피곤해 보였다.
"조금이라도 주무세요. 제가 깨워 드릴게요."
"이 실장은 잠 안 자?"
"전 괜찮아요. 차를 몰 것도 아닌데요, 뭐."
"그래, 그럼 두 시간만 잘게. 부탁해."
그녀는 침대에 들어가 오 분도 채 되기 전에 잠들었다. 한수는 창가의 의자로 가 앉았다. 창으로 내려다보이는 바깥 거리엔 가로등 말고는 거의 불빛이 없었다. 도심의 어둠은 바닷가의 어둠과 다른 것 같았다. 바닷가의 어둠처럼 아득하지 않은 대신 어딘지 답답하고 불안정하다는 느낌이었다. 바닷가의 어둠에서는 한없이 계속될 것만 같은 영원이 느껴지는데, 도심의 어둠은 일시적으로 활동이 정체돼 있다는 단절의 느낌이 더 강했다.

　얼마 후 한수는 졸음이 쏟아지기 시작했다. 시간을 보니 이십여 분밖에 지나지 않았다. 한수는 프런트에 깨워달라고 부탁해 보자고 생각했다. 그러나 한수는 전화기를 들었다가 바로 내려놓았다. 호텔에서 그런 걸 부탁해도 되는지 모르겠고, 만약 전화가 왔는데도 듣지 못하면 그녀의 일에 큰 차질이 생길 거라는 생각이 들었다. 아까 읽던 책을 읽어볼까도 생각했지만 '해체'니 '소멸'이니 하는 단어가 떠오르는 순간 벌써 머리가 무거웠다.

　한수는 욕실로 가 찬물로 세수를 했다. 조금 정신이 나는 것 같았다. 돌아오면서 보니 그녀는 꿈이라도 꾸는지 입술을 달싹거리고 있었다. 한수는 다가가 그녀의 볼에 가볍게 키스를 하고 탁자로 돌아가 앉았다. 창 밖을 내다보았다. 창 아래 큰길에 취객 한 사람이 비틀거리며 걸어가는 게 보였다. 금방이라도 무릎이 꺾일 듯했다. 좌우로 심하게 휘청거리면서도 용하게 넘어지지 않고 있었다. 한수는 그가 멀어질 때까지 계속해서 바라보았다.

17

    한수는 아침 일곱 시에 그녀를 깨워 보낸 다음 바로 호텔을 떠났다. 그가 가게에 도착한 시간은 여덟 시 반이었다. 마침 명희는 활어 배달차 앞에서 운전수와 이야기를 나누고 있었는데, 그가 들어서는 것을 보자 쓸쓸하면서도 반가운 표정을 지었다.
    "친구 분들하고 같이 왔더라. 어울려서 술 마시다 보니 늦어서 못 왔어."
    한수는 거짓말을 했다. 거짓말을 하는 것보다는 차라리 아무 말 안 하고 싶었지만 그게 명희의 마음을 편하게 할 거라고 생각되었다.
    "네에…."
    명희는 그에게 아무 말도 묻지 않았다.
    "이층 분들은 가셨어?"
    "네, 나가시면서 오빠 찾으시길래 새벽에 잠들었다고 했어요."

"그래….."

한수는 수족관에 들어 있는 고기 양을 체크하고는 명희에게 물건을 많이 받지 말라고 말했다. 명희가 온 뒤로 홍 여사는 명희에게 가게 지출과 수입을 전적으로 맡기고 있었다.

"오빠, 얼굴이 까칠해요. 시원한 찌개 끓여드릴 테니까 아침 드세요."

가게 안으로 들어가는 한수를 명희가 걱정스러운 눈빛으로 따라왔다. 한수는 한 시간만 쉬겠다고 하고는 방으로 들어갔다. 피곤이 몰려왔지만 잠은 올 것 같지 않았다. 지금 자면 일어날 수도 없을 것이었다. 한수는 눈만 감고 누웠다. 그리고는 그녀가 말했던 작업실 문제를 생각해 보기 시작했다.

한수는 마음이 조금 심란했다. 작업실을 알아보는 것은 그리 어렵지 않겠으나 자신의 출퇴근 문제가 마음에 걸렸다. 갑자기 나가 살겠다고 하면 홍 여사가 서운해할 게 분명했다. 명희도 조금 이상하게 볼 것이었다. 그런 생각을 하다가 한수는 깜박 졸았다. 얼른 시간을 보니 이십 분 정도 지나 있었다. 한수는 몸이 더 늘어지기 전에 욕실로 가서 찬물로 머리를 감고 가게로 나갔다.

주방에서 아주머니와 함께 반찬을 만들고 있던 명희가 한수를 보더니 냉장고에서 칡즙을 꺼내왔다.

"웬 거니?"

명희는 말없이 한수의 손에 컵을 쥐어주었다.

"열녀 났어. 글쎄 생선 차 은어 타구 읍에 나가서 사왔댜. 이 실장 색시 하나는 확실허게 잡었어."

멸치를 볶던 이씨 아주머니가 돌아보면서 말했다.

"뭐하러 일부러 나가?"

　명희는 한수와 시선이 마주치자 계면쩍은 듯이 손으로 뺨을 문질렀다. 한수는 칡즙을 마시고 일을 시작했다. 오전 시간은 내내 몽롱하게 지나갔다. 쉴 틈이 생겨 의자에 앉으면 금세 눈이 스르르 감겼다. 한수는 그때마다 가게 식구들에게 외박한 티를 안 내기 위해 얼른 일어나 찬물로 세수를 했다. 오후가 되자 졸음기는 사라졌지만 몽롱한 상태는 여전했다.

　한수는 밤에 영업을 끝내고 상구 형을 찾아갔다. 상구 형이 빌려 달라던 돈도 전해주고 그녀의 작업실을 구하는 문제도 상의하고 싶었다. 빌려줄 돈 중에 지난밤에 호텔비를 내느라 부족해진 액수는 낮에 잠깐 읍에 나가 찾아 놓았었다.

　상구 형은 몸살 기운이 있어서 일찍 들어왔다면서 방에 이불을 쓰고 누워 있었다.

　"어젯밤엔 어디 갔었냐? 내려와서 전화했더니 없더라."

　누운 채로 상구 형이 물었다.

　"내려오다니, 어디 갔었어요?"

　한수는 대답 대신에 그렇게 되물으면서 상구 형의 이마를 짚어 보았다. 열은 많지 않았다.

　"서울 갔다 왔잖냐, 지난번에 얘기한 그 옷가게 여자 말이다, 이번에는 같이 살자고 얼마나 달라붙던지 아주 골치가 아프더라. 이혼하고 나한테 횟집 차려준다는 거야. 내가 아무리 남의 여편네하고 그 짓을 하고 있지만 이혼까지 시키면서 같이 살 마음은 조금도 없거든. 그만큼 목숨 걸고 좋아하는 것도 아니고 말이야. 달래느라고 애먹었다."

한수는 고개를 끄덕이며 조용히 들어주기만 했다. 상구 형은 잠깐 일어나 서랍장을 열더니 외국산 초콜릿을 하나 꺼냈다. 직접 포장지를 뜯어 한수의 손에 쥐어주었는데 색깔이 크림색으로 초콜릿 같지가 않았다.
"달지도 않고 먹을 만하더라구."
상구 형은 그러고 나서 다시 이불 속으로 들어갔다. 흔치 않은 물건이나 외국산 물건을 얻게 되면 상구 형은 늘 그렇게 한수에게 보여주고는 했다.
한수는 초콜릿을 먹고 나서 상구 형에게 돈을 내밀었다.
"고맙다, 월급날 갚을게, 우리 노인네가 백내장 수술을 해야 된다는데 갖고 있는 돈이 좀 모자랐거든. 사실 이 정도 돈은 그 여자한테 말해도 되는데, 요즘 계속 같이 살자고 나오는 통에 말 꺼내기가 그렇더라구. 돈 조금 받아먹고 물리면 어떡하냐."
한수는 담배를 피우고 싶었지만 참고 있었다. 원래 담배 냄새를 싫어하는 상구 형인데 지금은 감기 중이라고 하니 더 피우면 안 될 것 같았다. 상구 형은 한수가 담뱃갑만 꺼내 놓고 가만 있자 욕실로 가더니 재떨이를 가져왔다. 그 재떨이는 한수가 올 때만 내놓는 것이라 항상 깨끗했다. 한수는 벽에 등을 대고 말없이 담배를 피웠다.
"너 무슨 고민 있지?"
상구 형이 초콜릿 포장을 뜯으면서 넌지시 물었다. 한수는 담배를 끄고 나서 상구 형에게 그녀의 작업실 이야기를 했다. 상구 형이 벌떡 일어나 앉았다.
"그래? 집 얻어서 너랑 같이 산단 말이지? 야, 죽인다."
상구 형이 자기 말을 잘못 이해한 것 같아 한수는 차근히 다시 설명했다.
 "그게 아니라 작업실을 관리해줄 겸 방을 거기로 옮기는 것뿐이에요. 그 분이야 글 쓸 때만 가끔 내려오는 거구요."
 "그게 그거지, 너는 거기서 살고 그 여자는 가끔 내려오고. 야아, 이거 남자가 몰래 집 얻어놓고 애첩 숨겨놓은 격이네. 하긴 그 여자는 미혼일 테니까 그런 거랑은 다르지만 말이야. 하여튼, 그 여자 정말 짱이다."
 한수는 상구 형에게 그녀가 결혼한 사람이라는 걸 밝히고 싶었으나 괜히 더 이상한 쪽으로 단정지을 것 같아서 말하지 않았다. 상구 형은 무슨 신나는 일이라도 생긴 양 연신 싱글벙글했다. 그러면서 자기가 잘 아는 목수에게 부탁해 집 고치는 걸 도와주겠다고 했다.
 "그런데 명희 씨가 좀 안 됐긴 하다. 오매불망 너만 바라보는 것 같던데. 너 결혼 약속 같은 거 안 했지?"
 한수는 대답 대신 고개만 끄덕거렸다.
 "잘했다. 누가 아니? 그렇게 지내다 정들어서 결혼까지 하게 될지. 걸리는 게 많기는 하고 네가 힘이 들겠지만 너보다 똑똑한 여자를 만나면 이세를 위해서도 좋지."
 상구 형은 한껏 들뜬 표정을 지었다. 한수는 결혼 어쩌고 하는 상구 형의 말이 거북했지만 기분이 나쁘지는 않았다.

18

 그녀의 작업실은 보름만에 구해졌다. 그 동안 작업실 위치와 가격 등의 문제로 한수는 그녀와 몇 차례 통화를 했다. 한수에게 대충 설명을 들은 그녀는 괜찮을 것 같다면서 한수에게 알아서 진행하라고 했다.
 한수가 구한 집은 가게에서 삼십 분 정도 거리의 해변 가까이에 있었다. 얼마 전까지 노부부가 살던 곳인데 할아버지가 몸이 불편해져 서울에 있는 아들네로 올라가면서 비게 된 집이었다. 한수가 이웃에 물어 아들네 전화번호를 알아내 서울로 전화했더니 들어오고 싶은 사람이 있으면 그냥 살아도 된다고 했다. 사람이 살면 집이 망가지지 않으니 자기네는 더 좋다는 것이었다. 한수는 정식으로 전세 계약을 맺고 싶다고 했다. 작업실 환경을 만들기 위해 집을 고쳐야만 했기 때문이었다. 그쪽에서는 집을 고치는 문제를 포함해 한수가 제시한 가격을 모두 흔쾌히 허락해 주었다. 없는 집이라 치고 크게 신경 쓰지 않는 눈치였다.

집은 오래된 시골집이라 여러 군데가 많이 낡아 있었다. 그러나 주변 풍경이 아름다웠다. 집 오른쪽으로는 독특한 모양의 바위산이 보였고, 왼쪽으로는 아기자기한 해안 정경이 아득히 펼쳐져 있었다. 해변 경사가 완만하고 간만의 차가 커 썰물 때가 되면 바닷물은 이백여 미터 저쪽으로 훌쩍 달아나 버려 순식간에 넓은 모랫벌이 드러났다. 그럴 때면 갯벌이 꿈틀대며 바다로 달려가는 듯한 착각이 들 정도로 아름다운 그림이 만들어졌다.

집은 방이 두 개에, 부엌 하나 헛간 하나의 구조로 돼 있었다. 큰방은 그녀의 작업실로 하고 한수는 부엌에 붙은 방을 쓰면 될 것 같았다. 다만 장작불을 사용하게 돼 있는 온돌이 한수는 조금 걱정되었는데 전화 통화에서 그녀는 전혀 걱정할 필요 없다고 했다.

"살림집도 아닌데 어때, 장작불 때는 게 오히려 낭만적일 수도 있고, 거기로 정해."

그녀는 바다가 눈앞에 보이는 조용한 마을이라는 것에 만족해했다. 마지막 통화 때 그녀는 12월 초에 내려올 것 같다고 했다.

한수는 상구 형이 데리고 온 목수에게 집 고치는 일을 맡겼다. 목수는 욕실을 새로 만들기는 어려울 것 같다고 말했다. 한수는 그녀가 목욕을 좋아한다는 걸 알고 있었으므로 목수의 말에 실망했다. 그것말고는 대체로 한수가 원하는 대로 다 고칠 수 있었다. 집수리가 거의 끝났을 때 한수는 마지막으로 장작을 한 트럭 주문하고 도배도 새로 했다.

도배지를 선택할 때 한수는 특히 많이 고민했다. 그녀가 어떤 걸 좋아할지, 글 쓰는 분위기에 어떤 게 좋을지 그로서는 알 수가 없었다. 하지만 자기보고 다 알아서 하라고 했으므로 도배지 문제 하나로 일일이 그녀에게 전화하고 싶지 않았다. 상구 형에게 말했더니 자신 있게 어떤 무늬벽지 하나를 추천했는데 그것 역시 한수 마음에 들지 않았다. 차분한 그녀 분위기에 비해 너무 밝다는 느낌이었다.

한수가 너무 망설이기만 하자 지물포 주인이 뭐 하는 분의 방이냐고 물었다.

"작가 분이거든요. 성격도 매우 조용한 분이고…."

그러자 지물포 주인이 추천한 게 한지였다. 한지 벽지를 보는 순간 한수의 마음에 꼭 들었다. 그녀의 세련된 분위기에 비해 조금 밋밋하다는 느낌도 없지 않았지만 작가들은 이런 담백한 벽지를 좋아할 거라고 생각했다.

작업실 때문에 한수가 자주 자리를 비우자 하루는 홍 여사가 그를 안채로 불렀다.

"이 실장 나한테 할 말 없어? 요즘 어딜 그렇게 다녀?"

한수는 말이 나온 김에 출퇴근 문제를 말해야겠다고 생각했다. 가급적이면 작업실 문제가 완전히 정리되고 그녀가 내려온 이후에 말하려고 미루어 왔던 문제였다.

"밖에 방을 따로 얻었어요. 다음 달부터는 출퇴근을 할까 합니다."

한수의 말에 홍 여사는 무척 놀라는 표정이었다. 한수로서는 예상했던 반응이었다.

"대체 어디에 방을 얻어? 여기 있으면서 뭐 불편한 것 있었어?"

"불편한 것 조금도 없어요."

"근데 왜? 불편하지 않으면 왜 나가겠다는 거야?"

홍 여사는 이해할 수 없다는 듯 연신 다그쳐 물었다. 홍 여사로서는 당연히 의문을 가질 일이었으나 한수는 적당히 납득시킬 말이 없었다. 그렇다고 그녀 이야기를 할 수도 없어 한수는 묵묵히 앉아 있었다. 홍 여사가 혀를 쯧쯧 찼다.

"도대체 이 실장 속을 모르겠네, 나가서 살면 생활비가 얼마나 드는데 그래? 할 수 없지 뭐, 대신에 출퇴근 시간은 정확히 지켜."

홍 여사는 기분이 안 좋은지 한수를 제대로 보지도 않으면서 소파에서 일어났다. 한수는 출근이 늦도록 하지는 않겠다고 말하고 일어났다. 현관문을 나서려 할 때 홍 여사가 다시 한수를 불렀다. 한수가 돌아서자 홍 여사는 무슨 말을 할 듯하다가 시들하니 그만두었다.

"아니, 그냥 가. 나중에 말할게."

한수가 안채에 다녀온 다음 날이 되자 가게 식구들 모두 그가 출퇴근하기로 했다는 것을 알게 되었다. 이씨 아주머니는 홍 여사처럼 매우 궁금해하며 이것저것 물어보려고 했다. 한수는 아무 말도 하지 않았다. 명희는 한수에게 아무것도 묻지 않았다.

19

　그녀가 '오대양 횟집'에 내려왔다. 그녀의 친구라는 여자와 함께였다. 이씨 아주머니는 그녀를 보자 반색을 하며 그녀의 손을 잡았다. 그녀는 두 손으로 아주머니의 손을 맞잡으며 매우 상냥하게 그간의 안부를 물었다.
　"우리야 맨날 똑같지유. 그려, 쓰신다는 글은 다 쓰셨수?"
　"여기 분들 덕분에 잘 마무리 됐어요."
　그녀는 저만치 뒤에서 일하고 있는 명희를 보더니 먼저 다가가 인사했다.
　"명희 씨는 이제 여기 있나 보지요?"
　"예, 오셨어요."
　명희의 목소리는 건조했다. 애써 기본적인 예의만 차리는 모습이 역력했다.
　그녀가 홀에 들어왔을 때 한수는 주방에 있었다. 그녀는 특별히 한수를 찾지는 않고 가게 식구들과 인사를 나누고는 바로 별실로 들어갔다. 한수는 미리 전화를 받아 그녀가 오늘 내려온다는 것을 알고 있었다. 한수가 쉬는 휴일인 내일은 전에 그녀가 취재했다던 절에 같이 가기로 약속이 돼 있기도 했다. 다만 그녀가 친구와 함께 내려온다는 말은 한수도 듣지 못했다.

얼마 후에 꽃게탕 주문이 들어왔다. 주문을 받아 온 이씨 아주머니가 한수를 찾으니 들어가 보라고 말했다. 한수는 먼저 꽃게탕을 준비해 불에 올려놓고 별실로 갔다.

"인사해, 여기는 이 실장이라고 내가 말한 동생. 여기는 내가 가장 사랑하는 친구야."

그녀가 친구와 한수를 서로 소개했다. 한수는 그녀의 친구에게 고개를 숙여 인사했다. 반가워요, 그녀의 친구가 한수를 찬찬히 바라보며 말했다. 그녀의 친구는 테가 없는 안경을 끼고 있었다. 단발머리에 이마가 넓고 반듯하여 그녀와는 사뭇 다른 분위기였다.

그녀는 친구 앞에서 한참 동안 한수의 칭찬을 했다. 전에도 말했지만, 이라는 말을 자주 하는 것으로 보아 이미 한수의 이야기를 한 모양이었다. 친구는 가만히 듣기만 했다. 가끔 고개를 끄덕이며 한수를 한 번씩 바라볼 뿐이었다. 그렇게 한수를 볼 때 말고는 대체로 표정이 덤덤해 밝은 미소로 다감하게 말하는 그녀와 많이 비교되었다.

한수가 그만 나가보겠다고 하자 그녀는 바쁘지 않으면 옆에 있어 달라고 했다. 한수는 잠시 망설이다가 그냥 앉아 있었다. 아직 본격적으로 저녁 손님이 몰려올 때가 아니어서 그렇게 바쁜 시간대는 아니었다. 두 사람은 한수를 옆에 두고 문학에 대한 이야기를 오래 나누었다. 글보다는 한수가 이름을 알 길 없는 동료 작가들에 대한 이야기들이 많았다. 그들의 대화를 들으며 한수는 그녀의 친구도 같은 소설가라는 것을 알았다.

얼마 후에 명희가 상을 들고 들어왔다. 명희는 한수 옆에 앉아서 꽃게탕과 곁반찬을 하나하나 상 위에 내려놓았다.

"명희 씨도 점심 안 드셨으면 같이 먹어요."

그녀가 다정한 음성으로 권했으나 명희는 먹었다, 고 간단히 대답하고는 곧바로 방을 나갔다.

"이 실장과 결혼할 아가씨야, 무척 성실해 보이지?"

그녀가 겨자색 코트를 벗으며 그녀의 친구에게 말했다. 그녀의 친구는 무심한 어조로 으응, 하고만 대답했다.

그때 밖에서 홍 여사가 큰 목소리로 한수를 불렀다.

"이 실장 뭐해? 손님 왔어!"

한수는 두 사람에게 인사하고 얼른 방을 나왔다. 주방으로 가면서 홀을 돌아보니 새로 온 손님은 보이지 않았다. 홍 여사는 주방 안에서 명희와 아주머니와 함께 장 봐온 물건들을 정리하고 있었다. 한수가 멀거니 서 있자 홍 여사는 힐끗 한 번 한수를 보고는 하던 일을 계속했다. 이윽고 무어라 낮게 혼자 투덜거리는 홍 여사의 목소리가 들렸다. 손님으로 왔는데 너무 신경 쓰지 마세유. 이씨 아주머니가 말하고 있었다. 그러자 홍 여사의 목소리가 커졌다. 그런 손님 안 받아도 안 망해요. 그때 명희가 고개를 들어 한수를 바라보았다. 한수는 주방에서 나왔다.

저녁 시간은 매우 바빴다. 한수는 그녀에게 작업실을 안내하기로 약속했으나 손님이 끊이지 않아 좀처럼 자리를 비울 수가 없었다.

한수는 상구 형에게 부탁을 해볼까 생각했지만 내키지 않았다. 한수는 그녀에게 가게문을 닫고 나서야 시간이 날 듯한데 어떻게 했으면 좋겠느냐고 물었다.

"괜찮아, 일이 먼저지. 우리는 신경 쓰지 마."

그녀는 아무래도 상관없다는 듯 씩 웃기만 했다.

얼마 후 그녀와 친구는 바닷가 산책을 하고 오겠다면서 일어나 방파제 쪽으로 나갔다. 한수는 두 사람이 바다를 배경으로 한가로이 걷는 모습을 한참 바라보다가 주방으로 돌아갔다.

마지막 손님이 나가고 난 후에 한수는 서둘러 주방을 정리했다. 시간은 어느 새 열 시가 넘어가고 있었다. 그녀가 세 시간이 넘도록 기다린 것이 한수는 몹시 미안했다. 한수는 생선 냄새를 지우기 위해 간단히 샤워를 하고는 옛 주인아저씨가 선물한 패팅 잠바로 갈아입었다.

그녀는 가게에서 나오기 전에 아주머니와 명희에게 다가가 인사를 했다.

"또 와유, 전에보담 더 얼굴이 피었구먼유."

아주머니가 아쉬운 표정을 지었다. 명희는 갑자기 냉장고의 물건들을 꺼내어 정리하기 시작했다. 그녀는 아주머니를 한쪽으로 부르더니 바빠 오느라고 선물을 못 사왔다면서 아주머니의 손에 이만 원을 쥐어 주었다.

"어이구, 매번 이러먼 내가 너무 미안허지유."

아주머니는 활짝 웃으면서 돈을 몸빼 바지주머니에 집어넣었다. 한수는 등을 돌린 채 무언가를 만지작거리고 있는 명희에게 문단속을 부탁하고 밖으로 나왔다.

한수가 그녀의 친구를 따라 승용차 뒷좌석에 앉으려 하자 그녀가 앞으로 오라고 했다.

"길 안내해야지."

한수는 그녀 옆으로 가 앉았다.

"고생 많이 했지? 공사까지 했다면서."

그녀가 한 손으로 슬쩍 한수의 손을 잡아주었다. 한수는 말없이 웃기만 했다.

"내 작업실 말이야, 이 실장 말을 듣고 인터넷에서 찾아보았는데 관광지에도 표시되지 않은 숨겨진 해변이라고 나왔더라고. 해변 이름이 '바람 아래' 야. 멋있지?"

그녀가 카 스테레오의 스위치를 돌리면서 친구에게 말했다. 눈이 내리는 풍경 같은 음악이 흘러나왔다.

"바람 아래, 그 제목으로 소설 하나 써도 되겠네."

그녀의 친구는 여전히 창 밖에 눈길을 주고 있었다. 창 밖에는 가는 눈발이 흩날리기 시작하고 있었다.

두 사람은 갈대밭과 소나무 숲을 지나 그녀의 작업실에 도착했다. 밤이어서 주변 풍경을 보여 줄 수 없는 게 안타까웠는데, 그녀는 어슴푸레 보이는 풍경만으로도 무척 만족해했다. 집 앞에 도착해서는 일부러 차를 한 바퀴 빙 돌려 전조등 불빛으로 먼 곳을 비춰보기도 했다.

"아름답다!"

차에서 내리며 그녀가 다시 감탄했다. 그 한 마디로 한수는 그 동안의 피로가 말끔히 씻기는 기분이었다. 그녀는 집 안으로 들어가 방과 부엌 등을 둘러보기 시작했다. 한수는 그녀의 표정을 살피며 한 발짝 뒤에서 따라다녔다. 옛날에 처음으로 자기 손으로 직접 회를 떠 손님상에 올리던 날이 문득 떠올랐다. 한수는 그때 이상으로 긴장하고 있었다.
"이 실장, 센스 있다. 내가 한지 좋아하는 거 어떻게 알았어?"
방문을 열어보고 난 그녀가 말했다.
"마음에 드세요?"
"응, 마음에 들어."
"욕실을 만들어 볼까 했는데 안 됐어요. 그것까진 힘들다고 해서…."
"목욕이야 읍에 나가서 하면 되지. 작업실은 소박할수록 좋아."
시원스레 말하는 그녀의 말에 내심 긴장했던 마음이 모두 풀렸다.
"좋지?"
그녀가 친구에게 물었다.
"응, 괜찮네."
친구는 희미하게 웃으며 고개를 끄덕거렸다.
"방 따뜻하다."
그녀는 신발을 벗고 방에 들어가더니 두 팔과 다리를 길게 뻗으며 등을 대고 누워 보았다.
"혹시 자고 가실지 몰라 아침에 불을 땠어요."
"역시 온돌이 최고야. 옛날 생각 난다."
그녀는 추억이 서린 표정을 지으면서 손으로 방바닥을 천천히 훑었다. 그 말을 듣고 그녀의 친구도 방바닥에 손을 대보았다.
"나무를 때나 보지요?"
그녀의 친구가 처음으로 한수에게 말을 걸었다. 한수는 고개를 끄덕이면서 뒷마당에 장작이 준비돼 있다고 말해주었다.
"여긴 커튼을 좀 달아야 될 것 같다."
작업실 창으로 바깥을 내다보던 그녀가 돌아서면서 말했다. 한수는 커튼을 달아놓겠다고 했다.
집 구경을 끝내고 돌아나오는 차 안에서 그녀가 한수에게 다시 수고했다고 말했다. 그녀는 약간 들떠 있는 것 같기도 했다. 필요한 것 없느냐는 한수의 물음에 그녀는 충분히 만족스럽다고 활달한 목소리로 대답했다. 그녀가 친구와 함께 시내에서 자고 오겠다고 해 한수는 다음 날 만날 약속을 정하고는 읍에서 먼저 내렸다.

20

한수는 아침 일찍 일어나 외출복을 입고 목욕탕에 들렀다. 목욕탕에서 한수는 자주 거울에 자기 몸을 비춰보았다. 그렇게 몸을 보면서 한수는 자기 몸을 바라보는 그녀의 눈을 생각했다. 그녀도 상구 형처럼 자기 몸을 멋있다고 생각할지 어떨지 궁금했다. 남자가 보기에 멋있는 몸이 여자에겐 어떻게 보일지 알 수 없었다. 한수는 그녀가 자기 몸에 대해 말한 적이 있는가를 생각해 보았다. 말한 적이 있는 것도 같고 없는 것도 같았다. 그녀 앞에서 벗고 있을 땐 늘 긴장되는 한수여서 그 순간이 지나고 나면 다 잊어버리고 말았다.

한수는 목욕을 하고도 아직 약속 시간에 여유가 있자 이발소에 들렀다. 이발소 주인아저씨는 가게 앞에서 현관 유리를 닦고 있었다. 한수가 다가가자 주인아저씨가 의미심장한 표정으로 싱긋 웃었다.

"자주 보네. 역시 연애허는 게 틀림읍구먼. 시악신 이쁘구?"

예, 한수는 망설이지 않고 그렇게 대답해 버렸다.

이발을 하면서 한수는 언제나처럼 거울 위에 걸린 액자를 올려다 보았다.
삶이 그대를 속일지라도 슬퍼하거나 노하지 말라.
나는 지금 명희를 속이고 있는 걸까? 하는 생각이 갑자기 한수의 머리에 떠올랐다. 한수는 갑자기 가슴이 답답해졌다. 이윽고 한수는 한번 심각하게 생각해 보았다.
명희와 결혼을 약속한 적은 분명 없다는 생각이 들었다. 홍 여사의 주선으로 처음 명희를 만나던 날에도 한수는 서로 오빠동생으로 지냈으면 좋겠다고 자기 의사를 분명히 밝혔었다. 살아오면서 늘 오빠가 한 사람 있었으면 하고 바랐다고 그때 명희는 말했다. 그러나 지금, 명희는 한수와 결혼하기를 바라고 있는 게 틀림없었다. 한수가 아직은 결혼할 생각 없다고 여러 번 말했지만 한수가 보기에 명희는 그걸 다만 시기의 문제로 생각하고 있는 것 같았다. 곰곰 생각해 보면 한수 자신도 그랬던 것 같았다. 이렇게 지내다 보면 언젠가는 아마 명희와 결혼하게 될 거라고…. 한두 번 그런 생각을 해본 것 같았다.
목욕탕에서 나올 때쯤 상쾌했던 한수의 기분은 어느새 슬그머니 가라앉아 있었다. 한수는 조만간 명희에게 결혼할 마음이 없다는 것을 분명하게 말해야겠다고 생각했다. 그렇게 마음먹고 나자 답답하게 뭉쳤던 마음이 조금 풀리기는 했다. 그러나 이발소에 들어서던 때의 상쾌한 기분은 여전히 회복되지 않았다. 한수는 액자를 더 쳐다보지 않고 그만 눈을 감았다.
한수가 그녀와 만나기로 한 곳은 지난번에 그녀와 처음으로 밖에서 만났던 그 호텔이었다. 그가 레스토랑 안으로 들어가니 그녀와 친구는 이미 와 있었다. 그녀의 친구는 그녀와 마주하고 앉아 있다가 한수가 들어가자 자리를 비켜주며 그녀의 옆으로 옮겨 앉았다.
"어서 와. 스마트해졌네?"
그녀가 처음으로 한수의 용모에 대해 말했다. 한수는 잘못을 들킨 사람처럼 부끄러웠다. 그녀의 친구마저 어제보다 자기를 유심히 바라본다는 느낌도 들었다.
"우린 이거면 됐는데, 뭐 먹을래?"
웨이터가 다가오자 그녀가 한수에게 물었다. 두 사람은 커피에 토스트를 먹고 있던 중이었다. 한수는 같은 것으로 먹겠다고 했다.
"배고프지 않겠어? 이따 점심 땐 푸짐하게 먹을 생각이지만."
"저도 아침엔 많이 먹지 않아요."
그건 사실이었다. 한수는 하루 세 끼를 모두 가게에서 해결하는데, 아침에는 식사 손님이 거의 없어 밥을 하지 않을 때가 많아 식사를 아예 거르고 지나갈 때가 많았다. 먹는다 해도 이씨 아주머니의 출근을 기다리려면 열 시는 넘어야 했다. 명희가 온 다음부터는 한수에게 아침을 꼭 차려주었지만 오래 습관이 되어서인지 많이 먹게 되지 않았다.
한수가 토스트를 먹고 있는 동안 그녀와 친구는 지금 가려고 하는 개심사라는 절과 지난번의 취재 내용에 대해 이야기를 나누었다. 말하는 쪽은 주로 그녀이고 그녀의 친구는 가만히 듣는 편이었다.
"가자, 안 늦었니?"
그녀가 그곳 스님 이야기를 한참 하고 나자 친구가 서두르는 기색으로 말했다. 그녀의 친구는 약간 피곤해 보였다. 아니면 원래 그렇게 표정이 심드렁해 보이는 것 같기도 했다.

승용차에 오를 때 한수는 그녀의 친구에게 앞자리를 권했다. 말도 잘 못하는 자기보다는 친구가 옆에 앉는 게 나을 것 같아서였다. 그녀도 친구도 거기에 대해서는 별 말 하지 않았다.

차 안에서 두 사람은 최근에 나온 영화들에 대해서 주로 이야기를 나누었다. 대화는 역시 그녀가 주도하는 편이었고, 그녀의 친구는 간간이 그녀의 말에 덧붙여 자기 생각을 간략하게 말하곤 했다. 대화에 나오는 영화 중에 한수가 본 영화는 없었지만 한수는 그들의 이야기를 찬찬히 귀기울여 들었다. 영화배우 이름들이 나오니 생판 모르는 작가들 이야기를 할 때보다는 귀에 잘 들어왔다.

대화가 시작되자 그녀와 친구는 한수가 있다는 것을 잊어버린 듯했다. 가끔씩 그녀가 룸미러를 볼 때마다 한수는 그녀가 자기를 보는 것 같아 목을 빼며 미소를 보내곤 했다. 하지만 그녀의 눈길은 매번 그의 눈을 지나쳐 뒤에 따라오는 차들에게 향했다.

차는 가야산을 멀리 보면서 호젓한 길을 굽이굽이 돌았다. 처음 와보는 길인데 주변 풍경이 그만하면 아름다웠다. 큰 저수지들이 잊을 만하면 나타나 길옆에 따라붙었고 드문드문 외국의 사진에서나 봄직한 넓은 초지가 산등성이 아래 시원스레 펼쳐져 있는 게 보였다.

"흠, 가을이 지나 아쉽네. 단풍이 꽤 볼 만했겠다."

그녀의 친구가 창 밖을 보며 고개를 주억거렸다. 그녀의 친구는 아까부터 창을 내린 채 한 팔을 밖으로 내밀고 있었다. 친구의 말에 그녀가 설명을 덧붙였다.

"저게 우리나라에서 가장 넓은 목장이었다는 삼화목장이 있던 곳이야. 스님 말씀이 김종필이 처음 개발했다고 하더라. 지금은 축협에서 한우 개량 사업소로 쓰고 있데."

　절 아래 주차장에 도착했을 때 한수는 얼른 화장실로 달려가 소변을 보았다. 차가 출발할 때부터 소변이 마려웠는데 차마 두 사람의 대화를 끊으며 세워달라고 할 수가 없었다. 그가 화장실에서 나오니 두 사람은 벌써 저만치 걸어 올라가고 있었다. 절까지의 진입로는 꽤 길어 보였지만 경치가 좋아 산책하듯 걷기에는 그만이었다. 하늘을 찌를 듯 솟은 훤칠한 소나무들이 길 양쪽에 위풍당당한 호위병처럼 무리지어 늘어서 있었다.

　한수는 절에 이를 때까지 내내 두 사람보다 한 걸음 뒤쳐져 걸어갔다. 절에 도착했을 때는 거의 십여 미터나 뒤떨어져 있었다. 두 사람은 이야기에 열중하느라 그가 한참 뒤떨어져 걷는 걸 모르는 것 같았다.

　진입로가 끝나 돌계단을 올라서자 단아한 절이 보였다. 절 앞에는 아치형으로 멋을 낸 외나무다리가 걸린 연못이 있었다. 한수는 다리 위에서 연꽃을 내려다보며 한동안 망연히 서 있었다. 무엇에 마음이 끌렸는지 스스로도 알 수 없었다. 사방에 어떤 소리도, 사람도 없는 듯한 돌연한 적멸의 느낌에 쌓여 한수는 하염없이 연꽃만 내려다보았다. 그러다가 문득 정신을 차린 한수가 급히 법당 쪽으로 걸어갔더니 앞서간 두 사람은 대웅보전 앞에 서서 무슨 이야기인가를 나누고 있었다.

　잠시 후에 그녀가 카메라를 친구에게 주고는 석탑 앞으로 가서 사진 찍는 자세를 취했다. 한 손을 석탑에 기대며 자세를 잡던 그녀가 한수를 보고 손을 흔들었다. 자기보고 오라 하는 건지 그냥 흔든 건지 몰라 한수는 그대로 서 그녀를 바라보기만 했다. 그녀가 다시 한

번 손을 흔드는 것을 보고 한수는 그녀에게로 갔다.

"이 실장, 우리 좀 찍어 줘."

그녀는 친구를 옆으로 불러 세우고는 한수에게 카메라를 건넸다.

"자동이니까 이거만 누르면 돼."

그녀가 손가락으로 스위치 하나를 가리켰다. 한수는 훔쳐보듯 렌즈를 통해 그녀의 눈을 한참 들여다보다가 찰칵, 스위치를 눌렀다.

"내가 찍어줄게 두 사람 같이 서 봐."

그녀의 친구가 한수에게 와 카메라를 건네 받았다.

"난 사진 찍는 거 싫어하잖니, 너니까 할 수 없이 찍었지."

그녀가 말하자 네가? 하면서 그녀의 친구가 픽 웃었다.

"내가 이 실장 찍어줄 테니까 저쪽으로 가서 서 봐."

그녀는 친구에게 카메라를 받아 한수에게 소나무가 있는 쪽을 가리켜 보였다. 한수도 별로 사진을 찍고 싶은 마음은 없었지만 그녀가 시키는 대로 소나무 앞으로 가 섰다.

"인민군 포로 같아. 자연스럽게 폼 좀 잡아 봐."

카메라를 들이대며 그녀가 말했다. 한수는 어떤 자세가 자연스러운지 알 수 없었다. 사진을 찍어보는 게 몇년 만인지 기억도 잘 나지 않는 한수였다. 한수는 한 팔로 소나무를 감으며 나무와 나란히 섰다. 막상 자세를 잡고 보니 한수는 언젠가 이런 자세로 한 번 사진을 찍은 적이 있다는 생각이 들었다. 아니면 그저 영화에서 본 장면 같기도 했다.

사진을 찍고 나서 그녀는 대웅전 왼쪽에 있는 시골집 부엌 같은 건물 앞으로 가더니 노트를 꺼내 무언가를 적었다. 다 적은 다음에 그녀는 뒤에 서 있는 한수에게 건물에 대해 설명해 주었다.

"저 대웅보전처럼 조선 초기 건물인데, 자세히 봐, 단청을 전혀 하지 않아 색감이 무척 깊고, 기둥이나 들보에도 휘어진 나무를 그대로 써서 자연스러운 느낌을 주잖아? 보는 이의 마음을 아주 편안하게 하지. 이 건물은 조선초기의 요사채 모습을 보여주는 중요한 건축물이야. 이 절의 아름다움은 오 월에 절정을 이루지. 내년에 명희 씨와 꼭 같이 와봐, 벚꽃이 흐드러지게 핀 모습이 굉장히 아름다워."

눈을 맞추며 자상하게 설명해 주는 그녀가 고마웠지만 마지막에 갑자기 명희 이름이 나와서 한수는 조금 당황했다. 네, 하고 대답하면서도 한수는 그게 명희와 같이 오겠다는 말로 들릴 듯하여 마음이 개운하지 않았다.

"그냥 느끼게 두지, 뭐 그렇게 자세하게 설명하니? 나는 절이나 어디 가서 안내판이나 자료를 뒤적이는 거 별루더라."

건물 한쪽에 편안하게 앉아 있던 그녀의 친구가 청바지에 묻은 흙을 툭툭 털어내면서 말했다.

"알고 보는 거와 모르고 보는 건 다르지. 아는 만큼 보인다는 말도 있잖아. 그리고 우리 작가들도 실증적인 자료에 좀더 관심을 기울여야 돼. 소설이란 게 감성에 의지해서만 쓸 수 있는 게 아니잖니. 내 생각엔 우리나라 작가들에게 가장 취약한 부분이 논리적인 사고와 과학적인 훈련이야."

그녀가 친구를 보며 타이르듯 나직하게 말했다. 하지만 친구는 그녀의 말을 별로 귀담아 듣는 것 같지 않았다.

그녀는 절을 한 바퀴 둘러보고 나서 주지스님을 만나러 가겠다고 했다. 스님을 만나는 일은 조금 불편할 듯했다. 한수가 절이나 더 구경하며 기다리겠다고 하자 그녀는 별 말 붙이지 않고 선선히 그렇게 하라고 했다. 두 사람이 주지스님을 만나러 간 사이에 한수는 사람이 없는 곳으로 가 담배를 꺼냈다. 담배가 매우 맛있었다. 담배를 피우고 나서는 연못으로 가 연꽃 구경을 했다. 아까 잠시 빠져들었던 적요한 몰입을 느껴보고자 했는데, 일부러 분위기를 잡아서인가 이번엔 그렇게 되지 않았다. 한수는 그래도 한참 동안 연꽃을 내려다보았다.

한수는 그녀가 설명해 주었던 법당 앞에도 다시 가 보았다. 그녀가 했던 말을 떠올리며 찬찬히 보고 있으니 투박하게 휘어진 나무 기둥에서 어떤 자연스러운 멋이 느껴지는 듯도 했다. 아는 만큼 보인다는 그녀의 말이 맞다는 생각이 들었다. 한수는 경내를 돌아다니면서 안내문들을 모두 찾아 읽었다.

두 시간쯤 지나 그녀가 스님 방에서 나왔다. 그녀와 친구는 절을 나서자마자 담배부터 꺼내 물었다.

"어때, 괜찮은 스님이지?"

그녀가 친구에게 말했다.

"스님들 다 비슷하지 뭐."

그녀 친구의 반응은 이번에도 덤덤했다. 한수는 두 사람이 어떤 점이 통해 친구가 돼 있는지 잠깐 궁금했다. 그녀가 친구의 시들한 태도에 그다지 서운한 기색을 보이지 않는 것도 한수에게는 약간 뜻밖이었다.

절 아래에는 식당이 많지 않았다. 그녀는 한수에게 맛있는 밥을 사 주겠다면서 시내로 차를 몰았다. 세 사람은 어느 조용한 한정식집으로 들어갔다. 반찬이 좋고 배도 고팠던 참이라 한수는 뚝딱 한 그릇을 비웠다. 밥 한 공기를 추가하고 싶었지만 촌스럽게 보일지 모른다는 생각에 한수는 그냥 숟가락을 내려놓았다. 그녀는 식사를 하면서는 거의 말을 하지 않고 옆에 펼쳐놓은 신문에만 눈길을 주고 있었다.

식사를 끝낸 후 그녀는 읍내까지 한수를 데려다주었다.
"우리 따라다니느라 고생만 한 거 아닌지 모르겠네요. 만나서 반가웠어요."

그녀의 친구가 차에서 내려 한수에게 손을 내밀었다. 한수도 반가웠다고 말하고 악수를 했다. 그녀의 친구가 처음으로 미소 띤 얼굴을 보였다.

차가 떠나기 전에 운전석 창을 내리며 그녀가 말했다.
"그럼 이주 후에 보자. 이 실장은 미리 짐을 옮겨 놔. 집을 오래 비워두면 좋지 않아."

차가 시야에서 사라진 후에 한수는 어디로 갈까 생각하며 잠시 그대로 서 있었다. 가게에 일찍 들어가기도 싫고 상구 형에게 놀러 가는 것도 내키지 않았다. 문득 그녀가 영화에 대해 말하던 게 생각났다. 그녀가 말하던 영화를 상영하고 있지는 않겠지만 시간을 보내기엔 영화가 가장 좋을 것 같았다. 명희를 나오라고 해서 같이 볼까 하는 생각이 잠깐 들었다. 다시 생각해 보니 그러지 않는 게 좋을 것 같았다.

한수는 영화관 쪽으로 걸어갔다.

21

　한수는 그녀가 다녀간 며칠 후에 작업실로 자기 짐을 옮겼다. 짐이라고 해야 옷 몇 벌과 이불, 그리고 간단한 식기와 세면도구뿐이었다. 짐을 옮기면서 그는, 그녀가 내려오면 자기 방도 보게 될 텐데 짐이 너무 없는 것도 이상하게 보이지 않을까 하는 생각을 잠깐 했다. 음악을 좋아하는 그녀를 생각해 나중에 봐서 오디오나 하나 들여놓을까 하는 생각도 했다. 아니야, 우선 조만간 컴퓨터부터 사야 되겠지. 그의 마지막 생각은 그랬다.

　짐 정리가 대강 끝난 후에 한수는 그녀에게는 무엇이 필요할까 생각해 보았다. 그는 우선 그녀가 부탁한 대로 커튼부터 해 달았다. 다음엔 그녀가 아마 이불을 갖고 내려오지는 않으리라는 생각에 읍으로 나가 이불과 요를 샀다. 그밖에 약간의 부엌 살림을 준비했고, 생각해 보니 거울도 하나 있어야 될 것 같아 전신을 비출 수 있는 큰 거울을 샀다. 마지막으로 나무로 된 앉은뱅이 책상도 샀다. 그녀가 처음 가게에 왔을 때 상이 필요하다고 했던 말이 기억났던 것이다.
　이런 물건들을 날라다준 것은 상구 형이었다. 가게로 돌아가면서 상구 형이 가끔 놀러오겠다고 했을 때, 한수는 그녀가 와 있을 때는 작업에 방해되니 불쑥 찾아오지는 말라고 했다. 상구 형은 오히려 그녀가 있을 때 와 보고 싶어하는 눈치였지만 한수는 그 점에 대해서는 단호하게 다짐을 받았다.
　명희와 홍 여사도 한수가 산다는 곳을 궁금해했다. 작업실에서 출퇴근하기 시작한 얼마 후, 하루는 홍 여사가 물어보라고 했다면서 명희가 그에게 사는 곳이 어디냐고 물었다. 한수는 가게에서 멀지 않은 곳이라고만 말했다.
　"내가 가면 안 되는 곳이에요?"
　명희가 그의 눈치를 살피며 다시 물었다.
　"그건 아니고…."
　"자취하면 필요한 것들이 많을 텐데 집들이 겸 저 한 번 초대해 줘요."
　"알았어, 나중에."
　명희가 서운해하는 표정을 지었지만 한수는 그 이상 말하지 않았다.
　그녀는 내려오겠다고 했던 날에 내려오지 않았다. 전화도 없어 궁금했지만 한수는 자기 쪽에서 전화할 생각은 하지 않았다. 그녀에게서 전화가 온 건 내려오겠다고 했던 날에서 닷새가 지난 날이었다.
　그 날은 식당이 무척 바빴다. 저녁 아홉 시 경, 한수가 주방에서 한창 새로운 횟상을 준비하고 있는데 아주머니가 전화 받으라고 큰소리로 불렀다. 그녀일 것 같아 한수는 얼른 달려가 수화기를 들었다.

"어디 갔었니? 전화 많이 했는데."

그녀는 술이 많이 취해 있었다.

"가게에 계속 있었는데요."

"받는 사람마다 이 실장 없다고 하던데."

한수는 그녀의 말을 듣고 가게 사람들이 일부러 전화를 바꿔주지 않은 것이라 짐작했다. 그는 기분이 안 좋았다.

"제가 잠시 자리를 비울 때 전화를 하셨나 봐요, 죄송해요. 그런데 안 내려오시나요?"

"그랬구나…. 으응, 좀 걸릴 것 같아."

그녀의 목소리에는 기운이 하나도 없어 보였다. 한수는 가슴이 뭉클했다.

"보고 싶다. 지금 서울 올 수 있니?"

"서울로요?"

한수는 바로 대답하지 못하고 조금 머뭇거렸다.

"바쁜가 보구나. 알았어…."

그녀의 목소리가 대번에 쓸쓸히 가라앉았다. 그녀가 한수에게 이렇듯 약하게 말하는 건 처음이었다.

"아니에요. 지금은 좀 그렇구요, 얼마 안 있으면 끝나니까 문 닫는 대로 갈게요."

그녀는 꼭 올라오라면서 지금 있다는 곳의 위치를 알려주었다.

다행히 두 시간 정도 지나자 마지막 손님이 나갔다. 한수는 일을 끝내자마자 택시를 대절했다. 택시기사에게 약속장소가 적힌 쪽지를 건네면서 빨리 갔으면 좋겠다고 하자 걱정 말라면서 고개를 끄덕였다. 택시기사는 읍내를 거쳐 고속도로로 차를 몰았다.

톨게이트를 지난 지 얼마 안 되어 갑자기 비가 쏟아지기 시작했다. 바람까지 거세게 불어 길가의 나무들이 한쪽으로 심하게 쏠리며 흔들리는 게 보였다. 비 때문에 차가 빠르게 달리지 못하자 한수는 조바심이 났다. 그의 얼굴에 그런 기색이 실렸는지 택시기사가 "급한 일 있나 보죠?" 하고 물었다. 한수는 아무 말도 하지 않았다.

약속장소에 도착하니 새벽 한 시가 가까웠다. 택시기사도 그녀가 말한 카페의 정확한 위치까지는 알지 못해 한수는 택시에서 내려 십여 분 헤맨 끝에 겨우 그녀가 말했던 카페를 찾아 들어갔다. 그런데 카페에는 그녀가 보이지 않았다. 종업원에게 그녀의 생김새를 말해 보았으나 아까 나간 것 같다는 애매한 대답 이상은 들을 수가 없었다. 그녀의 핸드폰도 전화를 받지 않아 한수는 일단 자리를 잡고 커피 한 잔을 주문했다.

한 시간 정도 지나자 종업원이 그에게 다가와 문 닫을 때 되었다고 말했다. 둘러보니 실내에는 자기 혼자뿐이었다. 한수는 곧 일어나겠다고 하고 그녀에게 다시 전화를 걸었다. 이번에도 신호는 가는데 받지 않았다. 음성녹음 어쩌고 하는 안내를 들으면서 한수는 전화를 끊었다.

밖으로 나오니 여전히 비가 내리고 있었다. 목덜미를 때리는 빗발이 몹시 차가워 한수는 몸을 웅크리고 잠시 막막히 서 있었다. 카페 앞에서 기다리고 싶었지만 거기엔 비를 피할 곳이 없었다. 한수는 두리번거리다가 맞은편에 보이는 삼층 건물의 현관으로 달려갔다. 상가가 들어 있지 않은 사무용 건물이어서 실내등 하나 없이 건물 전체가 어둠침침했으나 다행히 현관문이 닫혀 있지 않아 그 안쪽 계단에 앉아 있을 수 있었다. 거기에서 카페를 지켜볼 생각이었는데

십여 분 지나자 카페의 불마저 꺼졌다. 쉬이익, 한수는 그런 소리를 들었다. 내내 눈 한 번 떼지 않고 바라보던 카페 창의 노란 불빛이 사라지자 한수에게는 마치 그 주변 전체가 홀연히 증발해 버린 느낌이었다.

세 시간이나 기다렸지만 그녀는 오지 않았다. 그 동안 몇 차례 더 그녀에게 전화해 보았지만 받지 않았다. 이제 비는 그쳐 있었다. 하지만 거리는 더욱 썰렁했다. 주변 상점들은 대부분 문이 닫혔고, 드문드문 노래방과 여관 등 몇 군데 간판불만 주인이 깜박 잊고 방치해 둔 불처럼 허공에 우두커니 떠 있었다. 이따금 술 취해 비틀거리는 사람 말고는 행인도 별로 없었다. 한수는 배가 고팠지만 어디에 가서 무얼 사먹어야 할지 알 수 없었다. 게다가 조금씩 추워지고 있었다. 한수는 카페 입구를 한 번 바라보고 나서 몸을 잔뜩 웅크렸다. 무릎 사이에 얼굴을 파묻자 으슬으슬한 가운데서도 졸음이 몰려오기 시작했다. 자면 안 되는데…. 자면 안 되는데….

"여보세요, 여기서 이렇게 주무시면 어떡해요."

누군가 어깨를 흔들어 한수는 벌떡 일어났다. 한수를 깨운 사람은 서류봉투를 든 젊은 여자였다.

"아, 죄송합니다."

한수는 고개를 숙이면서 계단 한 귀퉁이로 비켜섰다. 계단을 올라가던 여자가 중간쯤에서 흘낏 한수를 바라보았다. 한수는 어색하게 웃어 보이고는 얼른 돌아섰다. 계단을 내려서다가 뒤를 돌아다보니 여자는 아직도 그를 보고 있었다. 한수는 얼른 거리로 나섰다.

어느 새 아침이 되어 거리에는 우산을 쓴 사람들이 분주하게 걸어다니고 있었다. 새벽녘에 잠시 그쳤던 비가 다시 내리고 있었지만 거리는 대도시의 아침다운, 한수에게는 불편하기만 한 경쾌하고 부산스러운 활기로 꿈틀거리고 있었다. 한수는 비를 맞으면서 천천히 공중전화 부스가 있는 곳으로 걸었다. 심한 피로감 때문에 비에 젖는 건 전혀 신경 쓰이지 않았다. 아침인데 전화를 해도 될까…. 한수는 조금 망설이다가 그녀의 핸드폰 번호를 눌렀다. 받지 않았다. 차라리 다행이라는 생각이 들었다.
  전화부스 앞에 우두커니 서 있다가 한수는 길 건너편에 보이는 여관으로 들어갔다. 한수는 현관 입구에서 벽거울에 비친 그의 얼굴을 보았다. 머리꼴이 엉망이었다. 여관 주인은 그런 한수를 안내실 창으로 물끄러미 쳐다보기만 하다가 그가 지갑을 꺼내자 그때서야 문을 열고 나왔다. 그는 여관비를 치르고 방에 들어가자마자 그대로 쓰러져 잠이 들었다.
  한수가 눈을 뜬 것은 오후 세 시였다. 그는 여관에서 나와 그녀에게 다시 전화를 걸었다. 이번에도 핸드폰이 꺼져 있었다. 막막했다. 음성녹음이라도 남겨둘 걸, 하고 그는 뒤늦게 후회했다. 한수는 비닐 우산을 하나 사들고 큰 거리 쪽으로 나갔다. 어느 길모퉁이에서 분식집이 눈에 띄었는데, 김이 서린 유리창을 보는 순간 통증과도 같은 맹렬한 허기가 그의 위를 자극했다. 한수는 그곳에 들어가 만두국을 시켜 먹었다. 분식집에서 나온 다음에는 다시 공중전화 쪽으로 갔다. 가게에 전화라도 걸어주어야 할 것 같아서였다.
  "여보세요."
  전화를 받은 건 명희였다.
  "오빠, 무슨 일이에요? 어디 아파요?"
  명희가 울음 섞인 목소리로 다급히 물었다.

"안 아파. 오늘은 못 나갈 것 같고, 돌아가서 얘기하자."

"알았어요, 이모한테는 제가 잘 말씀드릴게요. 아프지만 말아요."

미안하다고 말할까 하다 한수는 그냥 수화기를 내렸다. 그리고 바로 그녀의 핸드폰 번호를 눌렀다. 안내 메시지를 기다리며 그는 입으로 녹음할 말을 중얼거렸다.

'저 한순데요, 무슨 일 있으세요? 연락이 안 돼서 걱정 돼서요, 저는 지금 어제 약속했던 곳 근처에 있거든요, 이거 들으시면 저한테….'

한수는 수화기를 내렸다. 생각해 보니 그녀가 녹음을 듣는다 해도 자신이 연락 받을 곳이 없었다. 한수에게는 핸드폰이 없었다. 그녀가 언제 녹음을 듣게 될지 모를 일이었으므로 다방에 들어가 무작정 기다리기도 뭐했다. 한수는 아침에 들어갔던 여관으로 다시 갔다. 그는 방을 새로 잡고, 그녀에게 전화를 걸어 아까 준비한 말을 녹음시킨 다음 여관 전화번호를 남겼다. 방에 들어가서는 삼십 분쯤 텔레비전을 보았다. 그러고는 밖에 나가 소주 한 병을 사와 마시고 잠을 청했다.

"손님, 전화 받아요."

밤이 이슥해졌을 때 여관 주인이 전화를 걸어 한수를 깨웠다. 곧 그녀의 목소리가 들렸다.

"미안해 이 실장, 방금 전에야 녹음 들었어. 자세한 이야기는 만나서 하고 내가 이따 거기로 갈게."

그녀의 음성은 어제처럼 기운이 없어 보였다.

"예, 저는 걱정 마시고요, 몇 시쯤에…."

"글쎄, 좀 늦을지도 모르는데, 기다리기 지루하면 근처에 있는 비디오방에라도 갔다 오던지."

"예, 일 다 보시고 천천히 오세요."

전화를 끊고 시계를 보니 밤 여덟 시였다. 한수는 밖으로 나가 비빔밥 한 그릇을 사먹고 방으로 돌아왔다. 그녀가 언제 올지 몰라 비디오방에는 가지 않고 텔레비전을 보며 그녀를 기다렸다. 텔레비전에서는 '아버지처럼 살기 싫었어' 라는 제목의 드라마가 방영되고 있었다. 드라마 제목이 뭐 이렇담. 한수는 제목이 너무 노골적이어서 마음에 들지 않았다. 그래도 덕분에 잠깐 아버지 생각을 했다. 한수는 아버지처럼 살기 싫다는 생각은 해본 적이 없었다. 그러나 딱히 아버지 같은 사람이 되고 싶다는 생각도 해본 적이 없는 것 같았다. 생각은 거기까지만 했다. 아버지를 생각하느라 그의 마음은 더 우울해졌다.

뉴스를 보고 다른 드라마 두 개를 더 볼 때까지 그녀는 오지 않았다. 한수는 '오대양 횟집'에 전화를 해볼까 했으나 시간을 보니 이미 문닫았을 시간이었다. 어느덧 자정이 가까워져 있었다. 한수는 밖으로 나가 소주 한 병과 건어포 작은 봉지 하나를 샀다. 밤거리는 다시 휘황한 네온사인에 물들어 불안정한 활기로 술렁거리기 시작하고 있었다. 그는 나온 김에 그녀에게 전화를 해볼까 잠깐 생각하다가 공중전화 바로 앞에서 그냥 돌아섰다.

한수는 텔레비전을 켜 놓고 소주를 마셨다. 가수인지 개그맨인지 여러 명의 젊은이들이 나와 게임도 하고 우스갯소리도 하면서 재미있게 놀고 있었다. 한수는 건성으로 보고 있었으므로 무슨 이야기를 하는지는 귀에 잘 들어오지 않았다. 그는 멀거니 앉아 언뜻언뜻 떠오르는 무성한 상념들에 빠져 있다가 폭소가 들릴 때만 반사적으로 화면에 눈길을 주었다. 텔레비전을 꺼 버릴까 하는 생각도 들었지만 그러면 너무 조용할 것 같았다. 한수는 조용해지는 게 싫었다.

마침내 그녀의 전화가 왔다. 한수가 소주를 다 마시고는 한 병을 더 사러 나갈까말까 갈등하고 있을 때였다.

"이리로 올래."

지난번처럼 많이 취한 목소리였다. 한수는 장소를 자세히 물어 메모지에 적고는 통화를 끝내자마자 여관을 나왔다.

"인사동으로 가 주세요."

한수는 택시기사에게 그녀가 말한 동네 이름을 댔다. 인사동까지는 금방 갔지만 그녀가 말한 카페를 찾느라 시간이 한참 걸렸다. 인사동은 서울 같지 않게 여기저기 작은 골목들이 많았다. 메모지에 자세히 적어 왔는데도 그 골목이 그 골목 같아 그는 몇 번이나 엉뚱한 골목을 들락거린 끝에 간신히 그녀가 말한 카페의 간판을 발견했다. 간판이라고 하기도 뭐한 조그만 판자 하나가 문 입구에 달랑 매달려 있는 작은 술집이었다.

그녀는 의자에 비스듬히 기댄 채 잠들어 있었다. 일행들이 있었는지 탁자에는 너댓 사람 분의 술잔과 수저가 어지럽게 널려 있었다.

"저 왔어요."

한수는 맞은 편 의자에 앉아 그녀의 한쪽 팔을 약하게 잡아당겼다. 잠든 지 얼마 안 되는지 그녀는 곧 눈을 떴다.

"으응, 왔구나… 가자."

그녀가 비틀거리며 일어났다. 한수는 먼저 카운터로 가 술값을 물었다. 등 뒤에서 그녀가 계산 다 됐을 거라고 했지만 술값은 지불돼 있지 않았다. 한수는 계산을 하고 그녀를 부축해 밖으로 나왔다.

비는 초저녁에 그쳤지만 그 때문에 날씨는 더 차가웠다. 한수는 헐렁하게 걸친 그녀의 코트를 여미고 단추를 전부 채워주었다. 그녀는 어깨를 건들거리며 콧소리로 무슨 노래인가를 흥얼거렸다. 택시가 좀처럼 잡히지 않았다. 한수는 그녀를 가로등 옆에 세워 두고 택시를 잡기 위해 도로 가까이 붙었다. 십여 대의 택시를 흘려보낸 후 겨우 빈차 하나를 잡아 그녀를 부르려고 돌아다보니 그녀가 한 남자와 이야기를 하고 있었다. 두 사람은 느릿느릿 한수가 있는 쪽으로 함께 걸어오고 있었다. 어찌 해야 되나 망설이다가 한수는 택시를 그냥 보내버렸다.

한수는 인도로 물러나 그녀를 기다렸다. 두 사람이 그의 앞에 와 섰다. 그녀는 한수와 눈이 마주치자 모르는 사람처럼 슬그머니 고개를 돌렸다. 한수는 그녀에게 말을 건네지 않고 차도를 향해 돌아섰다. 두 사람은 한수와 조금 떨어진 등 뒤에서 하던 이야기를 계속하고 있었는데, 둘 다 목소리가 커서 그의 귀에까지 다 들려왔다.

"됐어요, 난 김순우 씨한테 화났던 건 아니니까. 다 좋아요. 물론 조금 섭섭한 건 사실이에요. 결과적으로 김순우 씨도 그쪽 편들어 준 거 아니에요?"

"미안해요, 하유정 씨 마음은 이해하는데, 옆에 장 선생님도 있고 해서…."

"하, 장 선생! 장 선생 그 사람이 무슨 상관이에요? 그 사람이 한 마디 하면 그것으로 문학사가 돼 버리는 거예요? 김순우 씨도 지난번에는 내 소설 좋다고 했잖아요. 그렇다면 말이에요, 그렇다면 누구 앞에서도 그 소신을 말할 수 있어야 되는 거 아니에요?"

"그 자리가 무슨 주제발표 하는 자리는 아니잖아요. 최수경 씨 축하해 주러 모였던 자리고, 그러다보니…."

"그래요, 그래요, 김순우 씨한테 뭐라고 하는 거 아니라니까요. 김순우 씨나 장 선생님한텐 아무 감정 없어요. 최수경 걔, 잘 나가면 그렇게 아무 말이나 막 해도 되는 거예요? 내 소설이 여고생들이나 읽는 거면, 그래 지 소설은? 걔 소설은 남자들 자위행위나 돕는 소설 아니에요? 전복적 상상력? 초월적 성의 미학? 하, 기껏해야 남성 편력 고백수기지 거창하게 전복은 무슨, 전복죽이나 먹으라 그래요."

"하하, 하유정 씨도 참…."

취기 때문인지 그녀의 목소리는 평상시와 많이 달랐다. 끈적하고 날카로운 목소리가 매우 위태로워 보였다. 한수는 어서 빨리 남자가 가 주기만을 기다렸는데, 다행히 남자는 "그럼, 다음에…." 어쩌고 하면서 몇 마디 하더니 먼저 위쪽으로 올라갔다.

남자가 사라지자 그녀가 한수에게로 다가왔다.

"빨리 택시 잡자, 피곤해."

한수는 다시 도로 쪽으로 붙어 부지런히 택시를 불렀다. 얼마 후에 빈 택시를 잡을 수 있었다. 그녀는 택시에 앉자마자 고개를 젖히면서 눈을 감았다. 그녀는 정말 많이 피곤하고 지쳐 보였다. 한수는 잠시 생각했다. 그녀는 왜 나를 불렀을까….

여관에 도착해서도 그녀는 방에 들어서자마자 옷을 입은 채로 침대에 쓰러지듯 누웠다. 한수는 코트만이라도 벗겨야 할 듯싶어 침대로 올라갔다. 한수는 그녀를 서너 번이나 좌우로 굴려가면서 겨우 코트를 벗길 수 있었다. 한수는 코트를 옷장에 걸어놓고 냉장고가 있는 쪽 벽에 기대앉았다. 그녀는 곧 깊은 잠에 빠졌다.

그녀가 눈을 뜬 것은 아침 일곱 시경이었다. 겨울이라 밖은 아직도 어둑했다. 그때까지 한수는 벽에 기대어 졸다 깨다 하고 있었다. 그녀가 물을 갖다 달라고 했다. 한수는 냉장고에서 찬물을 꺼내 그녀의 입에 대주었다. 물을 마시고 조금 정신을 차린 그녀가 방을 둘러보았다.

"어디야? 인사동이야?"

"아니요, 제가 묵었던 곳이에요."

"으응…."

그녀는 고개를 끄덕거리고 나서 옷을 벗기 시작했다. 한수는 그녀의 옷을 받아 옷장에 걸었다. 속옷만 입고 다시 누운 그녀가 한수를 불렀다.

"이리 와."

한수는 겉옷을 벗고 침대 속으로 들어갔다. 그녀가 한수를 끌어당겼다. 그녀에게서 술 냄새가 물씬 풍겼다. 그녀가 말했다.

"애무해 줘."

한수는 그녀의 몸을 부드럽게 쓰다듬었다. 그녀가 가늘게 신음소리를 냈다. 하지만 그녀의 신음소리는 예전처럼 점점 높아지지는 않았다. 마치 잠투정하듯, 으음 으음 하면서 조금씩 잦아들더니 얼마 후에는 아무 소리도 들리지 않았다. 슬쩍 고개를 들어보니 잠이 든 것 같았다. 한수는 애무를 그쳤다. 그러자 그녀의 눈이 떠졌다. 그녀가 말했다.

"아무래도 좀더 자야겠다. 나 한 시간 후에 깨워줄래?"

그녀는 바로 눈을 감았다. 한수도 자세를 똑바로 하고 누웠다. 눈을 감자 졸음이 밀려왔다. 잠들면 안 되는데 하는 생각을 하다가 한수는 스르르 잠이 들어버렸다. 얼마 후에 번쩍 눈이 떠져 급하게 시계를 보니 여덟 시가 조금 지나 있었다. 밖에도 이제는 희부옇게 아침이 열리고 있었다. 한수는 얼른 그녀를 깨웠다.

"몇 시야?"

눈을 감은 채 그녀가 물었다.

"여덟 시 오 분이요."

"음… 눈이 안 떠져. 한 시간만 더 잘래."

그녀는 하품을 하며 옆으로 돌아누웠다. 한수는 조심스럽게 몸을 일으켜 침대를 빠져나왔다. 다시 잠들면 못 일어날 것 같았다. 한수는 욕실로 가 샤워를 하고 옷을 갈아입었다.

의자에 앉아 담배를 피우고 있을 때 그녀의 핸드폰이 울렸다. 한수는 그녀가 핸드폰 소리에 깰까 봐 얼른 핸드폰을 자기 옷 속에 집어넣고 옷으로 둘둘 말았다. 벨소리는 잠시 후에 그쳤다. 그러나 조금 있으니까 누가 메시지를 남겨 놓았는지 핸드폰이 규칙적으로 띠익 띠익 소리를 내기 시작했다. 이삼 분 간격으로 소리나는 것 같았다. 우두커니 생각에 잠겨 있던 한수는 그 소리가 들릴 때마다 깜짝깜짝 놀랐다.

이 새벽녘에 그녀를 계속 호출하고 있는 사람이 누굴까, 한수는 잠깐 생각해 보았다. 그녀의 남편에게 생각이 미치자 한수는 마음이 조금 우울했다. 그는 조금 망설이다가 핸드폰을 꺼 버렸다.

한수는 아홉 시 정각에 그녀를 깨웠다. 그녀는 눈을 비비며 시간을 묻더니 금방 일어나겠다고 했다. 그녀가 몸을 일으킨 것은 아홉 시 반이었다. 한수는 그녀에게 찬물을 갖다주었다. 물을 마시고 나서 그녀는 담배를 물면서 욕실로 들어갔다. 삼십 분 후에 그녀는 완전히 다른 사람이 되어 나왔다. 우아하고 기품 있는, 눈가에는 자상한 미소가 서려 있는, 한수가 가게에서 처음 보았을 때의 매우 특별한 그녀.

"저기, 핸드폰에 녹음이 들어 왔나봐요. 삐삐 하는 소리가 계속 나길래 잠 깨실까봐 꺼놨거든요."

한수는 욕실에서 나온 그녀에게 핸드폰을 건네주었다. 그녀는 거울 앞에 앉아 메시지를 확인했다. 남자인 듯싶은 목소리가 한수의 귀에까지 희미하게 들렸으니 남편의 목소리인지 다른 사람 목소리인지는 구별되지 않았다.

그녀가 화장을 마친 후 두 사람은 비로소 한가하게 마주앉았다. 그녀가 한수에게 다가와 손을 잡아주었다.

"미안해, 이 실장하고 함께 있고 싶었는데 갑자기 다른 일들이 몰려 버렸어. 내 일이 그래. 작가라고 글만 쓰면 되는 게 아니야. 문단이라는 동네도 얼마나 복잡한 인간 관계가 많은지 몰라. 내가 그래서 이 실장을 더 좋아하는 거야. 이 실장은 나한테 아무 계산도 안 하니까. 아무튼 정말 미안해. 이렇게 서울까지 달려와 줬는데 같이 있지 못해서 나도 너무 속상해."

"바로 내려갈 걸 공연히 저 때문에 신경 쓰게 했네요."

"무슨 소리야, 내가 부탁해서 올라온 건데. 자, 우리 나가서 맛있는 거 먹자. 나 기다리느라 밥도 제대로 못 먹었지?"

그녀는 여관에서 나와 택시를 잡고는 한수를 어느 큰 한옥집으로 데리고 갔다. 마당에서부터 은은한 기품이 느껴지는 꽤 비싼 한정식집이었다. 예상대로 음식은 훌륭했지만 한수는 별로 식욕이 일지 않았다. 막상 그녀와 단둘이 조용한 시간을 갖게 되자 긴장이 풀리면서 피로가 한꺼번에 몰려 왔고, 가게 일도 많이 걱정되었다. 그녀도 속이 안 좋다면서 국물말고는 거의 손을 대지 않았다. 한수에게만 자꾸 권해 그는 억지로 이것저것 집어먹긴 했지만 음식은 반 이상이 그대로 남았다.

"이 실장이라도 맛있게 먹었어야 되는데…."

문을 나서며 그녀가 아깝다는 표정을 지었다. 한수는 공연히 미안했다.

"어떡하지?"

대문 앞에서 그녀가 말했다

"지금 바로 또 어딜 가야 돼서 말이야."

"괜찮아요. 저도 이제 내려가 봐야지요. 어서 가세요."

그녀는 다시 한 번 한수의 손을 꼭 잡아주고는 먼저 택시를 타고 떠났다. 택시 안에서 그녀가 또 손을 흔들었던가. 하오의 부신 햇빛이 강물처럼 일렁이는 택시 뒷창, 빠른 광고화면처럼 어른거리는 주변 풍경에 가려 그녀의 모습은 수초처럼 희미하게 흔들렸다. 한수는 한참 동안 우두커니 서 있었다. 어떻게 가게로 돌아가야 할지 알 수 없었다. 이윽고, 손을 들지도 않았는데 택시 한 대가 그의 앞에 멈췄고, 한수는 허둥거리며 택시 뒷좌석에 올라탔다.

한수가 가게에 도착한 것은 오후 네 시였다. 한수는 문 앞에서 한참 서성거렸다. 손님이 왔는지 주방 조리대에는 홍 여사가 나와 있고 명희가 쟁반을 들고 별실로 들어가는 게 보였다. 한수는 바다를 보면서 담배를 두 개피 연달아 피우고 나서 가게로 들어갔다.

"대관절 어쩐 일이랴, 그런 사람이 그리야 걱정을 안 허지. 이 얼굴 즘 봐, 대체 무슨 일인겨?"

주방 식탁 의자에 앉아 반찬을 담고 있던 이씨 아주머니가 놀란 얼굴로 돌아보았다. 한수는 어색한 미소를 흘리며 홍 여사에게 눈을 돌렸다. 홍 여사는 한수를 돌아다보지도 않고 싸늘하게 굳은 얼굴로 하던 일만 계속했다.
"죄송합니다."
한수는 홍 여사 옆으로 다가가 고개를 숙였다.
"그렇게 말하고 끝낼 일이 아니네, 믿는 도끼에 발등 찍힌다더니 원, 이따가 보세."
홍 여사는 앞치마를 벗어 조리대 위에 휙 던져 놓고는 주방을 나갔다. 한수는 잠깐 멀거니 서 있다가 앞치마를 두르고 홍 여사가 하던 일을 계속했다. 잠시 후에 별실에서 나온 명희가 한수를 보고는 반가운 표정으로 다가왔다.
"오빠 왔어요?"
"응, 미안하다."
가까이에서 한수를 본 명희의 얼굴이 근심스러운 낯빛으로 변했다.
"오빠 얼굴이 왜 그래, 너무 피곤해 보여요. 이것만 하고 방에 들어가서 좀 쉬어요."
"괜찮아."
그때 홀에서 홍 여사의 날카로운 목소리가 날아왔다.
"명희 너 뭐하니? 이거 얼른 손님한테 갖다 줘."
명희는 네에, 하고 대답하고도 한수 곁을 떠나지 않았다.
"얼른 가 봐. 나는 괜찮아."
한수는 명희가 자기를 걱정하는 모습이 미안하면서도 부담스러웠다.

얼마 후 조금 한가해졌을 때 홍 여사가 별실에서 한수를 불렀다. 한수가 들어가자 홍 여사는 한동안 묵묵히 벽 쪽으로 시선을 주고 있다가 크게 기침을 한번 하고는 입을 열었다.

"내 무슨 일인가는 묻지 않겠네. 하지만 계속 이런 식이면 자네를 믿고 장사 할 수 없어. 어제오늘만이 아니잖아. 요즘 계속 공중에 붕 뜬 사람처럼 해 갖고서는 가게 일에 소홀했던 거, 누구보다 자네 자신이 잘 알지? 자네는 그냥 주방장이 아니야. 이 가게 전체를 책임지는 사람 아닌가 말이야. 대체 왜 그러는 거야? 아니 그래, 묻지 않겠다고 했으니 내 더 이상은 말 안 하겠어. 앞으로 두고 봄세."

"죄송합니다."

다른 할 말이 없었다. 한수는 고개를 푹 숙인 채 가만히 앉아 있었다.

길게 한숨을 쉬고 난 홍 여사가 던지듯 짧게 말했다.

"나가 보게."

한수가 밖으로 나오니 명희가 손을 비비며 초조한 얼굴로 기다리고 있었다.

"오빠, 내가 저녁 맛있게 해 놨어요, 추운데 어서 가요."

명희가 웃으면서 다가와 그의 팔짱을 끼었다. 한수는 잠시 그런 명희를 찬찬히 바라보았다. 명희가 수줍은 듯이 고개를 숙였다.

"이모는 괜히 그래, 사람이 뭐 실수도 할 수 있는 거지. 나한테는 기차역처럼 기다리라고 해 놓구서는…."

명희가 혼잣말처럼 중얼거렸다.

아홉 시가 되자 손님의 발길이 뚝 끊겼다. 한수는 방파제로 나가 한참 동안 앉아 있었다. 차가운 바닷바람에 발이 시릴 정도로 추웠지만 가슴에서는 열이 올라왔다. 발아래 철썩거리는 파도소리는, 평소에는 늘 한 치 두 치 몸 가까이 접근해 오고 있다는 느낌을 주었으나 이날은 갈수록 멀어지는 듯하면서 몸마저 허공에 혼자 떠 있는 듯한 느낌을 주었다.

  한수는 열 시 조금 못 미쳐 사람들을 퇴근시켰다. 그리고는 가게 문을 닫고 상구 형을 만나러 갔지만 마침 상구 형도 집에 없었다. 아침에 서울에 올라갔다고 주인집 아들이 말해주었다. 돌아오는 길에 한수는 다시 방파제로 가 발이 얼얼할 때까지 서 있었다.

22

 수요일 오후, 그녀에게서 전화가 왔다. 지금 고속도로라고 했다. 한수는 눈이 많이 내리니까 운전 조심하라고 말했다.
 "체인 달았으니까 걱정하지 마, 작업실은 따뜻하지?"
 한수는 불을 때 놓겠다고 했다. 마침 아침부터 손님이 없어서 한수는 명희에게 잠시 자리를 비우겠다고 말하고는 오토바이에 올라탔다. 온 마을이 눈으로 하얗게 덮여 있었다. 단순하면서 장대한 그 흰 눈밭에 한수는 며칠 동안 답답했던 마음이 개운히 씻겨 내리는 느낌이었다. 물론 그녀가 내려온다는 것이 무엇보다 설렜다. 오토바이를 타고 가는 중에 한수는 몇 번이나 넘어질 뻔했다. 그는 평소보다 시간이 많이 걸려 작업실에 도착했다.
 작업실에 도착한 한수는 우선 장작불부터 지피고는 빗자루를 빌리러 밖으로 나갔다. 그녀가 처음 오는 날이니 집 주변을 말끔히 쓸어 놓을 생각이었다. 작업실에서 가까운 이웃집 몇 군데에 찾아갔지만 집이 모두 비어 있었다. 한수는 바위섬 방향으로 조금 더 올라가다가 어느 집 마당 앞에서 한 남자를 발견했다. 그 남자는 어딘지 마을 사람 같아 보이지가 않았다. 도회지 사람처럼 하얀 얼굴에 잘 기른 턱수염을 하고 있었고, 입고 있는 옷은 헐렁하면서 깔끔한 개량한복이었다. 그러고 보니 집 모양도 주변의 여느 집과 많이 달랐다. 집의 골격은 보통의 기와집인데 목장 울타리처럼 통나무로 담을 세웠고 마당 한쪽에는 작은 화단까지 조성돼 있었다.

"빗자루 좀 빌릴 수 있나요? 저는 요 옆에 새로 이사온 사람이거든요."

"아, 그러세요? 잠깐만 기다리세요."

남자의 태도가 매우 친절했다. 남자는 곧 길다란 싸리비 하나를 들고 왔다.

"혹시 얼마 전에 집수리 하던 집인가요?"

남자가 눈으로 작업실 쪽을 가리켰다.

"예, 보셨어요?"

"집이 아담하더군요. 반갑습니다."

"아, 예…"

남자는 어쩐지 혼자 사는 사람 같아 보였다. 한수는 고맙다고 인사하고는 바로 돌아섰다.

작업실로 돌아와서는 마당과 집 주변, 올라오는 길 입구까지 모두 쓸었다. 비질을 끝내고 방바닥에 손을 대보니 조금씩 열기가 올라오고 있었다. 한수는 방마다 걸레질을 하고 나서 그녀의 방에는 열이 식지 않도록 요를 깔아두었다.

빗자루를 돌려주러 갔더니 남자는 마당에서 눈사람을 만들고 있었다. 눈 치울 생각은 전혀 없어 보였다. 그러고 보니 남자의 집은 본채에서 대문까지 통로를 내듯 좁은 폭 한 줄만 눈이 쓸려 있을 뿐 다른 공간은 손 한 번 대지 않은 그대로였다.

얼마 후 남자가 이쪽으로 고개를 돌렸다.

"언제 오셨어요? 빗자루 그냥 거기 놓고 가세요."

남자가 환히 웃었다.

"잘 썼습니다."

"네, 언제든 필요한 것 있으면 오세요. 이제 이웃이잖아요."

한수가 작업실로 돌아와 장작을 더 집어넣고 있을 때 차 올라오는 소리가 들렸다. 나가 보니 그녀의 차였다.

"와, 정말 아름답다."

그녀는 차에서 내리자마자 주변을 둘러보면서 환성을 질렀다. 그 한 마디로 한수의 마음도 한순간에 눈처럼 하얘지는 것 같았다.

"오늘 보니까 더 멋지다. 이 실장, 여기 참 잘 얻었어."

"기뻐하시니까 저도 좋아요. 짐 많지요?"

한수는 그녀의 차 트렁크를 열고 짐을 꺼내 날랐다. 짐의 종류와 양은 처음에 가게에 왔을 때와 크게 다르지 않았다. 전에 못 보았던 물건은 프린터 하나뿐이었다. 한수가 짐을 나르는 동안 그녀는 서너 번 눈을 뭉쳐 그의 등과 얼굴에 던졌다. 그러면서 어린아이처럼 까르르 웃었다. 그녀가 자신에게 그런 소박한 장난을 치는 것이 한수는 기분 좋았다.

짐을 다 나르고 한수가 방에 들어가자 아랫목에 앉아 있던 그녀가 옷걸이가 없구나, 하고 말했다. 한수는 미처 옷걸이 생각을 못 한 것이 미안했다.

"이따 들어올 때 사올게요."

그녀는 이불 속에 손을 넣어보더니 신음처럼 아! 하며 감탄의 표정을 지었다.

"따뜻하지요?"

"이런 건 그냥 따뜻하다고 하면 안 되지. 추억의 촉감… 그러니까, 바로 이 맛이야!"

그녀는 매우 신난다는 표정으로 방바닥을 두 손으로 다다다 두둘겨댔다. 한수는 그녀가 작은 일에도 감동을 잘한다고 생각했다.

"이제 나머진 내가 정리할게 그만 돌아가. 아직 일할 시간이잖아?"

"식사하셔야지요?"

"오는 길에 휴게소에서 간단하게 먹었어."

"그럼 쉬세요."

인사를 하고 돌아서는데 그녀가 한수의 등에 대고 말했다.

"일찍 올 거지?"

한수는 순간적으로 가슴이 시큰했다. 꼭 신혼여행에서 돌아와 처음으로 출근하는 신랑이 된 기분이었다. 한수는 돌아서서 머리를 긁적이며 대답했다.

"예, 일찍 올게요."

23

 자그락 자그락. 마루 건너 큰방에서 들려오는 자판 두드리는 소리가 한수에게는 꼭 그렇게 들렸다. 절구에 콩을 쏟아붓는 소리 같기도 하고, 자갈 사이로 얕은 개울물이 흐르는 소리 같기도 했다. 한수는 늘 그 소리를 들으며 잠이 들었다. 그녀가 몇 시에 잠드는지는 알 수 없었다. 한수가 잠에서 깨면 그녀는 깊은 잠에 빠져 있었다.
 한수는 출근하기 전 아궁이에 불을 한 번 더 지펴놓은 다음에 그녀의 식사를 준비하곤 했다. 그런 다음 곤하게 자고 있는 그녀의 방에 밥상을 들여놓고는 집을 나섰다. 가끔 그녀는 한수가 퇴근해 들어올 때까지 잠들어 있는 적도 있었다. 낮에 깨어 일하다가 다시 잠들었는지 어떤지는 밥상을 보면 알 수 있었다. 어느 때는 비어 있고 어느 때는 아침에 차려놓은 그대로였다.
 그녀가 내려온 이후로 한수는 가게 일이 끝나는 대로 곧장 집으로 달려왔다. 상구 형이 술 마시자고 하면 적당히 둘러댔고, 가게 회식

자리는 일부러 만들지 않았다. 집에 오면 한수는 장작불을 때거나 방에 혼자 누워 천장을 올려다보면서 달그락거리는 자판 소리를 들었다. 가끔 그녀의 핸드폰이 울렸고, 그러면 자판 소리 대신 그녀의 싱그러운 웃음소리가 건너왔다. 잠이 쏟아지려고 할 때쯤 한수는 그녀의 방으로 가 조심스럽게 노크하고는 필요한 거 없느냐고 물었고, 없다고 하면 자기 방으로 돌아와 잠이 들었다. 그때마다 그녀의 얼굴이 보고 싶었다. 하지만 그녀의 작업이 힘들다는 것을 알고 있었으므로 문을 열지 않고 대답만 하는 그녀를 한수는 이해했다.

그녀가 내려온 지 열흘쯤 되던 날 밤 그녀가 모처럼 한수를 자기 방으로 불렀다.

"지난번에 컴퓨터 배워주겠다고 했지? 퇴근해서 무료하게 있는 것보다 그거라도 하는 게 낫겠다."

그녀가 다정하게 권했다. 한수는 당장 컴퓨터를 배우고 싶은 마음은 없었지만 그녀 말대로 하는 게 좋겠다고 생각했다. 한수는 바로 다음 날 컴퓨터를 주문했다. 월급날이 아직 멀었으므로 컴퓨터를 사기 위해 적금을 해약해야만 했다. 가불을 할 수도 있었지만 홍 여사가 근래 그를 보는 눈이 차가워져 있어 내키지가 않았다.

한수는 그녀가 시키는 대로 우선 자판에 손가락 집는 연습부터 시작했다. 타이핑을 도와주는 프로그램도 있어 그건 별로 어렵지는 않았으나 기대했던 만큼의 재미는 없었다. 그래도 다른 할 일이 없었으므로 한수는 매일 밤 자판 연습을 했다. 그녀를 실망시키고 싶지 않았다.

그 며칠 후였다. 한수가 퇴근해서 돌아오니 그녀가 보이지 않았다. 차가 마당에 있는 것으로 보아 근처에 산책을 나간 듯했다. 한수는 가게에서 가져온 생선초밥을 마루에 내려놓고 밖으로 나갔다. 바다 가까이까지 가 보았지만 그녀를 찾을 수 없었다. 그런데 집으로 돌아오다가 지난번에 빗자루를 빌렸던 남자의 집 앞을 지나면서 무심코 안을 들여다보았더니 그 집 마루 밑에 그녀의 검정 구두가 놓여져 있는 게 보였다. 한수는 소리나지 않게 마당 안으로 몇 발짝 들어갔다. 방문 창호지에 그녀와 남자가 마주앉아 있는 모습이 비쳤다. 술을 마시고 있는 것 같았다. 말은 알아들을 수 없었지만 두런두런 이야기 나누는 소리가 들렸고, 간간이 그녀의 웃음소리가 새어나왔다.

한수는 들어설 때처럼 발소리를 죽여 마당을 빠져나왔다. 집으로 돌아와 그녀를 기다리며 자판 연습을 했는데 다른 때보다 더 재미가 없었다. 그녀는 한수가 잠들 때까지 돌아오지 않았다.

다음 날 퇴근해 보니 남자가 그녀의 작업실에 와 있었다. 그녀가 한수를 불러 남자에게 소개했다.

"어제 말씀드렸던 사람이에요. 여기서 출퇴근하면서 제 작업실을 관리해 주고 있어요. 이 실장 인사해. 이 분은 김 선생님이라고 서양화가이셔."

한수가 인사하자 김 선생이라는 남자는 미소를 지으며 손을 내밀었다.

"우리 초면이 아니지요? 이렇게 정식으로 인사 나누게 되어 반갑습니다."

"아, 두 분이 벌써 만나셨어요?"

그녀가 두 사람을 번갈아 바라보았다. 김 선생이 고개를 끄덕이며 대답했다.

"지난번에 빗자루를 빌리러 오셨더라구요. 하 작가님 말씀대로 아주 좋으신 분 같네요."

그 날 이후로 김 선생은 밤에 가끔 그녀의 작업실을 찾아왔다. 그녀도 김 선생이 오면 작업을 그치고 반갑게 맞아주고는 했다. 옆에서 들어보니 두 사람은 한수가 가게에서 일하는 낮에도 종종 서로 오가며 밥도 같이 먹고는 하는 것 같았다.

하루는 그녀가 가게로 전화를 해서 퇴근길에 김 선생 집으로 회를 갖다달라고 했다. 오는 길에 담배도 몇 갑 사다 달라고 부탁했다. 한수가 회를 가지고 도착했을 때 두 사람은 이미 김치찌개를 안주로 해서 소주를 두 병째 마시고 있었다.

"자, 이제부터 본격적으로 파티 시작입니다."

준비해 온 회를 꺼내자 그녀가 들뜬 목소리로 말했다. 그리고는 한수가 가지고 온 새 담배를 뜯어 입에 물었다.

"허허, 좋지요. 이 실장님도 술 잘 하시죠?"

김 선생도 너볏하니 웃으며 한수에게 술잔을 건넸다. 한수는 잔을 받아 주욱 깊게 들이켰다. 가게에서 그녀의 전화를 받을 때부터 술 생각이 났었다.

"하 작가님, 아까 그 얘기 마저 하시지요."

술이 한 잔씩 돌아가고 난 후에 김 선생이 그녀에게 말했다.

"그럴까요? 사실 핵심이야 아까 거의 다 얘기한 셈인데, 아무튼 제 결론은 이젠 더 이상 위대한 소설은 나올 수 없다는 거예요. 위대한 시대가 지나갔으니까요."

"위대한 시대가 지나갔다…."

"십구 세기에 이미 인간 탐구의 정신은 절정에 올랐고, 인간의 본질에 대한 모든 사유는 그때 다 이루어졌지요. 결국 그 시기 이후로는 어떤 이야기도 구태의연한 반복이 될 수밖에 없다는 거지요. 저는 십구 세기가 그리워요."

그녀는 말을 마치고 나서 김 선생의 잔에 술을 따라주었다. 두 손으로 매우 정중하게 잔을 받으면서 김 선생이 말했다.

"앞으로의 문학에 대해 매우 비관적이시군요?"

김 선생의 목소리는 한수에게 느릿느릿 말하던 때와는 달리 매우 저돌적이었다. 하지만 그 짐짓 공격적인 말투에조차 상대가 충분히 느낄 만한 적극적인 호의와 관심이 물씬 배어 있었다. 그녀가 대답하고 있었다.

"그렇다고 꼭 비관적인 건 아니에요. 현대는 현대의 소설이 있겠지요. 이를테면 현대에는 악마적 상상력 같은 게 필요하다고 생각해요. 기존의 윤리의식이나 이성을 훌쩍 뛰어넘는 그야말로 이십일 세기적인 분방한 상상력이요."

"그건 동의합니다."

"하다 못해 소설이나 드라마에서 한동안 유행처럼 많이 다룬 불륜 문제만 해도 그래요. 단순히 외도다 바람이다 이런 차원말고, 그걸 자유로운 사고로 들여다보기 시작하면 우리 모두에게 잠재돼 있는 아주 근원적이면서 순수한 욕망을 찾을 수 있거든요. 존재론적인 초극이라고도 할 만한 어떤 극적인 에로티즘 같은 것 말이에요. 불륜은 아름답다! 당당히 그렇게 말할 수 있을 때, 어쩌면 그 말 자체가 하나의 출구가 되어 우리를 무한한 자유로움 앞에 서게 만들 수도 있지요. 그렇지 않겠어요?"

그녀의 목소리는 그 어느 때보다 진지했다. 김 선생은 공감한다는 듯 서너 차례 고개를 끄덕였다. 두 사람은 회에는 별로 손을 대지 않고 있었다. 가게에서 여기까지 이동한 시간도 있고 해서 한수는 회의 최고 신선도가 사라지기 전에 두 사람에게 회를 좀 권하고 싶었다. 그러나 대화가 너무 진지해 말을 건넬 틈이 없었다.

담배를 꺼내 물며 김 선생이 그녀의 말을 받았다.

"역시 하 작가님은 사고가 열린 분이에요. 악마적 상상력이 필요하다는 말에 전적으로 공감합니다. 예술가의 정신이란 역시 기존의 통념이나 가치관을 부정하는 데에서부터 시작되는 거지요. 그런 점에서 하 작가님은 누구보다 자유로운 예술혼을 지니고 있다고 생각합니다."

"그렇게까지 과찬하시면 쑥스럽지요."

그녀가 겸손한 표정으로 수줍게 웃었다. 김 선생은 잠시 말을 끊고 소줏잔을 입에 대었다. 김 선생의 잔이 비자마자 그녀가 술을 따라주었다. 한수의 잔은 벌써 비어 있었다. 한수는 술을 마시고 싶었지만 자기가 직접 술병을 들게 되면 무언가 어색해질 것 같아 참고 있었다.

김 선생이 다시 말을 시작했다.

"십구 세기를 말씀하셨는데, 그림 쪽이야말로 십구 세기 말에 새로운 표현은 다 끝났다는 생각이 들어요. 뭐랄까, 표현이라기보단 표현 방식의 발견이란 말이 더 정확하겠는데, 이제 더 이상 새로운 표현 방식을 발견하기 어렵다는 것이지요. 예를 들어 인상파는 순간적인 인상 속에 드러나는 색채의 미묘한 변화를 발견했지요. 인상파의 그림이 처음 등장했을 때 사람들은 그것이 실제의 모습과 다르다고 생각했어요. 하지만 그것이야말로 실제였지요. 그들은 사물을 둘러싸고 있는, 아니 한 사물의 형상을 그 형상으로 보이게 만드는 빛과 대기의 역할을 알아챘어요. 회화에 있어 인상주의는 진정한 빛을 처음 발견했다고도 할 수 있지요. 그런 발견 말입니다. 이제 더 이상은 그런 식의 신선한 발견이 없을 것 같아요. 이제 미술에 남은 건 위악적인 포즈뿐이지요."

김 선생이 술잔을 비웠고, 그녀는 이번에도 바로 김 선생의 술잔을 채워주었다. 김 선생은 공손하게 잔을 받은 다음 그녀의 빈잔에 술을 따랐다. 그녀가 반 모금 정도 마시고 회 한 점을 집었다. 그러자 김 선생도 모처럼 회를 입에 넣었다. 한수도 두 사람을 따라 회 한 점을 집어먹었다.

"팝아트 같은 새로운 표현이 계속 나오지 않았나요?"

그녀가 김 선생과 잔을 부딪치면서 말했다. 한수는 문득 그녀가 김 선생과 첫잔을 건배할 때 무슨 말을 했을까 궁금했다. 김 선생이 갑자기 고개를 세차게 흔들었다.

"아닙니다, 아니에요, 그런 것들은 진정한 미술이 아니라고 저는 생각합니다. 아니, 미술이 아니라는 말까진 좀 그렇지만, 적어도 제가 말한 표현의 발견에 속하는 것들은 아니지요. 원근법의 발견부터 시작해서 입체파의 기하학적 시선의 발견까지, 미술은 표현 방식의 새로운 발견을 통해서 세계를 새롭게 이해하는 법을 배워왔어요. 그런데 그것들은…."

한수는 두 사람이 눈치채지 않게 소주병을 들어 자기 잔에 술을 따랐다. 두 사람이 그런 자기를 볼까봐 한수는 공연히 긴장되었다. 꼭 훔쳐 마시는 기분이었다.

"제가 아까 위악적인 포즈라고 했던 게 그겁니다. 감성의 본질은

섬세함 아니겠습니까? 그런데 이 현란한 자극들 속에 과연 무엇이…"

김 선생은 계속 목소리가 높아지고 있었다. 목소리가 높아질수록 그의 말을 들어주는 그녀의 표정에는 부드러운 미소가 감돌았다.

세 번째의 술병이 바닥을 보였다. 김 선생이 그녀의 잔에 술을 따르려다가 "이런, 비었네요" 하면서 술병을 내려놓았다. 한수는 옆에 있는 새 술병을 따 김 선생에게 건넸다. 두 사람의 눈길이 모처럼 그에게 건너왔다. 그는 두 사람이 대화를 다시 시작하기 전에 얼른 그녀에게 말했다.

"저는 이만 일어날게요."

그녀가 김 선생으로부터 잔을 받으면서 한수를 보았다. 그녀는 잠시 생각하는 듯하다가 고개를 끄덕였다.

"그래, 내일 일하려면 피곤하겠다."

김 선생도 한수를 보며 섭섭하다는 표정을 지었다.

"아이구, 제가 생각이 짧아서 미처 생각하지 못했네요. 싱싱한 회를 갖다 주셔서 정말 감사합니다. 어서 가서 주무세요."

집에 돌아온 한수는 어두운 방 안에 잠시 멀뚱히 앉아 있었다. 술을 마시고 싶었지만 갑자기 피로가 몰려왔다. 한수는 바로 이불을 덮고 누웠다. 그녀를 기다리지도 않고 먼저 자는 게 마음에 걸렸지만 금방 돌아오지 않을 것 같다는 생각이 들었다. 눕고 나니 배가 조금 고팠다. 라면을 하나 끓여 먹고 싶었지만 움직이기가 귀찮았다. 한수는 일어나 담배만 한 대 피우고 다시 누웠다.

눈을 감고 있는데 불현듯 그녀 방에 장작을 때지 않았다는 게 기억났다. 아직은 구들에 온기가 남아 있지만 새벽녘에는 추워질 게 분명했다. 한수는 옷을 걸쳐 입고 부엌으로 나갔다. 불이 지펴져 아궁이 앞이 따뜻해지자 졸음이 몰려왔다. 장작에 불이 충분히 붙기를 기다리는 동안 쪼그려 앉은 채 까닥까닥 조금 졸았다. 그 짧은 졸음 동안에도 무슨 꿈을 꾸었다. 꿈을 꾸었던 것 같다는 느낌뿐, 눈을 뜨자 아무 것도 기억나지 않았다.

24

그녀가 돌아온 것은 이튿날 아침 한수가 부엌에서 식사를 준비하고 있을 때였다. 그녀는 몹시 피곤한 모습이었지만 밤새 술을 마신 건 아닌지 지난밤처럼 많이 취해 있지는 않았다.
"벌써 일어났구나. 우리 이 실장은 역시 부지런해."
그녀가 부엌으로 들어와 한수의 어깨를 툭 쳤다.
"속 쓰리지요? 시원한 국 끓여놨어요."
"밥 생각은 없고…."
그녀는 선 채로 국물 몇 모금을 떠 마셨다. 한수가 상을 차리겠다고 하자 그녀는 한숨 자고 나서 먹겠다고 하곤 바로 돌아서 방으로 들어갔다. 모처럼 아침밥을 같이 먹겠다고 생각했었기에 한수는 조금 아쉬웠다. 혼자 먹는 식사였으므로 한수는 상을 차리지 않고 부엌에 앉아 대충 아침을 때웠다.
그리고 나서 출근하려고 방에 들어가 옷을 갈아입고 나왔을 때였다. 마루에 앉아 신발을 꿰고 있던 한수는 풍선에서 바람 빠지듯 갑자기 온몸에서 힘이 빠지는 걸 느꼈다. 몸이라기보다 그것은 마음의 진공이었다. 하루종일 주방에서 생선을 만져야 할 일이 아득하게 여겨지는 것이었다. 그런 적이 한 번도 없었기에 한수는 스스로도 이상했다. 어쨌거나 손가락 하나 까딱하고 싶은 기분이 아니어서 한수는 맥을 놓고 삼십 분 정도 가만 앉아 있었다. 그 삼십 분 동안 머릿속에서는 끊임없이 빨리 일어나라는 소리가 들렸다. 그러나 한수의 몸은 마룻바닥에 딱 붙어 조금도 움직여지지 않았다.

　한수는 가게로 전화를 걸어 몸이 아파 하루 쉬어야겠다고 말했다. 전화를 받은 건 이씨 아주머니였는데, "사모님이 화내실 틴디…." 하면서 걱정스러워했다. 아침에 느닷없이 못 나가겠다고 하면 화를 낼 것이 당연했다. 전 같으면 한수 걱정부터 했겠지만 지금은 아마 그러지 않을 거라는 생각이 들었다.

　한수는 낚싯대를 챙겨 바다로 나갔다. 바위에 앉아 낚싯대를 드리운 한수는 찌에는 관심도 없이 먼바다만 우두커니 바라보았다. 온갖 생각의 갈피가 끊임없이 그의 머릿속을 들락거렸지만 문득 정신을 차려 지금 무슨 생각을 하고 있었나 되짚어 보면 아무 것도 생각나지 않았다. 한수는 그렇게 두어 시간을 보내다 낚싯대를 거두어 일어났다.

　집으로 돌아온 한수는 먼저 그녀 방의 인기척부터 살폈다. 깊이 잠들어 있는지 방에선 아무 소리도 들리지 않았다. 한수는 자기 방으로 들어가 컴퓨터 앞에 앉았다. 자판 연습을 해보려 했지만 흥이 나지 않아 그는 금방 다시 일어났다. 그리고는 그녀의 방으로 가 살며시 방문을 열어보았다. 그녀는 잠들어 있었다. 이불이 젖혀져

연분홍 슬립을 입고 옆으로 누워 있는 그녀의 몸이 그대로 보였다. 한수는 그녀 옆에 눕고 싶었다. 목마를 때의 꿈, 몇 번이나 되풀이하여 물을 마시러 일어나는 꿈처럼, 한수의 몸은 마치 유체이탈이라도 하듯 문턱을 넘어 그녀 옆에 눕기를 반복하고 있었다. 얼마 후, 한수는 소리나지 않게 방문을 닫고 돌아섰다.

방으로 돌아온 한수는 오슬오슬 몸에서 한기를 느꼈다. 몸살이 시작되려는 것 같다는 생각에 한수는 이불을 덮고 누웠다. 그러다가 깜박 잠이 들었다. 얼마나 잤을까, 그녀의 목소리가 들린 듯해 한수는 얼른 눈을 떴다. 꿈이었나 싶어 눈만 뜬 채 천장을 쳐다보고 있는데 다시 그녀의 목소리가 들렸다. 한수는 얼른 그녀의 방으로 달려갔다. 그녀가 갈증이 난다면서 물을 찾았다. 한수는 부엌으로 가 차게 식힌 숭늉을 갖다주었다. 그녀는 숭늉을 마시고 나서 춥다면서 슬립 위에다 스웨터를 걸쳤다. 한수는 곧 불을 때겠다고 말했다.

"내년에는 보일러로 고쳐야겠어. 이 실장이 없으면 누가 불을 때겠어."

한수가 밖에서 불을 한창 지피고 있을 때 그녀가 외출복을 입고 방에서 나왔다.

"어디 가세요?"

"응, 목욕 좀 하게. 몸에 기운이 없네."

"식사는요?"

"읍에서 사먹고 올게."

한수는 밖으로 나와 그녀의 차가 출발하는 걸 지켜보았다. 한수가 가게에 나가지 않은 것에 대해 그녀는 한 마디도 묻지 않았다.

몸이 불편해 미처 거기까지 관심이 미치지 못한 것이라고 한수는 생각했다.
 불을 다 지피고 나서 한수는 늦은 점심밥을 먹었다. 밥맛이 없어 한수는 몇 숟갈만 뜨고는 방에 들어와 이불을 덮고 누웠다. 그러다가 또 잠이 들었는데, 깨어나 보니 밖은 이미 어둑어둑했다. 한수는 얼른 그녀의 방으로 가 보았다. 그녀는 아직 돌아오지 않은 것 같았다. 한수는 마당에서 조금 서성이다가 옷을 갈아입고 집을 나섰다.
 한수는 상구 형을 찾아갔다. 상구 형은 아주머니들과 함께 홀에서 텔레비전을 보고 있었다.
 "어쩐 일이냐?"
 반가워하는 표정이었으나 목소리에는 약간 퉁명스런 기운이 박혀 있었다. 한수는 상구 형이 왜 그러는지 알고 있었다. 근래 들어 술 마시자는 걸 몇 번이나 거절했고 그녀의 작업실에도 오지 못하게 했기 때문이었다.
 "너희 가게는 어땠냐? 오늘 우리는 완전히 공쳤다."
 한수가 마루턱에 우두커니 앉아 있자 상구 형이 옆으로 다가앉으며 씨익 웃었다. 한수도 조금 웃었다.
 "오늘 안 나가서 모르겠어요."
 "작가님은 잘 계시고?"
 상구 형이 담배 한대를 권하면서 물었다. 한수는 말없이 고개만 끄덕였다.
 "상구 형, 저 술 좀 사주세요."
 "술은 여기도 있잖아?"

"……."

"자식, 알았어. 잠시 기다려. 올라가서 옷 갈아입고 나올게."

상구 형이 올라간 사이에 한수는 그녀의 핸드폰에 전화를 걸었다. 말없이 나온 게 아무래도 마음에 걸렸다.

"어디니? 찾았는데."

그녀가 무척 반가운 목소리로 말했다. 그녀의 다정한 목소리를 듣자 묵직하던 가슴이 금세 풀리는 듯했다.

"죄송해요. 금방 들어갈게요."

그녀는 괜찮다면서 들어올 때 붉은 포도주 한 병만 사 오라고 말했다.

"아마 국산밖에 없을 거야. 수퍼에 가서 마주앙 레드 달라고 해."

상구 형이 옷을 갈아입고 내려왔다. 한수가 머리를 긁적이며 머쓱하니 서 있자 상구 형이 왜? 하는 표정으로 턱을 치켜들었다.

"어떡하지요? 들어가 봐야겠는데."

상구 형은 어처구니없다는 듯 한수를 빤히 바라보다가 피식 웃었다.

"알았다 알았어, 나는 완전히 대타로구나. 빨리 들어가 봐."

"미안해요."

"됐습니다, 이 실장님. 야, 그건 그렇고 나 내일 서울 올라간다. 여자가 스키장에 가자고 성화다. 한 삼일 걸릴 거니까 내려와서 그때나 보자."

"예, 잘 놀다 와요."

한수는 상구 형 가게에서 나오자마자 수퍼로 가 마주앙 레드 두 병을 샀다. 수퍼 주인은 사은품이 있다면서 와인잔 두 개를 주었다. 한수는 가게 공중전화로 그녀에게 다시 전화를 걸었다.

"식사 안 하셨지요? 뭣 좀 사갈까요?"

"밥은 아까 읍에서 했고, 음… 그럼 치즈나 좀 사와. 포도주엔 그거면 되거든."

한수는 수퍼 주인에게 포도주와 어울릴 치즈를 골라달라고 부탁했다. 수퍼 주인은 두부처럼 두툼한 치즈를 내주었다. 한수는 그게 괜찮은 건지 어떤 건지 알 수가 없어 모양이 다른 치즈 몇 개를 더 샀다.

한수는 오토바이를 타고 빠른 속도로 달렸다. 집에 도착하기 전에 그는 김 선생의 집을 한 번 바라보았다. 사람이 없는지 집안이 어두웠다. 한수는 왠지 마음이 편안했다.

그녀의 방에서 자판 두드리는 소리가 들렸다. 그녀가 작업을 하고 있는 것 같아 한수는 방문 앞에서 서성거리다가 우선 부엌으로 들어갔다. 가마솥에 물을 붓고는 장작을 집어넣고 있는데 "왔어?" 하는 그녀의 음성이 들렸다. 잠시 후에 그녀가 스웨터를 걸치고 밖으로 나왔다.

"예, 일하시는 거 같아서 불부터 지폈어요."

"일 안 했어. 왔으면 바로 말하지 않구."

그녀가 가까이 다가와 한수의 볼에 입을 맞추었다. 한수는 읍에서 목욕이나 해둘 걸 하고 후회가 되었다.

"들어가자."

그녀가 한수의 허리를 안으며 말했다. 한수는 와인과 치즈를 챙겨 그녀와 함께 방으로 들어갔다. 생각해 보니 그녀가 깨어 있을 때 그녀의 방에 들어와 보는 게 꽤 오랜만인 듯했다.
 한수가 와인을 내려놓자 그녀는 옷가방 지퍼를 열더니 한참 무언가를 찾았다. 얼마 후에 그녀가 짠, 하는 표정으로 와인따개를 꺼내 들었다. 그녀는 익숙한 솜씨로 와인의 코르크마개를 땄다. 그리고는 컴퓨터에 시디를 집어넣었다. 두 사람은 음악을 들으며 와인잔을 가볍게 부딪쳐 건배했다.
 그녀가 말했다.
 "밖에는 진눈깨비가 내리고, 방에는 좋아하는 음악이 흐르고, 참 좋다."
 한수는 말없이 조금 웃기만 했다. 와인 한 모금을 마시고 나서 그녀가 또 말했다.
 "다른 거 다 놓고 이 실장과 이렇게 살아도 좋을 텐데…."
 한수는 가슴이 저릿해졌다. 그는 용기를 내어 그녀의 손을 살짝 잡았다. 그러자 그녀가 다른 손을 한수의 손 위에 포개고는 가볍게 쓰다듬었다. 한수는 오늘 가게에 안 나가기를 잘했다고 생각했다. 가게에 나갔다면 이렇게 일찍 들어와 그녀와 마주앉아 있을 수는 없을 것이었다.
 "자판 연습은 많이 했어?"
 "조금이요. 아직 안 보고 칠 정도는 안 돼요."
 "금방 늘 거야. 내가 조금 한가해지면 인터넷 공부 시작하자."
 한수의 잔이 비자 그녀가 술을 따라주었다. 그녀는 입술만 적시듯 매우 천천히 마시고 있었다.
 "마주앙은 국산이라도 잘 만들었어. 맛 괜찮지?"
 그녀의 말에 예에, 하고 대답했지만 사실 한수는 와인 맛을 잘 알지 못했다. 시금털털하고 약간 달짝지근한 이도저도 아닌 맛이었다.

"방이 뜨거워진다. 이제 저거 꺼도 되겠어."

그녀의 말에 고개를 돌리니 방 한쪽에 못 보던 전기스토브가 놓여 있었다. 아까 어떻게 저걸 못 보았지 싶을 정도로 전기스토브는 불이 발갛게 달아올라 있었다.

"저한테 시키지 직접 사 오셨어요?"

"윗집 김 선생님이 갖다 주셨어. 어디 나가는 길이라면서 아까 잠깐 들르셨더라구."

그녀는 그렇게 말하면서 김 선생 집이 있는 쪽으로 잠깐 눈길을 돌렸다.

"고마운 분이네요."

"비슷한 일을 하니까 서로의 세계를 이해하는 거지."

한수는 그녀의 말에 예에, 하고 고개를 끄덕였다.

"필요한 것 있으면 저한테 다 말하세요."

"으응, 이젠 다 됐어. 환경이 너무 좋아도 글쓰는 데는 안 좋아."

"작업은 잘 돼 가세요?"

"이 실장하고는 머리 아픈 이야기 하고 싶지 않아. 우리 사이에는 그런 게 필요하지 않잖아. 그치?"

그녀의 말뜻을 정확히 알지는 못했지만 한수는 예, 하고 고개를 끄덕였다. 그녀가 한수의 손을 잡아 자기 볼에 갖다대었다. 볼 살의 부드러운 촉감보다 자기 손바닥의 굳은살이 먼저 의식되어 한수는 조금 민망했다. 한수가 자기 손을 빼려 하자 그녀는 더 세게 꽉 쥐었다. 한수는 쑥스러워 고개를 약간 숙였다.

얼마 후에 그녀의 핸드폰이 울렸다. 전화를 받은 그녀는 한참 동안 묵묵히 듣고만 있더니 "잘 있어요." 하고 딱딱한 목소리로 말했다. 그리고 또 한참 듣고 있다가 두 번째로 말했다.

"번거롭게 그러지 않아도 돼요. 다음 주쯤에 내가 올라갈게요."

깍듯하면서도 차가운 목소리였다. 그녀는 통화를 끝내자마자 담배를 물었다.

"남편이야. 나는 가정이라는 굴레를 싫어하는 데 그는 나와 달라. 다른 여자를 만났으면 좋았을 텐데…. 서로 구속이야."

담배연기를 길게 내뿜은 뒤에 그녀가 무거운 표정으로 말했다. 전에 보았을 때는 매우 단란한 가족으로 느껴졌었기에 한수는 그동안 무슨 문제가 생긴 것인가 싶어 조금 걱정되었다. 하지만 그녀의 표정이 무거워 쉽게 물어볼 수가 없었다. 그녀가 다시 혼잣말로 중얼거렸다.

"정말 자유롭고 싶은데…."

그녀는 음악을 바꿔 틀더니 한참 동안 침묵했다. 그녀가 입을 닫으면 한수는 늘 아무 말도 할 수 없었다. 한수는 그녀가 가만히 있더라도 자기가 먼저 할 수 있는 말이 있으면 좋을 것 같았다. 지금 같은 경우라면 더욱. 그러나 마음이 그럴수록 한수는 더 아무 말도 생각나지 않았다.

얼마 후에 그녀가 한수를 불렀다.

"이리 와."

한수는 그녀 옆으로 다가갔다. 그녀가 두 손으로 한수의 볼을 쓰다듬으며 쓸쓸한 눈빛으로 말했다.

"이 실장은 나를 구속하면 안 돼."

한수는 말없이 고개를 끄덕였다. 그녀가 말한 구속이란 게 어떤 뜻인지 잘은 몰랐지만 그녀의 마음을 아프게 하고 싶지 않았다. 그녀는 정말 힘들어 보였다. 그러나 마음 속에서는 잠깐 이런 생각도 들었다. 그녀가 못 하고 있는 게 무얼까?

한수가 보기에 그녀는 누구보다 자유롭게 하고 싶은 것 다 하며 사는 것 같았다. 자기가 모르는 부분이 있을지 모른다는 생각에 한수는 내 자신은 자유로운가 하고 한 번 생각해 보았다. 하고 싶은 것 다 해본 건 아니지만 적어도 이제까지 한수는 자신이 자유롭지 못하다고 느껴본 적은 없는 것 같았다. 생각해 보면 특별히 무엇을 하지 못해 괴로워한 적도 없었다. 그러나 요즘엔 자기 생활이 자유롭지 못하다는 생각이 가끔 들기는 했다. 이것저것 신경 쓰이고 불편했다. 아마도 상념이 많아져서 그런 것 같다는 생각이 들었다.

그녀의 두 손이 한수의 목을 감싸안았다. 곧이어 그녀의 입술이 그의 입술에 닿았다. 무척 오랜만의 키스였다. 한수는 금세 온몸이 흥분돼 왔다. 하지만 그녀는 많이 피곤한 모양이었다. 한수가 두 팔로 안으려고 하자 그녀는 입술을 떼고는 뒤로 물러나 앉았다.

"일찍 자야겠어. 내일 보자."

한수는 그녀 옆에서 자고 싶었지만 인사를 하고 일어났다. 밖으로 나오자 곧 그녀의 방에 불이 꺼졌다. 한수는 마루에 서서 눈이 내리는 바다를 한참 동안 바라보다가 자기 방으로 들어갔다.

25

 주말이었다. 한수는 일찍 일어나 출근 준비를 했다. 방학 때라 가족손님이 부쩍 늘어나 미리 준비해야 할 것들이 많았다. 한수는 어젯밤에 나간 그녀가 들어왔는지 궁금해 그녀의 방을 살폈다. 방 앞에는 그녀의 신발이 없었다. 요즘 들어 그녀는 낮에도 밤에도 자주 집을 비웠다. 취재할 것들이 많다고 했다. 한수가 준비해놓은 식사는 자주 그대로 있었고, 그녀의 얼굴을 보기가 예전보다 더 어려웠다.
 한수는 간단하게 그녀의 아침상을 차려놓고 옷을 갈아입었다. 서둘러 대문을 나서는데 그녀가 들어오는 게 보였다.
 "벌써 나가?"
 그녀가 조금 놀란 눈빛으로 말했다. 한수는 고개를 끄덕였다. 그녀의 얼굴은 잠이 부족한 듯 부스스하고 피곤해 보였다.
 "다녀올게요."

"그래."

그녀는 고개를 반쯤 숙인 채 느릿느릿 방 앞으로 걸어갔다. 한수는 가만히 서서 그녀의 뒷모습을 바라보았다. 그때 무언가 생각난 듯 그녀가 몸을 돌려 한수 쪽으로 걸어왔다.

"오늘 나 서울 올라갔다가 며칠 있다 올 거야. 그리고 나 때문에 한수가 힘든 거 싫어. 이제 난 괜찮으니까 가게에서 지내도록 해. 명희 씨 생각도 해야지. 말은 안 했지만 명희 씨 때문에 신경이 좀 쓰이더라. 나 때문에 둘 사이가 안 좋아지는 건 아닌가 해서 말이야."

한수는 어떻게 말해야 할지 몰라 멍하니 서 있기만 했다. 그녀가 미소를 지으며 덧붙였다.

"우린 보고 싶을 때면 언제든 볼 수 있잖아."

그녀가 한수의 볼에 가볍게 키스를 했다. 그녀가 바로 돌아설 듯해 한수는 얼른 말했다.

"저는 괜찮아요. 여기에 그냥 있을게요."

"아니야, 생각해 보니 처음부터 그러는 게 아니었어. 내가 생각이 짧았던 것 같아. 나는 이 실장이 행복하길 진심으로 바라고 있어."

그녀는 말을 끝내자마자 돌아서 방으로 걸어갔다. 한수는 그녀의 뒷모습을 바라보며 가만히 중얼거렸다. 저는 지금이 행복해요. 그녀가 방문을 열고 안으로 들어갔다. 한수는 한참 동안 우두커니 서 있다가 돌아섰다.

가게에 와서 일하면서도 한수는 자주 손을 놓고 멍하니 바다만 바라보았다. 한수는 그녀가 왜 그렇게 말하는지 이해가 되지 않았다. 자기가 떠나기를 바라는 것인가 하는 생각도 해보았으나 그녀의 말대로라면 한수 자신을 위한 것이었다. 그렇다면 한수는 그녀 곁에 있고 싶었다. 그런데도 자기가 떠나지 않으면 그녀가 화를 낼 것만 같다는 생각이 들자 한수는 마음이 답답하면서 머리가 무거워졌다.

오후에 한수는 우럭을 손질하다가 손을 베었다. 명희가 달려와 한수의 손을 잡으면서 발을 동동 굴렀다. 한수는 수건을 찢어 베인 부위를 힘껏 조였다. 지난번보다 깊이 베었는지 온 신경줄이 파닥거리면서 심한 통증이 몰려왔다. 그러나 손가락에 붉게 물든 피를 보고 있으니 이상하게도 마음은 시원했다.

"빨리 병원에 가자 오빠, 응? 이 피 봐!"

명희가 눈물까지 글썽이면서 애원하듯 말했다. 한수는 괜찮다고 하고는 명희에게 안집에 가서 지혈제를 가져오라고 부탁했다. 수건으로 꽉 조여 맸는데도 피가 그치지 않았다. 잠시 후에 홍 여사가 명희와 함께 달려왔다.

"무슨 일이래? 생각이 엉뚱한 데에 가 있으니 그렇지. 다 인과응보야."

홍 여사는 그렇게 말하면서 한수 대신 조리대 앞으로 갔다.

"이모는 사람이 다쳤는데 그런 말이 나와요?"

명희가 너무 한다는 듯 소리를 질렀다. 홍 여사는 명희의 말에 아무 대꾸도 하지 않고 차분하게 회를 떴다. 한수는 명희가 가지고 온 지혈제를 손가락에 뿌리고 그 위에 연고를 바른 다음에 붕대를 감았다. 명희가 또 사정이라도 하듯 말했다.

"오빠 병원 가자, 이거 오래 가겠어요, 덧나면 어떡해. 응?"

"괜찮아, 며칠 지나면 나을 거야."

"오빠는 미련하게 왜 그래. 빨리 나으면 좋지, 왜 참으면서 흉터까지 생기게 할려구 해요."

한수는 홍 여사에게 다가가 죄송하다고 말했다. 홍 여사는 아무 말도 하지 않고 일을 마친 뒤 앞치마를 벗어서 한수에게 주었다. 한수가 일하는 동안 명희는 홀에도 나가지 않고 계속 그의 옆에서만 서성거렸다.

밤에 가게 일을 끝내고 나서 한수는 홀에 앉아 소주를 마셨다. 명희도 퇴근하지 않고 그의 옆으로 와 앉았다.

"너도 한잔 할래?"

그가 술을 권하자 명희는 말없이 고개를 저었다.

"오늘 집에 안 가요?"

"으응, 있다가…."

"저기요, 오빠…."

한수에게 술을 따라주고 난 명희가 긴한 할 말이 있다는 듯한 표정으로 말을 건넸다.

"저 어쩌면 읍에다가 곧 가게 하나 낼지 몰라요. 생선가게를 알아보았는데 목이 괜찮은 데가 하나 있더라구요."

"그러니? 잘 됐구나."

한수의 말에 명희는 조금 시무룩한 표정을 지었다. 그의 반응이 무심해서 그런 것 같다는 생각에 한수는 명희의 손을 잡아주었다.

"너는 잘 할 거야."

"언제 가겟자리 한번 같이 가서 보실래요? 내가 보기엔 괜찮은 것 같던데."

"그래, 시간 내서 같이 가자."
명희의 표정이 조금 밝아졌다. 명희는 주방으로 가더니 마른 한치 몇 마리를 구어 왔다.
"그 분은 요즘 연락 안 와요?"
명희가 조심스럽게 물었다. 한수가 고개를 들어 바라보자 명희는 계면쩍은 목소리로 덧붙이며 고개를 조금 숙였다.
"그 작가분이요…."
"으응, 잘 계셔."
한수는 간단하게 대답하고 말았다.
"손은 어떠세요? 연고 한 번 더 발라요."
명희는 한수의 손을 살펴보더니 주방으로 가 아까 발랐던 연고와 붕대를 가져왔다. 한수가 싫다는 데도 명희는 붕대를 풀고 연고를 바르고는 새 붕대로 꼼꼼히 다시 감아주었다.
"상처 있을 때 술 마시면 안 되는데…."
술잔이 비자 명희는 걱정스레 그렇게 말하면서도 술병을 들어 한수의 잔을 채워주었다.
한수는 자기가 퇴근을 해야 명희가 문을 잠그고 들어갈 수 있다는 걸 뒤늦게 생각해냈다. 하지만 그녀도 없는 집에 일찍 들어가고 싶지가 않았다. 한수는 카운터로 가 상구 형에게 전화를 걸었다. 전화를 받은 건 가게 주인이었는데, 상구 형이 서울에 올라간 지 사흘이 되었는데도 연락이 없다며 한수를 상대로 투덜거렸다. 전화를 끊고 한수는 상구 형 핸드폰으로 다시 전화를 해 보았다. 신호는 가는 데 받지 않았다.
자리로 돌아오다가 한수는 다시 카운터로 가 이번에는 아버지에게 전화를 걸었다. 전화 드린 지 오래 되었다는 게 문득 떠올랐던 것이다.
"바빴나 보구나."
아버지 목소리는 언제나처럼 조용하게 가라앉아 있었다.
"예, 죄송해요. 건강하시지요?"
"그렇지 않아도 연락하려고 했다. 내달 초에 결혼식 올린다. 그 때 올 수 있니?"
"결혼이요? 누가….."
"그냥 간단하게 절에 가서 치를 생각이다. 안 내키면 안 와도 된다."
"……."
"늦었다. 그만 끊으마."
무어라고 말하려는데 아버지가 먼저 수화기를 내렸다. 한수는 한참 멍하니 서 있다가 수화기를 내려놓았다. 자리로 돌아오니 명희가 무언가 묻고 싶은 표정으로 한수를 올려다보았다. 한수는 그만 가겠다고 말하고는 바로 돌아섰다. 명희가 현관 밖에까지 따라 나왔다.
"오빠, 오늘 나 오빠 집에 초대하면 안 돼요? 그냥 오빠 사는 모습만 보고 올게요."
애교라도 부리듯 명희의 목소리는 조금 과장되다 싶게 밝고 높았다. 한수가 묵묵히 바라보자 명희는 계면쩍은 미소를 흘리다가 슬그머니 고개를 옆으로 돌렸다.
"나중에… 미안하다."
집으로 돌아오니 그녀의 방에 불이 켜져 있었다. 혹시 하는 마음에 얼른 달려가 보았지만 그녀의 신발이 보이지 않았다. 방문을 열어보았으나 그녀가 돌아온 흔적은 없었다. 아침에 불을 켜 놓은 채 나간 모양이었다. 한수는 그녀의 방으로 들어갔다. 그녀가 쓰는 화장품 냄새가 진하게 코에 스며들었다. 한수는 불을 끄고 그대로 누웠다. 방바닥이 차가웠지만 불을 지피고 싶지 않았다. 무언가 아득한 심정이 들었다.

26

다음날 아침에 상구 형이 가게로 전화를 걸어 한수를 찾았다.
"어디세요?"
걱정스런 한수의 물음에 쩝, 하는 쓴 입맛 다시는 소리가 먼저 들렸다.
"여기 경찰서야. 젠장, 간통죄로 걸렸다. 육 개월 정도 썩을 거 같아. 네가 우리 주인한테 잘 말해줘라."
마침내 걸렸다는 식으로 비교적 담담한 목소리였다. 한수는 여러 가지가 궁금했지만 전화로 나눌 이야기는 아닐 것 같았다. 한수는 어느 경찰서인지만 묻고 곧 올라가겠다고 말하고는 통화를 끝냈다.
상구 형에게 급한 일이 생겨서 서울에 올라가봐야 할 것 같다고 말하자 홍 여사는 등을 돌린 채 아무 말도 하지 않았다. 명희도 한수가 서울에 올라간다고 하자 얼굴빛이 어두워졌다. 그러나 한수가 상구 형 일이라고 말하자 금세 풀어져서는 아무 걱정 말고 다녀오라고 했다. 한수는 약간의 돈을 마련해 바로 서울로 올라갔다.
 상구 형은 며칠 사이에 무척 초췌해져 있었다. 올라오는 내내 걱정이 많았으나 얼굴을 보니 막상 한수는 아무 것도 물을 수가 없었다.
 "잘 있었냐?"
 상구 형이 먼저 그에게 희미한 미소를 지어 보였다.
 "어떻게 되는 거예요?"
 "어떻게 되긴, 빵 살아야지. 곧 검찰로 넘어갈 거야."
 "내가 남편을 한번 만나볼까요?"
 "필요 없어. 절대로 고소 취하할 것 같지 않더라. 합의할 돈도 없고, 이참에 나도 정신 좀 차려야지."
 상구 형이 담담하게 말하는 것을 보자 한수는 눈시울이 뜨거워졌다.
 "나는 괜찮은데, 그 여자가 고생할 것 같다. 나야 잃을 게 없잖냐."
 상구 형은 여자의 남편이 오래 전에 눈치를 채고 뒷조사를 다 해놓았다고 말했다. 너무 오래 끌었어, 나는 아직 프로 바람둥이는 아닌가 보다. 상구 형은 마지막으로 그렇게 말했다.
 "필요한 것 없어요."
 "뭐 당장이야… 만약 징역 떨어지면 그때 몇 가지 부탁할게."
 한수는 상구 형 손을 꽉 잡아주고 돌아섰다. 작가 선생님은 잘 있니? 돌아서는 한수의 뒤에 대고 상구 형이 물었다. 그 와중에도 그녀의 안부를 묻는 게 어처구니없어 한수는 피식 웃어주기만 했다. 상구 형은 주먹을 쥐고 흔들어 보이면서 돌아섰다.

  읍으로 돌아온 한수는 상구 형 가게에 들러 주인을 만났다. 한수는 상구 형 집안에 갑자기 큰 일이 생겨 앞으로도 여러 날 더 내려오지 못할 것 같다고 적당히 꾸며 말했다. 주인은 그의 이야기를 듣더니 당장 사람을 구하겠다고 했다. 계속 주방장 없이 일하기 어렵기도 하겠지만 상구 형이 직접 전화하지 않는 것도 매우 불만스러운 듯했다. 가게로 돌아오니 홍 여사는 뚝뚝한 표정으로 아무 것도 묻지 않고는 앞치마만 벗어서 한수에게 넘겼다.

27

    그녀는 보름이 지나도 작업실에 내려오지 않았다. 한수는 자신이 계속 그녀의 작업실에 있어야 하는지 혼란이 생겼다. 어쨌거나 그녀가 내려올 때까지는 아무 것도 결정할 수가 없었다. 한수는 출퇴근할 때마다 김 선생 집을 기웃거리고는 했다. 어느 땐 불이 켜져 있고 어느 땐 꺼져 있었다. 그러다가 하루는 김 선생과 마주쳤다. 눈이 오는 날 아침이었다.
    "아, 그렇잖아도 한 번 찾아갈려고 했는데… 생활이 달라서 엇갈렸네요."
    눈을 쓸고 있던 김 선생이 허리를 펴고는 한수에게 다가왔다.
    "왜 저를…."
    "그저 술이나 한잔 나누고 싶어서요."
    "아, 예…."

한수의 생각엔 어쩐지 김 선생은 그녀가 내려오는 날을 알 것만 같았다. 그러나 물어볼 마음은 들지 않았다.
"제가 이렇게 말해도 될지 모르지만…."
김 선생이 바지에 묻은 눈을 툭툭 털어내며 다시 입을 열었다.
"제가 하 작가님 작업실을 봐드릴 테니까 한수 씨는 이제 그만 고생하세요. 하 작가님이 단정한 성격이라 부담스럽게 생각할 수도 있지요."
김 선생의 말을 듣고 한수는 그저 멍하니 서 있었다. 김 선생은 한수의 대답을 기다리는 듯한 태도로 조용히 서 있었다. 한수는 한참만에 어렵게 말을 꺼냈다.
"하 작가님이 그러시던가요?"
"아니에요. 속이 깊은 분이라 자신이 힘들어도 그런 말을 하실 분이 아니지요. 한수 씨가 하 작가님의 마음을 헤아려 주세요. 하 작가님이야 사실 얼마나 한수 씨를 생각하나요. 그분은 정말 한수 씨가 잘 되길 바라는 분이더군요."
김 선생은 한수를 이해시키려고 애쓰는 표정이었다. 한수는 다 듣고 나서 말했다.
"고맙습니다."
한수는 미소를 지어 보이고 싶었으나 잘 되지 않았다. 한수가 돌아서려 하자 김 선생이 말했다.
"같이 술이나 한 잔 할까요?"
"지금 출근하는 길이에요."
"아, 그렇지요. 하하 이거 제 생각만 하고."
김 선생의 목소리는 다른 날보다 더 점잖았다.

그 며칠 후였다. 출근 준비를 하고 있는데 김 선생이 한수를 찾아왔다. 뒤에는 잠바 차림의 웬 못 보던 남자도 서 있었다. 의아하게 바라보는 한수에게 김 선생은 보일러 설치하는 사람이라고 그 남자를 소개했다.

"보일러요?"

"날이 풀리는 대로 보일러 작업을 할까 하는데 미리 견적을 내보려구요."

"하 작가님한테 연락이 왔나요?"

"뭐 그건 아닌데…."

김 선생은 남자에게 한 번 둘러보라고 말했다. 남자가 돌아다니면서 이 방 저 방 열어보며 종이에 무언가를 적었다. 한수는 멀뚱히 서서 그것을 그냥 바라보았다. 가슴이 답답해지기 시작했다. 김 선생이 한수에게 담배를 권했다. 한수는 고개를 저었다.

"여긴 사 월까지도 춥잖아요. 하루라도 빨리 작업하는 게 좋을 것 같아서요."

김 선생이 변명하듯 말했다.

"오늘 바로 작업 들어가는 건 아니지요?"

"그럼요."

한수는 김 선생에게 먼저 나가겠다고 말하고 돌아섰다. 머리가 무거웠다.

한수는 가게로 오자마자 그녀의 핸드폰으로 전화를 걸었다. 그녀의 핸드폰은 꺼져 있었다. 한수는 녹음을 남겨 두었다.

'저기요…, 한순데요…, 김 선생님이 보일러를 고친다고 오셨는데요…, 제가 어떻게 해야 될지 몰라서요…, 연락 좀 주세요….'

한수는 하루종일 일이 손에 잡히지 않았다. 큰 실수는 없었지만 그의 불안정이 명희에게도 느껴졌는지 명희는 시간만 나면 한수 옆에서 서성거렸다. 한수는 카운터의 전화벨이 울릴 때마다 깜짝 깜짝 놀랐다. 한수는 두어 번 자기도 모르게 방파제 쪽으로 걸어가다가 문득 그 사이에 전화가 올지 모른다는 생각이 들어 돌아서고는 했다. 한수에게 이 날은 너무 지루한 하루였다. 그러나 막상 밤이 되니 순식간에 하루가 지나갔다는 느낌이었다.

퇴근 준비를 하고 있는데 홍 여사가 안채에서 한수를 불렀다. 서두르지 않아도 될 것 같아 한수는 옷을 갈아입고 세수까지 한 다음 안채로 들어갔다.

"앉게."

한수는 조금 거리를 두고 홍 여사 앞에 앉았다.

"자네도 원했을 거 같아서 결론부터 말하겠네. 사람을 구할 테니까 그만두게. 나도 기다릴 만큼 기다렸어. 나야 자네가 정신 차려 주면 굳이 다른 사람을 들일 필요는 없지만 어떡하겠나. 자네 마음이 가게에서 얼마나 멀어졌는지는 누구보다 자네 스스로 잘 알 걸세. 다다음 주 안에는 아마 새 식구가 올거야. 월급은 한 달치를 더 생각해 줄 거니까 그때까지만 일해 주게."

말을 끝내자마자 홍 여사는 옆으로 돌아앉아 한수의 얼굴을 외면했다. 한수는 죄송하다고만 말하고는 일어나 가게로 돌아왔다. 명희가 걱정스러운 얼굴로 쪼르르 달려왔다. 한수는 아무 말도 안 하고 가게를 나왔다. 밖에는 다시 눈발이 날리려 하고 있었다.

28

며칠 후, 한수는 퇴근 준비를 하다 아버지의 전화를 받았다. 아버지의 결혼식 전날이었다.
"오늘 오냐?"
한수는 식을 치르는 절로 바로 가겠다고 말했다. 아버지는 조금 서운해하는 눈치였다. 통화를 끝내고 나서 한수는 정임이에게 전화를 걸어 아버지 일을 도와드리라고 말했다.
"막상 아버지가 결혼한다니까 엄마 생각이 난다. 엄마는 잘 계시는 거지요?"
통화를 끝낼 즈음 정임이가 울먹이면서 말했다.
"그래, 잘 계셔."
직접 전화 드려보라고 말하려다가 한수는 그렇게만 말했다.
이튿날 아침 한수는 손님 맞을 준비를 적당히 끝내놓고 나서 명희에게만 집에 좀 다녀오겠다고 말했다.

"내일은 올 수 있는 거지요? 제 가게 오픈하는 날인 거… 아시죠?"

한수는 집안 일 끝나는 대로 곧장 올라올 거라고 말했다. 명희는 안심했다는 표정으로 좋아했다.

절에 도착하니 한수 아버지와 정씨 아주머니는 고운 한복을 입고 사람들에 둘러싸여 있었다.

"고마워요. 이렇게 와 줘서."

아주머니가 한수의 손을 꼭 잡으며 말했다.

"축하합니다. 행복하세요."

한수는 진심으로 두 분의 행복을 빌었다. 아버지도 아주머니도 행복할 자격은 있다고 생각되었다. 어머니 생각은 일단 하지 말자고 그는 생각했다. 적어도 결혼식을 치르는 동안만이라도.

결혼식은 주지스님의 주례로 조촐히 치러졌다. 축하객들은 신부인 아주머니 쪽이 대부분이었다. 신랑 쪽은 한수와 정임이네 부부, 그리고 몇 해 전에 한 번 뵌 적이 있는, 한수 아버지의 옛 직장동료라는 친구 한 분뿐이었다. 식이 끝나자 절 아래 식당에서 피로연이 있었다. 한수는 그 자리에서 준비해온 돈을 아버지에게 드렸다. 지난주에 적금을 해약한 돈에서 컴퓨터를 사고 남아 있는 돈 전부였다. 고맙구나. 아버지는 그렇게 한 마디만 하고 한수의 손을 잠깐 잡았다가 놓았다.

오후 세 시 경에 피로연이 끝나자 한수 아버지는 바로 제주도행 비행기를 타기 위해 정씨 아주머니 아들이 운전하는 승용차를 타고 떠났다.

"오빠, 우리 집으로 가요."

하객들이 모두 돌아간 후에 정임이가 남편과 함께 한수에게 다가왔다.
"오늘 고생 많았다. 아버지 돌아오시면 보자."
한수는 혼자 기차역으로 갔다. 대합실에서 기차를 기다리고 있자니 비로소 어머니 생각이 났다. 한수는 공중전화를 찾아 기도원에 전화를 걸었다. 안내인이 기다리라고 하고도 한참 후에 어머니가 전화를 받았다.
"한수니? 나는 너까지 날 잊은 줄 알았다."
어머니는 처음부터 훌쩍거렸다. 한수는 목이 메어와 턱 아래에 지그시 힘을 주었다.
"잊기는요. 좀 바빴어요. 잘 계시지요?"
"그냥 있지 뭐. 주님 덕분에 겨우 버틴다."
"예에…."
"한수야?"
"예, 말씀하세요."
"나 언제 데려갈 거니? 응?"
어머니가 어리광 섞인 목소리로 말했다. 한수는 다시 목에 힘을 주었다.
"예. 곧 모시러 갈 거예요."
"나 네 아버지한테 이제 잘 할거야. 그래두 네 아버지만한 사람 없다. 다 내가 잘못한 거야."
전화를 걸기 전까지 한수는 아버지 결혼에 대해 말해야 될지 어쩔지 결정할 수가 없었다. 그러나 어머니 말을 듣자 생각이 분명해졌다. 말하지 않는 게 좋을 것 같았다. 아니, 말할 수가 없었다. 한수는 숨을 쉴 수 없을 만큼 가슴이 답답해져 왔다.

읍에 도착하니 어둑해져 있었다. 바람도 매우 차가웠다. 버스 터미널에서 나와 몇 발짝 걷다가 한수는 우뚝 걸음을 멈췄다. 갑자기 어디로 가야 할지 아무 생각도 나지 않았다. 한수는 한동안 멍청히 서 있었다. 그러다가 지나가는 사람과 어깨를 부딪치는 바람에 겨우 정신을 차렸다. 한수는 근처에 보이는 포장마차로 들어갔다. 소주 한 병을 거의 비웠을 때쯤 명희가 아침에 가게 개업한다고 했던 말이 기억났다. 한수는 잠시 생각하다가 계산을 치르고 포장마차에서 나왔다.

계약하기 얼마 전에 명희와 함께 와 본 적이 있어서 가게 위치는 알고 있었다. 시장 입구까지 걸어가며 꽃집을 찾아보았지만 보이지 않았다. 시외버스 터미널로 다시 돌아가며 찾아보면 어딘가에 꽃집 하나쯤 있겠지만 피곤해서 그럴 마음이 생기지 않았다. 한수는 빈손으로 명희 가게로 갔다. 가게와 조금 떨어진 곳에서 바라보니 이씨 아주머니, 홍 여사, 그리고 한동안 보지 못 했던 사장까지 와 있었다. 그밖에도 알 만한 얼굴 여럿이 보였다. 명희는 밝게 웃으며 이 사람 저 사람 사이를 왔다갔다하고 있었다.

한수는 담배 한 대를 피우고 나서 그냥 몸을 돌렸다. 돌아서 몇 발짝 걷다가 다시 돌아다보니 명희가 문 바깥에 나와 주변을 기웃거리는 게 보였다. 한수는 얼른 쓰레기통이 있는 어두운 구석으로 몸을 숨겼다. 손님인지 하객인지 누군가 가게 앞으로 다가서자 명희는 그 사람과 함께 가게 안으로 들어갔다. 한수는 아까 들어갔던 포장마차로 되돌아갔다.

포장마차에서 소주 두 병을 마셨다. 포장마차에서 나와서는 집을 향해 천천히 걸었다. 걸어가기에는 먼 거리였고 바람도 차가웠지만 한수는 택시를 부르지 않고 그냥 걸었다. 읍을 벗어나자 사방이 칠흑처럼 어두웠다. 바다가 가까워지면서 바람도 더 거세지는 듯했다. 한수는 술기운으로 그럭저럭 추위를 견딜 수 있었다. 그러나 아무리 걸어도 집은 자꾸 더 멀어지고 있는 것만 같았다.

집에 도착할 때쯤엔 한수의 등에서 더운 열이 올랐다. 그러나 어두운 마루에 잠시 앉아 있는 사이에 등덜미의 땀은 곧 차게 식어버렸다. 그러자 곧 오슬오슬 추위가 밀려왔다. 한수는 그녀의 불 꺼진 방을 울적하니 바라보다가 부엌으로 들어가 불을 지폈다. 불이 어느 정도 오른 다음 한수는 방에 들어가 전에 마시던 소주병을 찾아 왔다. 그는 타오르는 불을 바라보면서 소주를 조금씩 들이켰다.

소주를 다 마신 한수는 방에 들어가 컴퓨터를 켰다. 자판 연습을 하는 프로그램을 띄우고 한수는 거기에 그녀의 이름을 쳤다. 하유정. 스무 번쯤 치고 나자 이름이 매우 낯설게 느껴졌다. 영의정, 좌의정, 하유정, 한수는 그렇게 중얼거리면서 이름을 몇 번 더 쳤다. 방이 따뜻해지자 가라앉아 있던 취기가 다시 올라왔다. 한수는 그대로 벌렁 누웠다.

컴퓨터를 꺼야 되는데… 컴퓨터를 꺼야 되는데… 한수는 몰려오는 졸음 속에서 계속 그것만 신경 쓰다가 스르르 잠이 들어 버렸다.

29

그녀로부터 전화가 왔다. 그녀는 그 동안 정신 없이 바빠서 한수가 보낸 녹음을 이제야 들었다고 했다.

"그리고 보일러는 말이야, 언젠가 한 번 이 실장이 너무 고생한다고 하니까 보일러를 들이는 게 어떠냐고 하더니 고맙게도 그 분이 직접 신경을 써 주시네. 이 실장도 이제 부담이 덜 되지? 나는 조만간 내려갈게. 짐은 옮겼어?"

한수는 그녀의 말에 대답이 나오지 않았다. 한수가 가만히 있자 잠시 후에 그녀가 말했다.

"그럼 잘 지내고, 나중에 봐."

찰칵, 전화가 끊기고 나서도 한수는 오랫동안 수화기를 들고 있었다. 한수는 무언가 억울한 기분이 들었지만 그게 무엇인지 알지 못해 가슴이 답답했다. 이날 한수는 작업실에 있는 자기 짐을 모두 꾸렸다. 하지만 가게로 돌아갈 수는 없었다. 홍 여사를 비롯해 가게 사람들에게 이것저것 설명하기가 싫었다. 한수는 읍내에 있는 여인숙에 달방 하나를 얻어 짐을 풀어놓았다.

한수가 여인숙에서 출퇴근하기 시작한 지 닷새 되던 날이었다. 일 끝내고 들어온 한수는 혼자 방에서 술을 마시고 있었다. 텔레비전은 저 혼자 긴박한 목소리로 뉴스를 내보내고 있었다. 밖에는 또 얼마 전부터 누군가 크게 다투고 있어 매우 소란스러웠다. 그러나 한수에게는 다 소음이었다. 그 소리들을 무심히 귀에 담으며, 사실은 아무 것도 듣지 않으며, 자신에게 주어진 단 하나의 임무처럼 그는 조용히 술잔만 비우고 있었는데… 문득 쓸쓸하다는 생각이 들었다. 가슴이 순식간에 스산해졌다. 그녀가 너무 보고 싶어 한수는 눈을 감았다. 그녀의 목소리라도 듣고 싶었다. 한 번 그녀 생각이 나자 그녀의 작업실 냄새만이라도 맡아야 견딜 수 있을 것 같았다.

한수는 여인숙에서 나와 급히 택시를 잡았다. 택시 안에서도 그는 계속 가슴이 먹먹했다. 작업실에 도착할 때까지 눈을 감고 심호흡을 해야만 했다. 이윽고 택시에서 내린 한수는 작업실을 향해 빠르게 걸어 올라갔다. 그러다가 우뚝 멈춰 섰다. 저만치 보이는 그녀의 작업실에 불이 켜져 있는 것이었다. 잘못 보았는가 싶어 몇 번이나 집의 위치를 확인한 다음, 한수는 한달음에 작업실 문 앞까지 달려 올라갔다.

"오셨어요?"

반가운 마음에 마당에 들어서자마자 크게 그녀를 불렀으나 대답이 없었다. 한수는 망설이다가 방문을 열어보았다. 방문 바로 안쪽에 그녀의 가방만 덩그마니 놓여 있었다.

한수는 어두운 마루에 앉아 한참 동안 그녀를 기다렸다. 그러다가 일어나 김 선생 집 쪽으로 걸었다. 김 선생 집 마당을 들어서자 그녀의 목소리가 들렸다. 목소리만으로도 그는 가슴이 저릿했다. 한수는 방에서 새나오는 두 사람의 대화를 들으며 마당에 한참 서 있었다. 저 아래에서 희미하게 올라오는 파도소리에 섞여 두 사람의 목소리는 그윽하기조차 했다. 한수는 담배를 물었다. 불을 붙일까 하다가 도로 집어넣었다. 한 걸음 방문 앞으로 다가섰다. 곧 다시 물러났다. 그렇게 서 있다가 자기도 모르게, 정말 아무 생각 없이, 한수는 갑자기 방문 앞으로 달려가 벌컥 문을 열어제쳤다.

그녀와 김 선생이 흠칫 놀라며 고개를 들었다. 한수도 자신이 한 행동에 스스로 놀라 멍하니 두 사람을 바라보기만 했다. 잠시 후, 놀랐던 표정을 가라앉히며 그녀가 희미한 미소를 띠웠다.

"이 실장이구나. 내일 가게에 들르려고 했는데…. 내가 온 줄 어떻게 알았어?"

무슨 말이든 해야 했으나 한수는 심장만 마구 두근거릴 뿐 아무 말도 생각나지 않았다. 그녀가 조금 어색하게 웃었다.

"여기서 안 다니니까 일하기 편하지?"

한수는 이번에도 대답이 금방 나오지 않았다. 그녀가 금방이라도 화를 낼지 모른다는 생각에 마음 한 구석은 초조하기 그지없었으나 도대체 무슨 말을 해야 될지 알 수가 없었다. 그녀의 표정에서 웃음이 지워지고 있었다.

"저… 언제 오셨어요?"

한수는 겨우 그렇게 물었다. 물으면서 그는 스스로 안도했다. 말이 나와준 것에 대해.

"응, 얼마 안 됐어. 김 선생님이 보일러 신경 써주신 것 고맙고 해서 인사부터 드리러 왔어. 근데 문을 그렇게 갑자기 열면 어떡해? 놀랐잖아."

한수는 아무 말 없이 그녀만 바라보았다. 그녀의 얼굴에 다시 미소가 실린 것은 다행이었으나 뒤를 이을 말은 여전히 생각나지 않았다. 그리고 자신이 지금 무언가 이상한 상황에 처해 있다는 느낌도 그의 입을 꽉 닫게 만들었다.

"하하, 한수 씨가 술 좀 드셨나 보네요. 그렇지 않아도 내일 하 작가님과 회를 먹으러 갈 생각이었는데. 좀 들어오시죠?"

김 선생이 엉거주춤 몸을 일으켰다.

"아니에요, 갈게요."

한수는 꾸벅 인사를 하고는 방문을 닫았다. 마당을 빠져나가는데 뒤에서 방문 열리는 소리가 들렸다. 돌아다보니 그녀였다. 그녀는 잠깐 한수를 물끄러미 바라보며 서 있더니 이윽고 천천히 마당을 질러 걸어왔다. 어두워서인가, 그녀의 얼굴에 매우 여러 가지 표정이 한꺼번에 섞여 있다는 느낌이었다.

"화났어?"

그녀가 조용히 물었다.

"아니요."

말이 길어지면 어쩐지 울음이라도 나올 듯해 한수는 짧게 대답했다.

"이 실장은 정말 진실한 사람이야. 혹시라도 이 실장이 나 때문에 화나게 되면 난 견디기 힘들 거야. 알지?"

무슨 뜻이 담긴 말인지 알 수 없어 한수는 아무 대꾸도 할 수 없었다. 다만 무언가를 암시하는 듯한 그녀의 슬픈 눈빛이 바위처럼 그의 가슴을 짓눌렀다. 그녀에게 여러 번 들어온 진실하다는 말도 이 날은 매우 공허하게 느껴졌다.

그녀가 한수의 손을 잡으며 말했다.

"내일 보자. 조심해서 들어가."

한수는 그녀가 방에 들어갈 때까지 서 있다가 돌아섰다. 탁, 방문 닫히는 소리가 화살처럼 가슴에 꽂혔다. 한수는 바닷가까지 걸어갔다. 발을 적시며 바닷물 속으로 한 걸음 들어가 찬물에 머리를 담갔다. 한참을 그렇게 있었다. 날카로운 통증이 있었고, 곧 아무 감각 없이 머리가 돌연 투명하게 맑아졌다. 순간 한수는 무언가 한없이 후회스러웠다. 고개를 세차게 흔든 건 그 때문이었다. 후회가 고통스러운 건 그것이 우선 자기를 부정하는 일이기 때문이다. 행위도 아니고, 시간도 아니고, 우선 자기 존재성에 냉소를 보내야 한다는 것.

얼마 후, 한수는 바닷가에서 돌아서면서 김 선생 집을 올려다보았다. 창호지에 서린 불빛이 깊은 산사의 등불처럼 아득해 보였다. 조금 전에 자신이 그곳에 갔다 왔다는 게 한수는 어쩐지 믿어지지 않았다. 한수는 휘청거리며 택시가 기다리고 있는 곳으로 걸어갔다. 택시를 돌려보내지 않아 다행이라고 그는 생각했다.

30

 이튿날 어둑할 무렵에 그녀와 김 선생이 가게에 왔다.
 한수는 그녀의 머리가 하룻밤 사이에 짧은 커트머리로 바뀌어 있는 것을 보았다. 그러나 다시 생각해 보니 지난밤에도 그런 머리였던 것 같았다. 놀랐다가, 어색하게 웃다가, 서서히 미소가 지워지던 그녀의 표정을 한수는 차례대로 떠올려 보았다. 표정은 생생한데 머리 모양은 떠오르지 않았다. 아무튼 그런 것은 하나도 중요한 게 아니었다. 그랬다, 한수는 그녀를 본 순간부터 다만 머리가 멍해져 아무 것도 찬찬히 생각할 수가 없었다.
 "안녕하세요?"
 그녀가 이씨 아주머니에게 상냥하게 인사를 하고 있었다.
 "이게 누구유, 작가 님이시네…. 오랜만이 오셨네유."
 이씨 아주머니는 그렇게 인사하고 나서 뒤에 서 있던 한수를 돌아다보았다. 한수는 두 사람에게 목례만 하고 옆으로 비켜섰다. 그녀는 명희가 안 보인다면서 이씨 아주머니에게 이제 여기서 일 안 하느냐고 물었다. 이씨 아주머니는 명희가 생선가게를 낸 일에 대해 칭찬을 섞어가며 길게 설명해 주었다.

"그래요? 언제 한 번 가 봐야겠네. 생선가게에는 뭘 사다줘야 하나."

"그냥 찾아가기만 해두 감사헌 일이지유."

"이 실장이 제일 좋아하겠네유. 색시가 사장님도 되고."

그녀가 한수를 바라보며 약간 목소리를 높였다.

"결혼을 허기만 허믄 그만헌 색시 읍지유. 다른 사람헌티는 억셔두 이 실장헌티는 껌뻑 죽는구먼유."

한수는 그들이 나누는 대화를 듣기가 거북해 맞은편 방에 있는 손님자리로 갔다. 마침 단골손님들이어서 그들은 한수가 아는 체하며 옆에 가 준 것을 반가워했다. 한수는 그들에게 소주 두 잔을 연거푸 받아 마셨다.

그녀와 김 선생은 별실로 들어갔다. 그들을 안내하고 주방으로 돌아온 아주머니가 한수 곁에 다가와 물었다.

"같이 온 저 남자는 누구여? 남편이야 우리가 발써 봤구…."

한수는 못 들은 척 아무 말도 하지 않았다. 주방을 나가면서 아주머니는 혼자 무슨 말인가 중얼거렸다. 한수는 별실에서 주문 받아 온 도다리를 조리해 주고는 밖으로 나왔다. 밖에는 가는 비가 내리고 있었다. 한수는 방파제 앞까지 걸어갔다. 빗물이 바다에 떨어지며 여기저기 회색 빛으로 반짝거렸다. 한수는 그녀가 처음 온 날도 비바람이 몰아쳤다는 것을 떠올렸다. 차에서 내려 두 손으로 빗물을 막으며 종종걸음으로 달려오던 그녀의 첫 모습이 눈앞에 선히 그려졌다.
 빗방울은 점점 더 굵어지기 시작했다. 얼마 후에 이씨 아주머니가 큰 소리로 한수를 불렀다. 가게로 돌아가자 아주머니가 이해 못 하겠다는 표정으로 그를 빤히 바라보았다.
 "웬 청승이여. 작가님이 찾어, 어여 들어가 봐."
 아주머니는 수건으로 젖은 머리를 털고 있는 한수에게 자기가 들고 있던 멍게 접시를 건넸다.
 "더 갖다달라 한 거여. 즘 많이 담았어."
 한수는 머리를 마저 털고 나서 별실로 들어갔다. 그녀와 김 선생은 마주앉아 진지한 표정으로 대화를 나누고 있었다. 그녀는 한수를 보자 눈짓으로 앉으라는 눈치를 보냈다. 한수는 김 선생 옆으로 가 앉았다.
 "왜 이제야 들어오십니까, 한수 씨. 여기 회 정말 싱싱하네요. 가끔 와야겠어요."
 김 선생이 자기 잔을 한수에게 건네고는 소주를 따라주었다. 한수는 잔을 받아 단숨에 들이켜고 내려놓았다.
 "한수 씨, 그 동안 정말 애 많이 쓰셨습니다. 우리 하 작가님은 정말 인복이 많으세요."
 김 선생이 한수와 그녀를 번갈아 보며 말했다. 한수는 '인복이 많다'는 말을 전에 언젠가도 들었다는 기억이 났다. 가만 생각해 보니 그녀의 친구가 했던 말 같았다.
 "이 실장도 회 좀 먹어."
 그녀가 다정한 목소리로 권했다. 한수는 회 한 점을 집어먹었다.
 "횟집에서 일하다 보면 회에 질리지는 않는지 모르겠습니다. 한수 씨는 횟집에서 일하기 전에도 회를 좋아했나요? 원래 자기가 좋아하는 건 직업으로 갖으면 안 된다는 말도 있지요. 책 좋아하면 서점 차리면 안 되고, 꽃 좋아하면 화원 차리면 안 되고, 그렇게들 말하지요. 직업으로 갖는 순간 그 대상에 대해 원래 가지고 있던 순수한 애정이 변질될 수가 있어서 하는 말이겠지요. 음식도 아마 그러지 않을까 모르겠어요. 좋아하던 음식도 막상 매일 직업적으로 만들다 보면 미식가로서 즐기는 그런 맛은 줄어들지 않겠어요?"

김 선생은 오늘따라 다소 수다스러워 보일 정도로 말이 길었다. 두 번이나 한수를 향해 묻는 말을 던졌지만 딱히 대답을 원하는 물음 같지 않아 한수는 가만히 듣기만 했다. 대답을 한 것은 그녀였다.

"그럼요, 그런 점에서 보자면 글을 정말 좋아한다면 작가가 되지 말아야 하는지도 몰라요."

김 선생이 다시 그 말을 받아 예술가의 진정성과 직업의식의 상관관계에 대해 길게 말하기 시작했다. 한수는 갈증이 났다. 술을 더 마시고 싶은 건지 물이 마시고 싶은 건지 알 수 없었다. 한수는 조용히 몸을 일으켰다.

"왜 일어나세요, 바쁘신가요?"

일어나는 한수를 올려다보며 김 선생이 말했다.

"좀더 앉아 있지 그래. 많이 바빠?"

그녀도 김 선생을 거들어 만류하는 말을 했다. 그녀의 목소리는 여전히 다정했다. 그러나 한수는 조금 웃어 보이고는 등을 돌렸다. 그녀가 뒤에서 말했다.

"미안해 이 실장, 우리가 바쁜 사람을 불렀구나."

한수는 문을 닫고 나와 쪽마루에 잠깐 걸터앉았다. 방 안에서 두 사람은 여전히 그의 이야기를 하고 있었다.

"그러고 보니 한수 씨가 많이 피곤해 보이네요."

김 선생의 말.

"그런 것 같아요. 괜히 불렀어요. 원래 피곤한 기색 잘 안 보이는 사람인데… 좀 쉬게 놔둘 걸 그랬어요."

그녀의 말.

"하 작가님은 정말 모든 사람에게 배려가 깊어요. 하기야 작가라면 마땅히 인간을 연민할 줄 알아야지요. 그런 면에서 하 작가님은 작가로서의 진정성을 갖추신 분이에요."

다시 김 선생의 말.

"오히려 제가 저들에게 배우죠."

그녀의 말.

한수는 벌떡 일어나 주방으로 돌아왔다. 주방에는 아주머니 혼자 설거지를 하고 있었다. 시계를 보니 아홉 시였다. 한수는 조리대를 대강 정리하고 나서 설거지를 하고 있는 아주머니에게 말했다.

"저 이제 손님은 없을 것 같은데, 오늘은 일찍 문을 닫지요."

"별실에 있는 손님은?"

"아주머니가 가서 곧 문 닫는다고 말해 주세요."

"곧 가겠지, 오랜만이 온 사람인디 워처기 가라구 허나. 이 실장 워디 아퍼? 저 방이서 즘 쉬구 있어."

한수는 더 이상 말하지 않고 그가 전에 묵던 방으로 들어갔다.

한동안 쓰지 않아서인지 방에서는 톱톱한 곰팡이 냄새가 났다. 원래부터 그런 냄새가 났는데 전에는 계속 살아서 못 느꼈을지도 모르겠다는 생각이 들었다. 한수는 한기가 도는 그 방에 들어가 누웠다. 등마루가 칼에 베인 듯 서늘해져 왔다.

제가 저들에게 배우죠. 한수는 입 속으로 그렇게 중얼거려 보았다. 저들…. 그녀의 목소리는 언제나처럼 차분하고 부드러웠다. 늘 그러하듯 그녀는 또 얼마나 겸손한가.

얼마 후에 아주머니가 큰 목소리로 한수를 불렀다.

"이 실장, 작가님 가신다는디."

한수는 대답하지 않았다. 얼마 후에 아주머니가 홀에서 나와 그의 방문을 두드렸다. 한수는 이번에도 대답하지 않았다. 이상허네, 잠들었나… 하는 이씨 아주머니의 목소리가 들렸다. 그리고 그녀의 목소리.

"그냥 두세요. 아까 보니까 많이 피곤한 것 같던데."

"그려유, 워낙 말이 읍는 사람이긴 허지먼 요샌 더 그러네유."

그들이 가는 소리가 들리고도 한참을 한수는 그대로 누워 있었다. 얼마 후에 아주머니가 다시 와 방문을 두드렸다.

"이 실장, 이제 퇴근허자. 오늘 매상 이 실장이 가지구 있어야지. 사모님은 내일이나 오신다는디."

한수는 그제야 몸을 일으켰다. 밖으로 나가 보니 아주머니는 홀 청소를 다 끝내고 막 퇴근하려 하고 있었다. 한수는 가게 불을 모두 끄고 문을 잠갔다. 밖으로 나오니 여전히 비가 내리고 있었다. 한수는 오토바이에 시동을 걸고 아주머니를 불렀다.

"타세요, 읍까지 모셔다 드릴게요."

"비 오는디? 나 택시 타구 갈쳐, 팁두 받았으니께. 참, 작가님허구 같이 온 남자 분이 이 실장헌티두 팁을 주구 갔어. 어여 받어."

아주머니가 푸른 지폐를 내밀었다. 한수는 그 돈을 물끄러미 바라보다가 아주머니 주머니에 찔러주었다. 한수는 택시를 기다리고 있는 아주머니에게 잘 가라고 인사하고 나서 오토바이 헬멧을 썼다. 그리고 잠바의 지퍼를 목까지 끌어올렸다. 비바람이 몹시 거셌다.

도로는 깊은 동굴처럼 묵직한 어둠에 휩싸여 있었고, 전조등에 비친 아스팔트 바닥에서는 빗물이 파편처럼 흩날렸다. 한수는 속도를 높이고 중앙선 한가운데에서 일직선으로 달렸다. 읍이 가까워졌을 때 한수는 갑자기 도로 중앙에 멈춰 섰다. 뒤에서 따라오던 트럭 하나가 경적을 크게 울리며 상향등을 번쩍거렸다. 오토바이 옆을 스쳐가며 트럭 운전기사가 무어라고 욕을 해댔지만 그는 돌아보지 않았다.

한수는 트럭이 지나가고 난 후 오토바이를 돌렸다. 그리고는 오던 길로 돌아가 그녀의 작업실 쪽으로 방향을 바꾸었다. 한수는 마을 입구에 오토바이를 세워 놓고 걸어 올라갔다. 작업실로 향하던 한수는 중간에서 잠깐 섰다가 발길을 돌려 김 선생의 집으로 갔다. 방에 불이 켜져 있었다. 빗속에서 희미하게 음악소리도 들려왔다. 한수는 방문 바로 앞에까지 가 처마 밑에 쪼그리고 앉았다. 방문 앞에는 그녀의 신발과 김 선생의 신발이 나란히 놓여 있었다. 무슨 소리가 들렸다. 신음소리인 것 같았다. 그녀의 신음소리인지 남자의 신음소리인지는 구분이 되지 않았다. 흙마당에 떨어지는 빗소리가 소리의 울림을 막았다. 얼마 후에 신음소리가 그쳤다. 다시 더 얼마 후에 방안의 불이 꺼졌다.

한수는 조용히 일어나 마당을 빠져나왔다. 불빛을 보고 있다가 나와서인지 시야가 더 어두웠다. 사방이 깊은 동굴 속처럼 시커맸다. 한수는 거의 더듬거리다시피 해서 오토바이를 세워 둔 곳까지 갔다. 오토바이에 올라 시동을 걸자 날렵한 산짐승처럼 한 줄기 날카로운 빛살이 어둠을 질러 뻗었다. 한수는 그 눈부신 통로를 향해 힘껏 액셀러레이터를 밟았다. 오토바이는 화살처럼 빛 속으로 빨려 들어갔다. 3단, 4단, 한수는 변속기 속도를 계속 올렸다.

어느 모퉁이를 돌아설 때였다. 시커먼 어둠이 확, 그의 눈앞을 막아섰다. 한수는 멈추면 죽는다는 순간적인 의식 하나로 액셀러레이터를 밟은 발에 더욱 힘을 주었다. 허공을 질러가듯 오토바이가 가볍게 솟구쳤다. 곧 바퀴 하나가 땅에 닿는 느낌이 왔다. 한수는 균형을 잡기 위해 양손의 핸들을 힘껏 조여 잡았다. 그러나 곧 몸이 허공으로 솟는 걸 느꼈다. 한수는 오토바이에서 떨어지지 않기 위해 핸들을 더욱 꽉 잡았고, 잠시 후 그의 몸은 오토바이와 함께 비스듬히 기울어 십여 미터쯤 미끄러지다가 무엇인가에 세게 부딪쳤다.

얼마쯤 시간이 지났는지 알 수 없었다. 여전히 칠흑 같은 밤. 한수가 가장 먼저 들은 건 헬멧을 두드리는 빗소리였다. 한동안 그 빗소리를 가만히 들으며 겨우 정신을 추스르고 나서 한수는 천천히 몸을 움직였다. 다행이 팔다리는 제 생각대로 움직여 주었다. 온몸이 흙탕물 범벅이었고, 오토바이는 바로 옆에 뒹굴어 있었다. 그러나 일어나려고 하자 양어깨와 허리가 심하게 욱신거렸다. 한수는 깨진 유리조각을 주워 모으듯 조심조심 팔다리를 끌어당겨 한참 만에야 겨우 몸을 일으켜 세웠다. 그는 헬멧을 벗었다. 머리에 비를 맞자 조금 정신이 드는 듯했다. 한수는 오토바이를 일으켜 세웠다. 올라타 시동을 걸었더니 다행히 시동이 걸려 주었다. 한수는 오토바이를 몰아 여인숙으로 돌아왔다.

31

'몇 시일까…?'

한수는 눈을 떠보려 애를 썼다. 잠은 깼는데 좀처럼 눈이 떠지지 않았다. 따뜻한 햇살이 얇은 이불처럼 자기 얼굴에 덮여 있는 걸 느낄 수 있었다. 햇빛의 밝기로 보아 가게문을 열 시간은 이미 지난 것 같았다. 그렇다면 마냥 누워 있을 때가 아니었다. 한수는 눈을 뜨면서 동시에 벌떡 몸을 일으켰다. 어깨가 빠개지는 듯이 아팠다. 그 바람에 한수는 털퍼덕 다시 쓰러지고 말았다. 그는 그 상태로 한동안 숨을 고르며 가만히 누워 있었다.

'어떻게 된 거지?'

도무지 상황이 짐작되지 않았다. 누운 채 주변을 둘러보니 방도 자기 방이 아닌 듯했다. 여기저기 낙서가 있는 낡은 벽지, 때에 전 조악한 커튼과 이중 창문, 머리맡 위쪽으로는 욕실로 보이는 미닫이문이 보였다. 한수는 그제야 자기 몸도 실오라기 하나 걸치지 않은 벌거숭이라는 걸 발견했다. 한수는 한 번도 벌거벗고 잠을 잔 적이 없었으므로 그건 정말 이상했다.

어쨌거나 빨리 일어나지 않으면 출근에 늦겠다 싶어 한수는 조심조심 몸을 일으켰다. 일어나 욕실로 들어갔더니 거기에 진흙이 잔뜩 묻은 그의 옷이 타일바닥에 구겨져 있는 게 보였다. 한수는 대충 세수를 하고 나와 가방에서 새 옷을 꺼내 입었다.

방을 나오기 전에 한수는 찬찬히 주변을 다시 둘러보았다. 상구 형에게 빌린 책 '미야모도 무사시'까지 방 한구석에 수북히 쌓여 있었지만 분명 자기 방은 아니었다. 창으로 들어온 햇빛 한 줄기가 비스듬히 이불을 가로질러 맞은편 벽까지 뻗어 있었다. 그 끝에 낡은 텔레비전 하나가 훔쳐다 놓은 물건 마냥 초라하게 박혀 있었고, 텔레비전 위에는 빛 바랜 물주전자와 두루마리 휴지가 있었다. 여인숙인 것 같다는 생각이 들었다.

한수는 문을 열고 밖으로 나갔다. 여인숙이 분명했다. 그만그만한 크기의 방문이 마당을 가운데 두고 양옆으로 주르르 늘어서 있는 게 보였다.

"총각 오늘은 쉬는 날인감? 늦게 일어났네."

안쪽에서 어떤 나이 든 아주머니가 나와 한수에게 말을 건넸다. 한수를 오래 본 듯한 말투였다.

"제가 여기 언제 왔지요?"

부엌으로 들어가는 아주머니 등 뒤에 대고 한수가 물었다.

"글쎄, 어젠 늦게 들왔나 보던디. 술을 많이 했나비지?"

"예, 좀 한 것 같은데, 제가 여기에 어젯밤에 왔나요?"

아주머니는 이상하다는 표정으로 한수를 멀뚱히 바라보기만 했다.
 "기억이 잘 안 나서요. 저 방에 제 물건들이 있던데, 어떻게 된 건지…."
 "잠이 들 깼나…. 아 달방 계산허구 들와 벌써 일주일이나 됐잖여? 뜬금읎이 대체 뭔 소리랴."
 한수는 더 묻고 싶었지만 아주머니가 하도 당당하게 나오니 갑자기 무슨 말을 해야 할지 알 수 없었다. 한수가 어색하게 서서 머리만 긁적이자 아주머니는 피식 한 번 웃고는 부엌으로 들어가 버렸다. 한수는 나중에 생각해 보기로 하고 일단 여인숙을 나왔다. 여인숙 대문 앞에 그의 오토바이가 세워져 있었다. 오토바이도 욕실 안의 옷처럼 진흙투성이였다. 게다가 여기저기 긁힌 자국도 꽤 많았다. 한수는 고개를 갸웃거리고는 오토바이에 올랐다.
 한수가 가게에 도착하니 이씨 아주머니가 식탁에 앉아 양배추를 썰고 있었다.
 "사모님 화가 많이 나 있어. 먼저 안채부텀 들어가 봐."
 한수는 예에, 하고는 안채로 갔다. 청소기를 돌리고 있던 홍 여사는 그를 힐긋 돌아보기만 하고는 하던 일을 계속했다. 화가 많이 난 듯했다. 한수가 죄송하다고 말해도 못 들은 척 돌아보지도 않았다. 한수는 꾸벅 고개 숙이며 한번 더 죄송하다고 말하고는 가게로 돌아왔다.
 손님이 하나도 없어 한수는 고기들을 옮기고는 수족관 바닥 청소를 했다. 수족관은 청소를 오래 안 한 것처럼 물때가 많이 끼어 있었다. 한참 청소를 하고 있는데 아주머니가 밖으로 나와 전화를 받으라고 했다. 들어가 전화를 받으니 명희였다.

"오빠, 지금 한가하지요? 이모한테 이야기해 놓을 테니까 가게에 잠깐 들러요. 저 좀 도와줄 일이 있거든요. 점심도 같이 먹구."

명희가 읍에 가게를 냈다는 게 문득 기억났다. 개업하는 날만은 꼭 가보겠다고 했는데 날짜마저 잊어버리고 지나간 게 무척 미안했다.

"오실 거지요?"

명희가 다시 물었다.

"저기 내가 좀 늦게 나왔거든. 사모님도 화가 좀 나 있고, 지금은 수족관을 청소하고 있으니까 이따가 갈게."

"그것 봐요. 아무리 가까워도 출퇴근하기 쉽지 않지요?"

한수는 명희가 무슨 말을 하는지 이해되지 않았다.

수족관 청소를 끝내고 나자 홍 여사가 한수를 불러 명희에게 가보라고 했다. 한수는 먼저 오토바이부터 물로 깨끗이 씻어내고는 오토바이를 몰고 명희 가게로 갔다. 명희는 가게 앞에 나와 손님들에게 생선을 팔고 있었다. 한수는 말 건네지 않고 가만 서서 명희를 바라보았다. 국방색 앞치마를 두르고 몸뻬바지를 입고 있는 명희는 영락없는 시장 아주머니였다. 그래도 온몸에 활기가 넘치는 게 보기 좋았다.

"오빠 왔구나. 방에 들어가 있어요. 곧 들어갈게요."

한수를 본 명희가 환히 웃으며 가게 안의 방을 가리켰다. 방에는 간이 옷장과 화장대 등 조촐한 가구 몇 개만 놓여 있었다. 화장대 벽면에는 액자 세 개가 걸려 있었다. 명희의 어머니 사진, 명희가 회사 다닐 때 찍은 사진, 그리고 나머지 하나는 지난 봄에 가게 식구들 전부 야유회를 갔을 때 명희와 한수가 단둘이 찍은 사진이었다.

얼마 후에 명희가 방으로 들어왔다.
"가게는 잘 되니?"
"장사가 제법 돼요. 나중에 봐서 옆 가게까지 아예 얻어서 부식 가게를 하나 더 내볼까봐요."
명희의 얼굴은 생기가 돌고 목소리도 매우 힘찼다.
"다행이다."
"오빠 얼굴이 많이 상했어요. 면도라도 좀 하지."
명희가 안쓰러운 표정으로 얼굴을 찡그렸다. 한수는 말없이 그냥 웃었다. 명희는 금방 점심상을 차리겠다면서 밖으로 나갔다. 명희가 들어오면 여러 가지를 좀 물을 생각이었는데 무엇을 어디서부터 물어야 할지 알 수가 없었다.
얼마 후에 명희가 잘 차린 상을 들고 들어왔다.
"불고기 좀 재워 놓았어. 간이 맞을지 모르겠다. 오빠 어서 드세요."
명희가 젓가락을 한수의 손에 쥐어 주었다. 한수는 식욕이 없어 몇 숟가락만 뜨고 수저를 놓았다. 명희 생각을 해 억지로라도 더 먹고 싶었으나 속이 너무 안 좋았다.
"내가 도와줄 일이 뭐니?"
한수가 묻자 명희는 수줍은 표정으로 생긋 웃었다.
"별건 아니구요, 밥 먹고 얘기할게요. 오빠도 좀더 드세요."
명희는 식사 도중에도 손님을 받느라 자주 밖을 들락거렸다. 한수는 식욕이 전혀 없었지만 명희 마음을 생각해 물을 말아 반 공기를 더 비웠다. 명희는 밥을 다 먹고 나더니 화장대 위에 있던 뜨개질 감을 들고 왔다.

"오빠, 여기 봐요. 품 좀 대보게."

명희는 뜨개질 감을 한수의 몸 이리저리 대보며 혼자 고개를 끄덕끄덕했다.

"도와달라는 게 이거야?"

"헤, 내 눈짐작이 맞네. 오빠 봄스웨터 하나 뜨려구요. 손님이 없을 때 뜨개질을 하고 있으면 마음이 차분해지고 좋아요."

"나는 괜찮으니까 너나 떠서 입어라."

한수의 말에 명희가 눈을 살짝 흘겼다. 화난 척할 때 명희가 가끔 보이는 표정이었다. 서운한 감정을 스스로 얼른 밀어내며 귀여운 투정으로 갈무리하는 모습. 한수는 늘 이런 표정을 대하고 나서야 한발 늦게 자신의 무심했던 태도를 자책하곤 했다. 명희의 성의에 대해 이번에도 역시 너무 덤덤한 반응을 보였다는 생각이 들어 한수는 뜨개질 감을 만지작거리고 있는 명희의 손을 슬쩍 잡았다.

"어쨌거나 시작한 거니까 나중에 고맙게 입을게. 그리고 니 옷은 내가 개업 선물로 하나 사줄까 하는데, 그래도 되지?"

명희의 표정이 금세 밝아졌다. 손님이 와서 명희는 또 금방 일어났다. 더 있으면 장사에 방해만 될 듯하여 한수도 함께 일어나 방을 나왔다.

손님과 이야기를 하고 있는 명희 옆에서 한수는 물어봐야 할 말을 생각했다. 자기가 왜 여인숙에서 지냈는지 우선 그것부터 알아야 될 것 같았다. 홍 여사에게 무언가 실수를 한 모양인데 한수는 전혀 기억나지 않았다. 한수는 혼자 잠시 생각해보다가 그냥 돌아섰다. 알아 봐야 좋은 일도 아닐 듯한데 일부러 물어볼 필요는 없을 것 같았다. 지내다 보면 누구 입에서든 먼저 말이 나올 거라고 생각했다.

"오빠, 잘 가요."

생선을 토막내던 명희가 환하게 웃었다. 한수는 명희에게 손을 흔들어주고 오토바이에 올랐다.

밤에 가게문을 닫고 나서 한수는 안채로 홍 여사를 찾아갔다. 홍 여사는 아침과 똑같이 냉담한 표정이었다. 오늘 하루 늦었다고 이렇게까지 나올 분이 아니었다. 한수는 고개를 반쯤 숙인 채 더듬더듬 입을 열어 말했다.

"제가 잘못한 게 있으면 용서하세요. 저 내일부터 가게로 들어올까 합니다."

홍 여사가 처음으로 한수를 정면으로 바라보았다. 조금 뜻밖이라는 표정이었다.

"진심인가?"

"네, 앞으로 열심히 할게요."

"나도 자네가 예전처럼만 일해주면 굳이 새사람 얻을 생각은 없네. 이제 마음 잡은 건가?"

한수는 자신이 무슨 잘못을 했는지 알 수 없었지만 예, 하고 공손하게 대답했다.

"그럼 들어오게. 따로 생활해 봐야 돈만 더 들어가지. 자네를 한번 더 믿어보겠네."

한수는 여인숙으로 돌아오자마자 짐들을 챙겨 꾸려놓았다. 다른 것도 그렇지만 컴퓨터만은 아무리 생각해도 이상했다. 여인숙 주인 아주머니에게 물어보니 자기가 갖고 들어온 게 틀림없다고 하는데, 컴퓨터를 할 줄도 모르는 자신이 왜 저 물건을 갖고 있는지 전혀 짐작이 되질 않았다. 차츰 알게 되겠지. 한수는 일단 모든 생각을 나중으로 미루었다. 무엇을 좀 생각해 보려 하면 머리가 깨질 정도로 아팠다.

32

 짐을 옮겨 간단히 주변 정리를 끝내고 나서 한수는 상구 형 면회를 갔다. 상구 형은 이제 구치소로 넘어가 있었다. 남자가 끝내 고소를 취하하지 않아 꼼짝없이 징역을 살게 될 것 같았다. 주변에 물어보니 재판이 시작되기 전까지는 그래도 아직 모르는 일이라고 했다. 간통죄는 중간에 고소를 취하하는 경우가 많고, 친고죄이기 때문에 고소만 취하되면 즉시 석방된다고 했다.
 "여자가 남편에게 빌면 가능할지도 모르겠는데 이건 아예 빌지도 않는가 봐. 빵 들어갔다 나와서 나하고 살겠다는 심산가 본데, 나는 그 여자하고 그럴 생각까진 없거든. 미치겠다 야, 다 늦게 이게 무슨 빌어먹을 여복이냐?"
 칸막이 건너에서 상구 형은 흐물흐물 웃었다.
 "가게는 주방장 새로 구했던데요."
 "그까짓 거 무슨 상관이야. 주인이야 당연히 그래야 할 거구, 나도 여기서 나가면 뭐 취직할 데 없어 걱정이냐."

"살게 되면 한 육 개월 정도 먹는다고 하데요?"

"그런가보더라. 아주 운 좋으면 집행유예되는 경우도 있다고 하고. 여기서 하는 말 들으니까 여자가 유부녀라는 걸 내가 몰랐다고 하면 간통죄가 안 된다고 하더라. 그런데 그게 말이 되냐? 여자 나이도 그렇고 전후 사정도 그렇고, 처녀인 줄 알고 사귀었다는 말 나는 치사해서 못 하겠더라. 뭐 경찰에서 이미 다 시인해 버리기도 했고. 에이, 인간 김상구 영락없이 전과자 되나보다야."

면회를 마치고 나오면서 한수는 사식과 약간의 영치금을 넣어주었다. 상구 형이 그래도 끝까지 웃는 모습을 보여 한수는 그나마 마음이 덜 아팠다.

33

 가게 식구들이 회식하는 날이었다. 홍 여사는 일이 있다면서 이틀 전에 미리 회식비를 주고는 서울에 올라가 버려 회식 인원은 넷뿐이었다. 한수와 이씨 아주머니, 명희, 그리고 얼마 전에 명희 대신 새로 홀 서빙을 위해 들어온 미스 양이었다. 미스 양은 스물일곱의 젊은 처녀였다. 회식은 사실 그 미스 양을 환영할 겸해서 만든 자리였다.
 명희에게는 따로 알리지 않았는데 명희는 일찍 가게문을 닫고 가게로 먼저 와 있었다. 이씨 아주머니가 연락했다고 했다. 한수는 마지막 손님이 가고 난 뒤에 서둘러 가게문을 닫고 사람들을 데리고 읍으로 나갔다.
 한수는 우선 갈빗집에서 푸짐하게 생고기를 주문했다. 홍 여사가 다른 때와 달리 회식비를 두둑하게 내주어 돈에 여유가 있었다. 갈빗집에서 나와서는 이차로 노래방을 갔다. 조금 단조롭긴 하지만 가게 회식은 언제나 그런 순서로 진행되었다.

　노래방에서 나올 때 가장 취한 사람은 이씨 아주머니였다. 취했다고 해봐야 여느 술 취한 사내들처럼 비틀거리는 건 아니고 말이 조금 많아지는 정도였다. 아주머니는 또 술에 취하면 끊임없이 노래를 흥얼거리는 것이 버릇이 있었는데, 이날도 노래방 계단을 올라오면서까지 흥겹게 고갯짓을 하며 노래를 흥얼거렸다.

　산이라면 넘어주마 물이라면 건너주마
　인생에 가는 길이 산길이냐 물길이냐…

　명희는 그런 아주머니의 손을 내내 꼭 잡아주고 있었다.
　미스 양은 동생이 기다리고 있어 가야 한다면서 노래방 앞에서 바로 헤어졌다. 한수는 명희와 팔짱을 낀 채 아주머니를 먼저 바래다주기 위해 시외버스 터미널 쪽으로 천천히 걸었다. 아주머니는 '산팔자 물팔자'를 끝내고 다른 노래로 넘어가고 있었다.

　터미널이 저만치 보이는 큰길에서였다. 앞에서 걸어오던 남녀 두 사람이 한수 일행을 보고 아는 체를 했다.

　"어머, 모두 웬일이세요? 밖에서 보니까 더 반갑네요."

　여자가 먼저 친근한 말투로 말을 걸어왔다. 이씨 아주머니는 여자를 보더니 두 손을 덥석 잡으면서 무척 반가워했다. 명희도 아는 사람들인 모양인지 두 사람에게 목례를 보내고 있었다.

　"명희 씨 가게 냈다면서요? 한 번 들러야지, 하고 있는데 일이 계속 바빴어요. 잘 되지요?"

　여자가 명희에게 다정한 미소를 지었다. 명희는 예에, 하고 건조하게 대답하고는 옆에 멀뚱히 서 있는 한수 쪽으로 눈길을 주었다. 명희의 눈빛은 어딘지 불안정해 보였다. 그때 여자 옆에 서 있던 남자가 빙그레 웃으며 한수에게 손을 내밀었다. 얼굴은 기억 안 났지만 가게 손님일지 모른다는 생각에 한수는 얼른 악수를 받았다. 그러자 이번에는 여자가 그에게 말을 걸었다.

"이 실장, 잘 있었어? 난 내일 서울에 올라가. 열심히 사는 거 보니까 너무 보기 좋다."

자기를 무척 잘 아는 듯한 말투에 한수는 조금 당황했다. 손님으로 왔던 사람인가 생각해 보았지만 이렇듯 친근한 반말로 아는 체할 정도의 여자라면 한수가 모를 리 없었다.

"죄송하지만 잘 기억이 안 나네요. 가게에 오셨던 분들인가요?"

한수의 말을 듣자 여자는 몹시 당혹스러워하는 표정을 지었다. 한수도 어색하게 고개를 돌려 아주머니와 명희를 바라보았다.

"이 실장 왜 그려? 작가님을 모른다구 허면 경우가 아니지."

아주머니가 한수의 얼굴을 빤히 바라보며 나무라듯 말했다. 그 옆의 명희는 땅바닥을 신발로 툭툭 차면서 고개를 숙이고 있었다. 한수는 다시 여자를 돌아보았다. 여자의 얼굴이 차갑게 굳어져 있었다.

"하하, 한수 씨도 농담을 하실 줄 아네요. 하하하."

옆에 있던 남자가 큰 소리로 웃었다. 어딘지 과장이 느껴지는 웃음이어서 한수는 기분이 조금 언짢았다.

"저는 정말 두 분을 모르는데요."

한수의 말에 사람들의 시선이 한꺼번에 그에게 몰렸다. 명희조차도 매우 뜨악해하는 눈길로 한수를 보고 있었다. 한수는 멀뚱하니 서 있을 뿐 어떻게 해야 할지를 몰랐다.

"오빠, 얼른 가자."

명희가 어색한 분위기를 깨려는 듯 한수의 팔을 잡아끌었다. 이씨 아주머니는 앞의 여자와 한수를 번갈아 바라보더니 대신 사과한다면서 여자의 손을 꼭 잡고 연거푸 고개를 숙였다.
"죄송혀유, 어쩐 일인지 물르겄네, 실읎는 소리 즐대 안 허는 사람인디, 증말 죄송혀유."
"아니에요, 가세요."
여자는 그렇게 말하더니 아주머니에게 잡힌 손을 빼면서 한수 앞을 휙 스쳐 지나갔다. 순간 야릇한 향기가 그의 코로 스며들었다. 향수 냄새 같았다. 그 냄새를 맡는 순간 한수는 가슴이 이상하게 두근거렸다. 한수는 얼른 뒤를 돌아보았다. 마침 여자도 고개를 돌리다가 그와 눈이 마주쳤는데 여자는 몹시 화가 난 표정으로 얼른 고개를 돌렸다. 그리고는 저쪽으로 빠르게 멀어져 갔다. 남자가 얼른 여자를 쫓아갔다.
두 남녀가 사라진 다음에 아주머니가 한수의 팔을 툭 쳤다.
"이 실장 그렇기 능청맞은 줄 물렀네. 이제 완즌히 명희헌티 마음 돌렸나 비지? 명희 생각혀서 그런기여?"
"정말 모르는 사람이에요."
아주머니는 더 이상 말하지 않고 어처구니없다는 표정으로 명희 쪽을 보았다. 명희가 다시 한수의 팔을 잡아당겼다.
"오빠, 우리 집에 가서 커피 마시고 가요."
한수는 땅바닥을 내려다보며 한참 동안 가만 서 있었다. 혼란스러웠다. 무언가 생각해 보려 하자 다시 머리가 깨질 듯 아파 왔다. 오빠! 하고 명희가 울음 섞인 목소리로 한수를 불렀다.
"나 먼저 갈게."

한수는 아주머니와 명희에게 목례로 작별 인사를 하고 돌아섰다. 오빠! 하고 명희가 또 한수를 불렀지만 한수는 돌아보지 않았다.

한수는 가게까지 천천히 걸었다. 차가운 밤바람이 목덜미에 스며들어 한수는 잠바의 깃을 올렸다. 읍이 끝나면서 쓸쓸하고 어두운 길이 시작되었다. 한수는 읍내 쪽을 한 번 돌아보고 나서 다시 걸었다. 무언가 이상한 일이 자꾸 생기는 것에 대해 생각해 보려 했지만 아무 것도 기억나는 게 없었다.

가게에 도착하니 너무 피곤했다. 한수는 방에 들어가자마자 옷도 갈아입지 않고 쓰러지듯 누웠다.

34

한수는 꿈을 꾸었다. 어느 어두운 방에 앉아 컴퓨터를 만지고 있는 꿈이었다. 어둠 속에서도 컴퓨터 자판만은 또렷이 보였다는 게 이상했지만, 그 정도야 꿈에서는 얼마든지 있을 수 있는 일이다.

아무튼 꿈 속에서 그는 무언가를 계속 써내려 갔다. 쓰면서 조금 답답해했던 것 같다. 빨리 달려야 하는데 다리가 움직여주지 않는 꿈처럼, 부지런히 계속 자판을 두드리고 있는데도 무언가 마음먹은 대로 안 되고 있다는 느낌에 그는 꿈을 꾸는 내내 초조해했다. 생각해 보니 모니터가 텅 비어 있었던 것 같았다. 연신 자판을 두드리는 데도 모니터에는 아무 것도 나타나지 않았다. 그래서 답답했던 것 같았다.

눈을 뜨니 컴컴한 새벽이었다. 가슴에 생생히 남아 있는 초조한 기분을 지그시 다독거리며 한수는 한참 동안 가만히 누워 있었다. 그러다가 벌떡 일어나 불을 켰다. 저쪽 구석에 마치 현몽이기라도 하듯 덩그마니 놓여 있는 컴퓨터가 눈에 들어왔다. 한수는 그 앞으로 갔다. 간밤의 꿈을 생각하며 한수는 컴퓨터 자판 위에 슬쩍 손을 얹었다.

그런데… 이상했다.

자기 손이, 그러니까 자판 위에 얹힌 자기 열 손가락이, 마치 컴퓨터를 할 줄 아는 사람이기라도 한 것처럼 자판 위에서 자동적으로 자기 자리를 잡는 것이었다. 손가락들의 위치가 맞는 것인지 아닌지는 물론 알 수 없었다. 그러나 적어도 손가락들의 움직임만은 정해진 제 위치를 찾아가듯 조금의 머뭇거림도 없이 자연스러웠다. 한수는 얼른 자판에서 손을 거두었다. 무언지 모를 섬뜩한 느낌이 뇌리를 건드리고 있었다.

한수는 잠시 눈을 감았다가 떴다. 가볍게 심호흡을 한 다음, 슬그머니 다시 자판 위로 두 손을 뻗었다. 그러자 이번에도 손가락들이 자동적으로 벌어지며 방금 전과 똑같은 위치에 얹혔다. 손가락들은 마치 스스로 살아 움직이는 벌레들 같았다. 긴장을 푸는 순간 손가락들 하나하나가 제멋대로 움직일 것 같다는 생각에 한수는 몸을 움직일 수가 없었다.

한수는 다시 눈을 감았다. 얼마쯤 지났을까, 자판에 닿은 열 손가락 끝마디로부터 물결 번지듯 무언가 사르르 퍼져나가는 게 느껴졌다. 처음에 그것은 고요히 신경을 모으고 있는 데에서 오는 단순한 감각 작용 같았다. 그러나 이윽고, 한수의 머릿속에 놀라운 변화가 일어나기 시작했다. 누가 찔러 넣은 것처럼, 꽃이 스스로 개화하듯, 툭, 투둑, 몇 개의 영상이 머릿속 여기저기에서 순식간에 펼쳐졌다.

오토바이를 타고 어딘가 빠르게 달려가고 있는 영상, 반쯤 젖혀진 커튼 사이로 언뜻 보이는 어떤 여자의 긴 머릿결, 캄캄한 바닷속으로 걸어 들어가는 여자, 우두커니 그것을 지켜보는 한 남자, 그런 것들이었다.
　이어서 몇 개의 영상이 더 떠올랐고, 다음엔 빠르게 돌아가는 비디오 화면처럼 한꺼번에 수십여 개의 영상이 머릿속을 지나갔다. 그와 함께 온갖 다양한 감정들, 슬프고 기쁘고 설레고 초조한 감정들이 마구 뒤섞이며 그의 심장을 뜨겁게 했다. 아직 꿈인가! 하는 생각이 들 정도였다. 그런데도 한수는 눈을 뜰 수 없었다. 머릿속에 넘실거리는 영상들이, 아니 거기에 따라붙는 감정의 빛깔들이, 슬프면 슬픈 대로 기쁘면 기쁜 대로 너무도 생생히 가슴에 파고드는 것이어서 그는 마약에라도 취하듯 그 복합적인 감정의 소용돌이에 휩싸여 빠져나올 수가 없었다. 불길한 예감에 순간순간 소스라치면서도 그는 쏟아지는 그 영상들의 그물에 포박되어 꼼짝할 수가 없었다. 그의 두 손은 어느 새 머리를 쥐어뜯고 있었다. 부들부들 얼굴에 경련이 일었고, 꽉 다문 입술에서는 마침내 신음이 흘러나오기 시작했다.
　이윽고 눈을 떴을 때, 각각 낱개로 솟아올랐던 영상들은 이미 온전한 기억과 시간으로 조합되어 있었다. 한수는 그래서 여전히 움직일 수 없었다. 하유정, 그녀와 함께 했던 쓰라린 기억들이 차곡차곡 머릿속에 재구성돼 가는 것을 한수는 오래 전의 사진첩이라도 들여다보듯 쓸쓸히 회상하면서 꼼짝 않고 앉아 있었다. 눈가에 물이 맺히고 있었지만 울고 있는 것은 아니었다. 그것은 오래 괴었다 저절로 흘러나오는 기억과 시간의 찌꺼기였다.

한참 후에 한수는 조용히 일어나 옷을 갈아입었다. 밖에는 어느새 희미하게 동이 터 오고 있었다. 방문을 열자 차고 맑은 기운이 훅 끼쳐 왔다. 한수는 모자가 달린 두터운 잠바를 입고 밖으로 나와 오토바이에 올랐다.

한수가 그녀의 작업실에 도착했을 때 방문 앞에는 낯익은 그녀의 구두가 놓여 있었다. 그것을 물끄러미 내려다보다가 한수는 자기가 쓰던 방으로 갔다. 그가 떠난 후로는 그 방을 한 번도 열어보지 않은 모양이었다. 방 한 구석에 한수가 미처 챙겨가지 못한, 돌돌 말린 그의 양말 한 켤레가 떨어져 있는 게 보였다. 한수는 방으로 들어가 양말을 갖고 나왔다. 그는 힐끗 그녀의 구두에 눈길을 주었다가 이내 오토바이 세워 둔 곳으로 돌아갔다.

오토바이 앞에서 한수는 마지막으로 작업실을 올려다보았다. 기억을 잃어버리기 전날 밤 이곳에 왔었고, 돌아서기 전에 지금처럼 우두커니 그녀의 작업실을 올려다보았었다는 것을 그는 새삼 기억해내고 있었지만 그 기억은 그의 마음에 어떤 울림도 주지 않았다. 초조하고 설레고 고통스러워했던 기억들을 그는 유년기의 미숙했던 감정 돌아보듯 담담히 추억하고 있었다. 미소는 지을 수 없었지만 더 이상 상처도 아니었다.

저 여자는 자기가 어떤 여자라는 것을 알고 있을까?

해가 언덕 위로 오르며 완연한 아침 기운이 퍼지고 있었다. 한수는 작업실에 가 있던 시선을 거두어 바다 쪽을 바라보았다. 눈이 시렸다. 무언가 부끄러웠고, 어쩔 수 없이 마음 한 구석엔 착잡한 회한의 감정도 맺혀 있었지만, 그러나 슬프지는 않았다. 오히려 장래의 삶에 대한 맹렬한 의욕이 열기처럼 가슴을 데우고 있었다.

오토바이에 올라 시동을 걸면서 그는 이발소 액자에 적혀 있던 구절을 떠올리고 있었다. 삶이 그대를 속일지라도 슬퍼하거나 노여워하지 말라. 이렇게 단순한 충고가 왜 유명한 시가 되었는지 그는 알 것 같기도 했다.

　여자의 작업실에서 돌아온 한수는 오토바이를 식당에 두고 방파제로 나갔다. 바람이 거의 없어 바다는 어항 속처럼 잔잔하게 출렁거리고 있었다. 수평선 저 끝에서 아지랑이 같은 하얀 김이 피어오르는 게 보였다. 날씨는 차갑지만 겨울도 이제 서서히 끝나간다는 생각이 들었다.

　얼마 후에 싸락눈이 내리기 시작했다. 싸락눈은 바닷물에 닿는 순간 흔적도 없이 사라졌다. 한수가 수평선을 따라 천천히 바다를 쓸어보자 저쪽 선착장 가까이 일찍 출어하는 배들이 드문드문 보이기 시작했다. 한수는 그 배들을 향해 손을 흔들었다.

　그때 뒤에서 누군가 한수를 부른 듯했다. 한수는 얼른 돌아다보았다. 그러나 뒤에는 아무도 없었다. 겨울 포구의 차가운 자갈밭 위로 종이를 잘게 찢어 뿌린 것 같은 싸락눈만 소리 없이 내리고 있었다.